KB252877

구기화

해밀 추리 무협 소설

DETECTIVE FANTASTIC STORY

구기화 3

해밀 추리 무협 소설

초판 1쇄 찍은 날 § 2008년 2월 11일
초판 1쇄 펴낸 날 § 2008년 2월 21일

지은이 § 해밀
펴낸이 § 서경석

편집장 § 문혜영
편집책임 § 유혜림
편집 § 서지현

펴낸곳 § 도서출판 청어람
등록번호 § 제1081-1-89호
등록일자 § 1999. 5. 31
어람번호 § 제2-1417호

주소 § 경기도 부천시 원미구 심곡1동 350-1 남성B/D 3F (우) 420-011
전화 § 032-656-4452 팩스 § 032-656-4453
http://www.chungeoram.com
E-mail § eoram99@chollian.net

ⓒ 해밀, 2007

ISBN 978-89-251-1176-6 04810
ISBN 978-89-251-1086-8 (세트)

九奇子詰

구기휘

3

풍취초동(風吹草動)

해밀 추리 무협 소설

Detective Fantastic Story

鬼子　大笑　掌王　貴賓　光葉　鬼星　蒼龍　書生　神醫

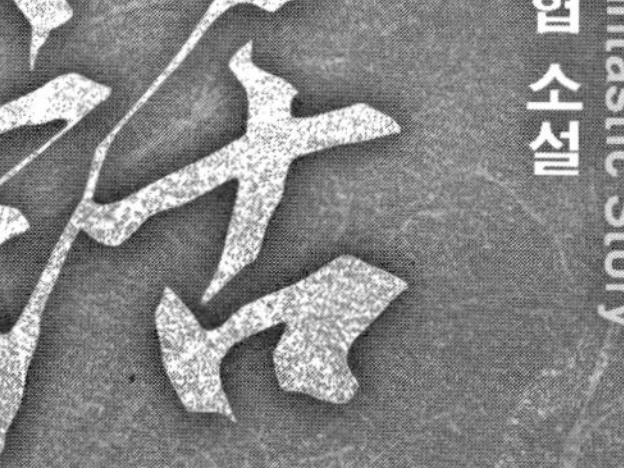

도서출판 청어람

구지화

목차

神醫畵星
鬼子
掌王
大笑
光蝶
蒼龍
書生
貴寶
鬼魁星

바람[風]

고요함.

자신을 둘러싸고 있는 주변은 태산을 무너뜨릴 듯 요란하나 홀로 침묵하는 것을 고요하다 할 것인가, 자신은 황하가 메마르도록 뜨거운 열변과 몸짓을 만드나 주변은 침묵하는 것을 고요하다 할 것인가.

그리고 변화.

내가 변하여 세상을 변하게 하는 것인가, 세상이 변하여 나를 변하게 하는 것인가.

내가 변한 것인가, 세상이 변한 것인가.

지금 알 수 없는 고요함과 그보다 더욱 알 수 없는 변화가

구 인 앞에 놓여 있었다.

아홉 명의 사람은 몸을 움직여 걷고 있었다.

그러나 밥투정하는 아이를 억지로 상 앞에 앉히기는 쉬우나 수저를 움직이도록 하기는 어려운 법이었으니, 억지로 움직이고 있는 육신과는 달리 그 마음들은 꿈쩍도 하지 않고 멈춰 서 있는 것 같았다.

일렬로 걷고 있던 행렬이었으니 한 명이 멈추자 그 뒤를 따르던 이들도 우뚝 멈춰 섰다.

목구멍에 가시라도 박혀 소리가 그 끝에 걸리며 나오는 것처럼 진사백은 결국 참아왔던 탁한 울분을 토해냈다.

"이건 말도 안 돼! 적인 것을 뻔히 알면서도 이렇게 함께 걸어가야 한다니! 우릴 죽음의 길로 인도하고 있는 거라고!"

벌겋게 달아오른 얼굴로 그가 말하는 황천(黃泉) 길의 안내자가 누구라 따로 지칭할 필요도 없으리라.

정월명은 말이 없었고 진사백을 제외한 그녀를 바라보는 이들도 여전히 말이 없었다.

그러나 입으로 하는 것보다 침묵으로 하는 질책이 아프기도 하는 법이니 정월명은 다가오는 시선들을 피하고 있었다.

"우리 생각들을 좀 해보자고요. 이러고 있다가 언제 뒤통수를 칠지 누가 압니까! 아니, 흥! 차라리 그거면 다행이지. 시뻘건 화염궁을 박아 넣어 그보다 더 붉은 피를 쏟게 만들지 않는다는 보장이 어디 있습니까! 모두 한통속이라고요!"

"제가 보장하지요."

격정적인 자신의 연설을 방해하는 낮은 음성에 진사백이 눈으로 활을 쏘아 보냈지만 위해원은 째려보는 시선을 담담히 받고 있었다.

자신의 후미에서 따르고 있던 진사백이 결국 씩씩거리는 음성으로 뒤에서 몰아치는 꽁무니 바람이 되어 불평을 토하자 앞서가던 위해원의 목소리가 산 들녘 나뭇가지를 타고 움직이는 산들바람이 되어 어둠을 타고 부드럽게 날아들었다.

그 모양이 보채는 아이를 달래는 어미와 같이 보였다.

"그 얘기는 이미 끝나지 않았나요. 진형, 설마 이 상황에서 포승(捕繩)이라도 묶어야 안심이 된다고 말하시는 것은 아니겠지요?"

오랜만에 코웃음 치는 소리가 코를 울리고 동굴에도 울렸다.

"흥! 필요하다면! 물건에는 그에 맞는 자리가 있는 법이니, 오랏줄은 포쾌의 허리춤이나 죄인의 몸에 묶여 있을 때 가장 적절한 것 아니냐! 따로 수고할 필요도 없이 몸에 두르고 있는 저 홍색과 청색의 끈을 꽉 조이면 딱이겠군!"

마음이 구겨져 있는데 어찌 그 창인 눈이 고울 수 있을까.

쉼없이 불평을 토하며 진사백은 가늘어진 곁눈질로 정월명을 힐끔거렸다.

방향없이 이리저리 불어오는 왜바람 같던 마음이 이제 갈 길을 찾았으니 진사백의 분노와 억하심정은 한 번 꼬투리 잡은 정월명을 붙잡고 놓지 않았다.

이는 진사백뿐만 아닌 다른 모두도 마찬가지였으리라.

그 마음들이란 마치 한 가지에서 난 잎사귀들 같았으니 모양은 조금씩 달랐으나 근원은 하나에 두고 있으리라.

정월명이 의문만 가득한 이곳 출신이라는 것이 밝혀진 순간부터 자신들의 몸과 마음을 누군가 간질거리고 있는 것 같은 참을 수 없는 기분을 공통적으로 느끼고 있었던 것이었다.

물안개처럼 스멀거리며 피어오르는 적대감!

단연 돋보이는 활약을 펼치고 있는 위해원의 강력한 주장이 없었다면 누구도 그녀와 함께 걷지 않았을 것은 자명한 일.

심상치 않은 분위기에 긴장한 빛을 살짝 드리운 지부용이 정월명을 훔쳐보았지만 그녀는 무슨 생각을 하는지 알 수 없이 얼굴에 그늘만 가득 드리우고 있었으니, 그 모양은 마치 보면서도 보이지 않는 어둠과도 같았다.

일행의 표정을 다양하게 만드는 원인이 되고 있으나 정작 자신은 아무런 표정 없는 정월명, 상반된 이들을 둘러본 위해원이 모든 것을 이해한다는 듯 고개를 까딱거렸다.

보채는 아이를 살살 달래는 것뿐 아니라 엄히 혼내는 것도 부모의 몫인 법이니, 위해원은 갑자기 휘몰아치는 돌개바람으로 돌변하여 언성을 높였다.

그 몰아치는 기세에 의심을 알 삼아 품고, 후에 분쟁을 부화시키려던 마음이 둥지를 버리고 날아 도망가도록!

"정 부인을 못 믿는 것은 좋소. 그녀를 믿으라는 나를 못 믿는 것도 좋소. 그러나 그 뒤에 걷고 있는 고 선배님도 못 믿겠다는 말이오! 이미 모두가 동의한 일 아니오! 도대체 이제 와서 어쩌자는 것이오! 당신 눈앞에서 찢어 죽이리이까! 그리하면 되겠소!"

"그, 그건……."

장왕의 이름의 벽 앞에서 질풍노도(疾風怒濤)로 달리려 마음먹고 있던 진사백은 머뭇거릴 수밖에 없었다.

전에 없이 고원월의 위세까지 동원하여 진사백을 꿀 먹은 벙어리로 만든 위해원의 마음이란, 정월명의 거취 문제로 더 이상의 왈가불가(曰可不可) 논의가 오가는 것을 막기 위한 것이었으리라.

귀자모신이며 이곳의 출신이라 자신의 정체를 말했지만 이미 자신은 무관하다는 마음 또한 밝혔던 정월명이었다.

위해원이 그녀를 두둔하고 나서며 일행이 안심하도록 취한 조치는 간단했다.

자신이 등 뒤를 정월명에게 내보이며 앞장서는 것으로 모두에게 보란 듯이 위험을 부담하였고, 그녀의 뒤쪽을 고원월이 오도록 배치하여 감시를 맡기는 것으로 사태를 일단락 지었던 것이다.

그러나 한순간의 미봉책이 어찌 영원히 사람의 마음을 막고 있을 수 있을까.

침묵하고 있는 고원월의 모습에 결국 진사백도 목소리를 숨겼으나 위해원을 향해 파란 혈관을 드러내는 것을 잊지는 않았다.

각자의 마음속에는 여전히 복잡한 휘몰이 바람이 일고 있었지만, 독고음이라는 서늘한 마파람이 불어와 마침표를 던졌기에 일행은 마지못해서나마 발을 움직일 수 있었다.

"위가 녀석의 말이 맞는 것 같군. 조금 전에 끝난 얘기 아니었던가. 이제 더 이상 소모적이기만 한 이런 말들은 그만하도록 하지. 무슨 일이 있으면 자신이 책임진다지 않는가. 입은 놀릴 만큼 놀렸으니 이젠 발이나 부지런히 놀리지."

편들어주는 것 같은 말에 물끄러미 독고음을 바라보던 위해원이 뜻 모를 눈빛을 잠시 비추더니, 이내 다시 몸을 돌리고 걷기 시작했다.

저벅. 저벅.

동굴 안에 흐르는 매운바람이 일행의 발걸음이 만드는 여운을 저 멀리 실어 나르고 있었다.

"이런 제기랄!"

한동안 입을 다물고 있던 것에 대한 분풀이라도 하듯 진사백이 거친 욕설을 내뱉었다.

길게 솟은 향 하나가 제 몸을 연기로 모두 바꿀 시간이 지난 뒤 일행은 다시 멈춰 설 수밖에 없었으니, 원래의 길이 분명할 통로가 무너져 내려 있던 것이었다.

지금껏 수많은 고난을 헤쳐 왔으니 누구도 당면한 사태에 있어서 절망감에 몸을 떨지는 않을 것이었지만, 또한 지금껏 그 고난들이 쉽지 않은 것도 사실이었으니 누군가는 불안함에 마음을 떨고 있으리라.

사람은 죽어 이름을 남기고 호랑이는 죽어 가죽을 남긴다고 했던가.

통로는 무너져 또 다른 통로를 열어놓고 있었으니, 마지막 힘을 다하여 아이를 낳고 죽은 어미라도 되듯 막혀 있는 통로 옆에는 작은 길이 뚫려 있었다.

쉬이이이—

횡한 바람 소리만이 들리도록 아무도 입을 열어 묻지는 않았지만 위해원은 질문을 들은 사람처럼 천천히 입을 열었다.

"흠……. 다르군요."

"다르다? 무엇이 다르단 말입니까."

남궁대수가 바람결에 말이 휩쓸려 갈까 무서워하는 것처럼 얼른 위해원의 말을 받았다.

위해원의 손이 벽을 보듬고 쓸어내렸다.

"지금까지의 통로. 앞이 막혀 있는 원래의 길과 새롭게 뚫린 길의 벽 상태가 확연히 다릅니다.”

“그것이, 벽 상태가 다르다는 것이 어쨌단 말이냐?”

진사백의 답답한 물음에도 위해원은 대답하지 않고 날카로운 눈을 빛내고 있을 뿐이었다.

“어떡했으면 좋겠소?”

남궁대수의 음성에는 숨길 수 없는 초조함이 배어 나오고 있었다.

결코 호의적이지 않았던 누군가가 험한 길을 막아놓고 쉬운 길을 뚫어놓았으리라고는 생각할 수 없었기 때문이다.

생각에 잠긴 듯 고개를 숙이고 있던 위해원이 흘러내리는 머리를 쓸어 올리며 대답을 내놓았다.

“가야지요. 전부 막아놓지 않은 것만 해도 감사할 일이지요. 그리고……”

“그리고? 그리고 어쨌단 말이야!”

답답한지 제 가슴 옷깃을 풀어헤치며 진사백이 목청을 높였지만 위해원의 시선은 다른 곳을 향하고 있었다.

“그리고, 꼭 나쁜 쪽으로만 생각할 필요는 없습니다. 우리가 제대로 가고 있다는 것도 되니까요. 그리고 이로써 그간 추측했던 것들 중 확실해진 것이 많아졌군요.”

약간의 시간이 지나도록 그의 말을 곱씹던 장문영과 남궁대수 등이 이내 의미를 깨우치고 고개를 위아래로 끄덕였지만 진사백은 의문만 뭉친 채 고개 대신 입술을 위아래로 놀려

다시 물었다.

"무슨 말이지?"

"의미없는 행동은 없는 법. 원래 있던 길을 막아놓고 새 길을 뚫었으니 공들일 만한 이유가 있다는 뜻이겠지. 원래의 길은 막아야만 했고 새로운 길은 뚫어야만 하는 이유라……."

말끝을 흐리며 잠시 생각하던 위해원이 나머지 말을 툭하니 던졌다.

"혹시 아오? 그들이 지옥의 끝과 연결해 놓았거나 세상의 시작과 이어놓았을지."

지옥의 끝은 생각하기도 싫었지만 세상의 시작이라면 그들이 원래 있던 바깥을 말하는 것일 터.

단정적인 대답이었지만 환호성은 없었으니 연결해 놓았다면 시작보다는 끝에 가깝다 여기는 자가 많은 이유에서이리라.

"위 소협, 새로 뚫린 이 길은 의도된 길이지 않소. 아무래도 길보다 흉이 많을 듯한데……."

장문영의 조심스러운 지적에 위해원은 고개를 살짝 저으며 담담한 음색을 이어나갔다.

"처음부터 모든 것이 의도된 길이었습니다. 우리로서는 저들이 신경 쓴 흔적이 있다는 것을 발견한 것만으로도 이 길은 충분한 가치가 있습니다. 최소한 어중간한 것은 아니라는 뜻이니까요. 그리고 제 짐작이 대로라면 앞으로의 길에 대하여 예상할 수 있을 것 같군요."

"짐작? 예상?"

"일단 가시지요. 확인하고 말씀드리겠습니다."

위해원이 누구의 대답도 듣지 않고 더 이상의 질문도 용납하지 않겠다는 기세를 내보이며 어디선가 불어오는 바람만 친구 삼아 홀로 몸을 훌쩍 움직였다.

간밤엔 분명히 웃고 있던 아내인데 아침엔 찌푸린 낯을 하고 있는 것처럼, 이유를 딱 꼬집어 말하긴 힘드나 처음 석실에서와는 분명 어딘지 다르게 보이는 위해원의 모습이었다.

그러나 이제 자신들을 이끌고 있는 자는 위해원임을 누구도 부정할 수 없었으니 모두들 어색한 몸짓으로 그 뒤를 따를 수밖에 없었다.

통로 안은 사막을 지나는 것과 같은 후끈한 열기로 이글거리고 있었다.

사막에도 비는 내리니 오히려 한번 오면 사나흘은 연거푸 쏟아지는 것이었지만 강수량보다 증발량이 크지 않으면 어찌 사막이라 불릴까.

위해원의 얼굴을 타고 흐르던 땀방울은 어느새 흐릿한 수증기가 되어 증발하고 있었다.

그렇게 어지러운 열기 속에서 어둠 일색의 구불구불한 공간에 침묵을 덧칠하고 작은 횃불로 점을 찍어 의지하며 이동하기를 얼마나 지났을까.

또다시 변화가 시작되고 있었다.

"잠깐!"

앞서가던 일행을 멈춰 세운 고원월이 고개를 돌려 뒤를 바라보았고, 그 시선에 서려 있는 의미가 무엇인지 이미 알고 있다는 듯 독고음이 고개를 끄덕여 자신도 그와 같음을 알렸다.

"고 선생, 왜 그러시지요? 무슨 문제라도……."

시장통 거친 인파에 휩쓸려 아이를 잃어버릴 것을 걱정하는 아비마냥 대소의 손을 꼭 움켜잡고 걷고 있던 장문영이 조심스럽게 물어왔다.

자신을 주시하고 있는 모두의 눈동자 속에 횃불이 반사된 불꽃이 흔들거리는 것을 보며 고원월이 무겁게 입을 열었다.

"소리, 기묘한 소리가 들리고 있소. 저 너머에서."

고원월이 굳어진 얼굴에 들어 있는 차가운 눈으로 어둠 저편을 시선으로 가리켰다.

모두가 바스락거리는 풀 소리를 들은 토끼의 모습이 되어 귀를 쫑긋 세웠지만 토끼가 아닌 까닭인지 아무런 소리도 들을 수 없었다.

"소리라……."

다른 이들의 입이 굳게 다물어지는 것과 다르게 위해원의 입이 가지런한 이를 뽐내듯 열려졌다.

모두의 착각이었을까.

불빛을 받은 그의 얼굴에는 미소를 닮은 표정이 감돌고 있었다.

"나쁜 소식인가 했더니, 좋은 소식이군요."

"좋은 소식?"

어둠 속의 착각은 아니었으니 위해원은 실제로 낮은 웃음까지 흘리고 있었다.

고생 끝에 낙이 오고 쥐구멍에도 볕 들 날이 있다고 했지만, 이곳에는 낙이 없을뿐더러 볕은 더욱 들지 않고 있었으니 낭보(朗報)란 말을 선뜻 믿지 못한 이들은 어리둥절함만을 내보일 뿐이었다.

초조함과 미심쩍음이 배다른 형제가 한 집 살 듯 기묘한 조화를 이루며 한 얼굴에 함께 머물고 있는 모습들을 보며 위해원이 장난스러운 웃음과 함께 어깨를 과장스럽게 으쓱거렸다.

"우리가 맘에 들지 않는 집주인을 바쁘게 했으니 좋은 소식이지요. 초대를 했으면 대접을 해야지, 좀 지루해져서 슬슬 밖으로 나가고 싶어지려던 참이었거든요. 이제 재밋거리가 다 떨어져 가는 것 같아 발길을 돌릴까 하고 있던 참이기도 하고요."

아닌 밤중에 홍두깨라 하더니 난데없이 이 무슨 말인가.

모두들 잠시 머리가 혼란해지고 있었다.

어두운 야산 반딧불이 허공에 빛의 선을 그리며 유유히 이동하는 것같이, 온몸에서 은은하게 밝은 기운을 뿜어내고 있는 위해원은 오히려 일행의 어두운 침묵을 즐기고 있는 것만 같았다.

얼굴을 간질이는 횃불의 일렁임 속에서 또다시 싱그러운 미소가 그의 입끝에 걸렸다.

"아마도 우리가 손님 된 입장에서 이 집주인을 꽤나 당혹스럽게 하고 있는 것 같습니다. 그렇지 않으면 이렇게 급하게 원래의 길을 막아놓고 새 길을 열어놓았겠습니까. 뭐가 나오든지 조금 더 난장 부리고 후딱 도망가도록 하지요."

"……무슨?"

"준비한 성의도 있으니 조금 더 즐겨볼까요?"

무거운 상황에서 가벼운 장난을 치는 위해원을 바라보는 여덟 명의 눈이 황당함으로 잠시 흔들거렸다.

어이가 없어진 얼굴로 위해원을 쳐다보았으나 오히려 즐거운 꾀를 찾아낸 악동의 표정을 짓고 있는 그의 모습은 왜 그러냐는 듯 천연덕스럽기만 했다.

"크크……."

"하하핫—!"

누군가를 기점으로 해서 얼굴을 화분 삼아 웃음꽃이 모두에게 피어올랐다.

하품이 전염된다고도 하지만, 이 순간 위해원에게서 모두에게 옮겨간 호기만큼 강하게는 아닐 것이었다.

예정된 매라면 먼저 맞고 피할 수 없는 상황이라면 그 자체를 즐기는 것이 현명하다고 했던가.

모이기 시작한 기세의 방향을 이번엔 장왕이 이끌었다.

"좋쿠나! 암! 그렇고 말고! 주인이 우리를 이렇게 대접했으니 우리도 손님 된 입장에서 주인이 급하게 준비해 논 구경거리들을 충분히 즐겨줘야지! 비록 모든 것이 주인 뜻대로 되지는 않겠지만!"

찜통 위에서 노닐고 있는 수증기처럼 장왕의 몸 주변에 붉은 기운이 이리저리 일렁거리고 있었다.

"가세, 차려놓은 저녁상 식기 전에 집으로 돌아가려면 서둘러야겠군."

남궁대수와 진사백 등 젊은 피들은 주먹을 불끈 다잡았고, 장문영 등은 이를 기꺼운 표정으로 바라보았다.

몸이 죽어도 마음은 살아남을 수 있지만 마음이 죽으면 몸도 죽는다.

인간이란 그런 동물이니 의지가 육체를 지배할 수 있는 유일한 동물이기도 했던 것이다.

위해원의 말을 불씨 삼고 가슴속 호연지기를 장작 삼아 타오르기 시작한 패기가 아홉을 휘감아가고 있었다.

상황이 상황이니 여전히 무거운 걸음걸음이었으나 기분이 기분이니 보보(步步)마다 박자가 내려앉기 시작했다.

시간 감각은 이미 모호해진 지 오래였으니 새로운 통로에 들어서 얼마나 행군을 진행하였는지는 누구도 정확히 장담할 수 없었다.

그러나 다시 움직이기 시작한 지 얼마 되지 않아 다시 원래 색깔의 벽면이 모습을 드러냈고 그 옆에는 어김없이 또 다른 막힌 부분이 숨어 있었다.

잠시 멈춰 선 위해원이 벽면을 쓰다듬으며 미약하게 고개를 끄덕거리고는 아무런 설명도 없이 발걸음을 재촉하였다.

"흠……. 이보게, 위 소협. 잠시 멈추고 이 통로에 대해서 말을……."

"어서 가죠."

주저하다가 내뱉는 음성임이 분명할 장문영의 말끝을 위해원이 고개도 돌리지 않고 빠르게 잘라냈다.

이미 저 앞에서 성큼 걷고 있는 그 뒷모습을 바라보는 일행의 눈망울에 새벽녘 숫눈길에 발자국 찍히듯 근심이 점점이 자국을 남기고 있었다.

발자국을 만들어낸 주인은 어둠뿐인 동굴이 아니라 이상한 열기를 내기 시작한 위해원이었으리라.

그러나 지금 할 일은 그를 따르는 것뿐이었으니 다시 걸음을 옮길 뿐이었다.

드륵―

드르르륵―

고원월이 달리 표현할 길 없어 기묘한 소리라 할 만했으리라.

어느덧 지청술(地廳術)을 알지 못하는 위해원의 귀에도 정체 모를 소리는 가깝게 들려오고 있었던 것이었다.

"이게 뭐죠?"

"먼지인 것 같군요."

명확해지는 소리에 비례하여 허공이 탁해지고 있는 것을 보고, 지부용이 얇은 기침을 하며 물어오자 남궁대수가 입을 열어 대답해 주었다.

가을을 지나 겨울을 맞이한 소동의 차림새마냥, 전진을 계속할수록 공기는 먼지의 옷을 두껍게 입어가고 있었던 것이다.

탁—!

"더럽게 크군."

진사백이 인상을 찡그리며 바닥에 흩어져 있던 작은 돌 알갱이를 발로 차 올렸다.

허공으로 먼지가 일며 평화를 깨뜨린 침입자들에게 몸으로 항의를 해댔다.

제 혼자 세상에 난 것처럼 설치는 자도 있으나 모든 것에는 그 모태가 있는 법이니, 어미가 배불러 아이를 낳는 것처럼 이곳의 먼지를 낳았을 돌의 파편들이 주변엔 흩어져 있었다.

뜨거운 가슴이 전해준 열기로 바쁘게 움직이던 다리가 차가운 머리가 전해주는 불안함으로 속도를 떨어뜨릴 무렵, 마침내 위해원이 걸음을 멈추고 입을 열었다.

"문입니다."

기묘한 소리의 품속에서 그렇게 일행은 세 번째 문과 조우(遭遇)하였다.

드르륵—

드르르르륵—

비산하는 먼지 속에서 횃불에 반들거리는 문이 제 육중한 몸을 뽐내고 있었다.

그러나 일행을 막아서고 있는 문은 거대한 위용이 무색하게 가늘지만 쉼없이 울어대고 있었다.

달그락거리던 기묘한 소리의 진원지는 흔들리고 있는 문이었던 것이다.

"흠……. 이번엔 아무것도 없군."

고원월이 침중한 얼굴로 위해원을 바라보며 말했지만 그의 입에서 대답은 들려오지 않았다.

전체를 봤으니 부분을 봐야 한다는 듯 잠시 동안 문을 훑어보는 것 같았던 위해원은 이내 눈을 빛내더니 몸을 쭈그리고 앉아 본격적으로 주위를 둘러보는 데 정신이 없었던 것이다.

그의 눈이 자신들을 막아선 문과 같이 번들거리고 있었다.

"흠, 흠."

전에 없던 위해원의 태도에 고원월이 머쓱한 표정이 되어 헛기침을 했다.

잠시 주저하던 몸짓을 만들고 있던 장문영과 남궁대수 등도 주섬주섬 나서서 문을 살펴보았으나, 도산지옥의 천축어도 화탕지옥의 마방진과 같은 어떤 작은 흔적도 찾을 길은 없이 그저 문은 묘연하기만 했다.

"기분 나쁜 소리뿐이군요. 이 거대한 문을 흔들 정도라면 엄청난 힘이 안에 존재하고 있다는 것일 텐데……."

닥쳐올 위험에 대한 심증(心證)은 있었으나 그에 대한 명확한 증거(證據)가 없을 뿐만 아니라 기존의 것들과는 다르게 이번 문에는 조그만 단서도 없어 보였으니…….

더 이상의 진전도 없을 것만 같은 암울한 기분에 서로를 보는 눈동자에 근심이 비치고 있는 것은 당연하리라.

"그럴 리가! 비켜, 나와보시오. 내가 봐야겠어! 여기서 막힌다는 것은 말도 안 돼!"

"좋은 소식과 나쁜 소식이 있습니다."

진사백의 다급한 몸놀림을 막으며, 어느덧 느릿하게 몸을 일으켜 세운 위해원이 말했다.

"뭐, 뭐지! 열 수 있겠느냐. 아니, 열어야만 해! 할 수 있겠지? 아니, 해야만 해!"

"좋은 소식이 그것이오. 열 수 있소. 문이 달그락거리는 것 자체가 틈이 벌어져 있다는 것이니, 생각보다 수월하게 넘어갈 수 있을 것이오."

고개를 끄덕거리며 위해원이 또다시 좋은 소식을 전하자 여기저기서 안도의 한숨이 만들어졌다.

"좋아, 어서 가는 거야!"

그러나 내리막길이 있으면 오르막길도 있는 법이니 호사다마(好事多魔)의 이치가 터무니없지 않은 듯 안타까움의 한숨이 환호를 추격하듯 빠르게 뒤따를 수밖에 없었다.

"진 대협, 잠시 기다리시게. 무턱대고 들어갈 일이 아니지 싶소이다. 음……."

어찌하여 이곳만 이렇게 쉽단 말인가!

위협하는 문구도 통과하기 위한 기관도 없다는 소리가 의미하는 것이, 위해원이 이어서 말하는 나쁜 소식이라는 것을 쉬이 짐작할 수 있었기 때문이다.

그러나 생각의 움직임이 아직 이에 이르지 못했는지, 여전히 혼자 희색(喜色)으로 얼굴을 가득 물들인 진사백이 달뜬 목소리로 고함치듯 외쳤다.

"좋아! 또 하나의 문을 넘어섰군. 으하하! 뭐든지 나오라고 그래! 백 명이 넘는 실혼인과 전설의 불사조 때도 넘어선 이 몸이시다! 살아 있는 것이면 뭐든지 숨통을 끊어주마! 다시는 숨결을 내뿜지 못하도록 해주겠다. 으하하하!"

"대단하군."

위해원이 득의양양한 표정의 진사백을 바라보며 탄성인지 조롱인지 모를 음성을 툭 던졌다.

그제야 자신 혼자서만 들떠 희희덕거리고 있다는 것을 깨달은 진사백이 얼굴을 붉게 물들이고 서둘러 변명의 말을 찾아 뒤적거려 가야만 했다.

딴죽 걸기를 훌훌 죽 먹듯 하고 끼어들기를 술술 식후 누룽지 들이키듯 하던 진사백마저 그 대하는 태도가 변하고 있을 정도로 어느덧 위해원은 일행에게 자신의 존재를 확실히 심어 뿌리내리고 있었던 것이었다.

"아니, 난 그저……."

주변의 눈총을 맞아 따끔거리는 피부를 주체 못하는 진사백의 말을 자르며 위해원이 유유히 몸을 움직였다.

"소식 두 가지를 다 맞추었으니 대단하다 아니할 수 있을까."

"엥? 그 무슨……."

어리둥절한 표정의 진사백을 보며 위해원이 가르침을 내렸다.

"바로 나쁜 소식이 그것이오. 아마도 문 뒤에는 숨을 끊을 수 없는 것이 있을 것이오. 숨을 쉬지 않는 동시에 너무도 거대한 숨을 내뿜는 것이니."

서로가 서로를 바라보았으나 그곳에서 확인한 것은 거울

을 보듯 자신의 얼굴에도 있을 의문뿐이었다.

무엇 하나 분명하지 않은 수수께끼와도 같은 위해원의 말이었고 그에 대하여 이렇다 할 해답을 찾은 자도 없는 것이 분명했다.

해가 떠 밝은 얼굴은 아무도 없었고 어둠이 내려 그늘진 얼굴이 곳곳에 있었기 때문이다.

그러나 폭우가 쏟아지기 전의 먹구름만은 가슴속에 분명하게 드리우고 있었으니……

그 어두운 하늘을 조금이나마 걷어보고자 기우제(祈雨祭)라도 드릴 요량으로 장문영이 모두를 대신하여 앞으로 나섰다.

“위 소협, 그것이 무슨 말이오, 숨을 쉬지 않는 동시에 너무도 거대한 숨을 내뿜는다는 말이 의미하는 것이? 그럼, 위 소협께서는 문 너머에 있는 것을 알고 있단 말이오? 그렇다면 속 시원하게 말해주시지요.”

줄듯 말듯 손목을 빼는 기녀처럼, 말할 듯 말듯 뒷짐을 지고 서성이는 위해원을 바라보던 독고음의 미간에 주름이 잡혔다.

여덟의 마음을 애태우던 하나의 입이 다시 열리기 시작했다.

“열까지의 십대지옥. 그것들의 이야기 중 이미 지난 도산지옥과 화탕지옥을 제외한 여덟 지옥을 떠올리고 이 주변의 풍광을 살펴보면 이 뒤에 무엇이 있을지는 쉽게 추측 가능한 일이지요. 그것도 부족해 이렇게 지금 그놈이 문 뒤에서 제 이름을 스스로 말하고 있지 않습니까."

누구도 입을 열지는 않고 있었지만 서로를 바라보는 시선에서 작은 웅성거림이 숨어 있음을 눈으로 들을 수 있었다.

드르륵—

드르르륵—

혹시나 놓친 소리가 있을까 하여 귀를 기울였지만 문을 흔드는 바람 소리만이 존재하고 있을 뿐이었다.

마음의 동요를 조금 덜어볼 심사로 고원월이 입술을 달싹거렸다.

"팔(八)이라… 이 문 뒤에는… 헉, 이보게!"

고원월의 머릿속에 있던 말이 소리가 되어 나오다 다시 울대 너머로 들어가고, 대신 가슴속의 탄성이 비집고 나온 이유는 눈앞에 있었다.

유약한 위해원이 장대한 문을 밀고 있던 것이다.

끼익—

처음부터 그렇게 될 거라 이미 정해져 있던 일인 듯 위해원의 연약한 팔이 만들어내는 힘에도 문은 쉽사리 제 몸을 열어주었다.

쿵—!

"피햇—!"

고원월이 부르짖었다.

"으아아악!"

비명, 그리고 구 인은 희뿌연 세상 속으로 빠져들었다.

난관(難關)

하늘은 짊어질 수 있는 무게만큼만 인간의 인생 위에 짐을
올린다.

고난을 맞이한 누군가를 위로하기 위하여 이렇게 속삭이
곤 한다.

이제 묻고 싶다.

화자(話者)여, 그대는 진정 그 말을 믿으며 말하고 있는가.

청자(聽者)여, 그대는 그 말에 정녕 힘을 얻는가.

바람 앞에 서 있는 아홉 명의 이여 그대들은 이 말을 용서
할 수 있겠는가.

쒜에에엥—

파르르—

태풍이 차가운 조소를 흘리며 세상을 덮쳤다.

"이, 이건! 도대체 이건 뭣인가! 으앗!"

남궁대수가 흘리던 경악으로 물든 말이 거센 바람결에 휘날려 이미 저만치 날아가고 있었다.

문이 열리자, 한 치 앞을 볼 수 없도록 시야를 가리는 뿌연 먼지와 옷자락을 찢을 듯 거세게 불어온 칼바람이 일행을 휘감고 희롱했다.

"피해! 어서 벽으로 붙어!"

어디선가 들려온 고원월의 다급한 음성도 굴뚝 위로 나온 연기처럼 이내 바람 사이로 흩어져 사라졌다.

"아무것이라도 붙잡고 몸을 웅크리고 버티고 있어!"

화무십일홍(花無十日紅)이라 열흘을 피어 있는 꽃이 없으며 달님의 퇴장을 종용하는 햇님은 반드시 떠오르는 법이니, 끝나지 않을 것 같던 탁한 먼지의 혼돈도 시간이 지나자 서서히 정돈되어 이제 제 몸 누일 곳을 찾아 사라졌다.

그제야 비로소 일행의 혼탁했던 시야는 어느 정도 회복될 수 있었다.

그러나 첫날밤이 지났음을 알리는 새벽녘 첫 닭의 울음소리마냥 또 다른 관문이 시작되었음을 증명하는 흉포한 바람 소리는 더욱 또렷이 들리고 있었다.

바람으로 이루어진 거인의 숨소리가 귓가를 간질이는 것
마냥 명확하게!

휘이이이잉―

문이 열리면서 그동안 압축되었던 바람의 성난 기세가 이
제야 분이 풀렸는지, 문을 연 처음보다는 조금은 가라앉은 것
을 느끼며 누군가 마음속 소리를 입 밖으로 흘렸다.

"이, 이것인가. 이것이 정녕 바람이란 말인가!"

무생물로서 자연 자체이니 숨을 쉬고 있지는 않지만 그것
이 바람이니, 또한 너무도 거대하게 숨을 쉬고 있는 것이지
않는가.

우우우웅―

소리로 이미 제 정체를 밝히고 있다는 말.

위해원이 말했던 하나의 수수께끼가 풀리는 순간이었다.

어수선했던 장내의 분위기가 정리되는 것과 동시에 모두
의 눈이 열려진 문 너머를 더듬었고, 그들은 대장간 한편에
걸려 있는 낫 모양으로 꺾긴 통로를 볼 수 있었다.

비록 그 통로가 머리를 숙이고 들어가야 할 정도로 좁아,
마치 서당을 빠져나가는 악동들의 은밀한 개구멍을 닮아 있
었지만 누구도 그것을 비웃지는 못하리라.

샤아아―

휘이이잉―

을씨년스러운 바람 소리만이 흐느끼는 귀신의 울음소리인

듯 긴 통로를 가득 메우고 있었다.

"제가 살펴보지요."

위험에 앞장서려 정찰을 자원한 남궁대수가 빠르게 신형을 움직였다.

그러나 그보다 빠르게 떠나려는 님을 잡으려는 연인의 절규처럼 위해원의 목소리가 남궁대수의 몸을 붙잡았다.

"멈추시오!"

"헉!"

쿵—!

문틀에 해당하는 부분을 넘으려 했던 남궁대수가 단말마를 지르며 뒤로 엉덩방아를 찧었다.

의외의 사태에 고원월이 빠르게 앞으로 나서며 남궁대수 곁으로 다가왔지만, 그 역시 외마디 침음성을 내뿜을 수밖에 없었다.

"흠……! 이, 이건?"

부르르르—

오작교를 사이에 둔 견우와 직녀인 듯 자석을 만난 쇠붙이마냥 고원월의 옷깃이 통로 너머로 빨려갈 듯 날을 세우고 떨리고 있었던 것이었다.

멀찌감치 떨어져 사태를 관망하고 있던 독고음의 눈이 그 힘을 보고 반짝거렸다.

흡입력(吸入力)!

문을 경계로 하여 저 너머에서 불고 있는 가공할 바람이 만들어낸 힘이 존재하고 있었다.

위해원의 외침에 멈춰 서려 했던 남궁대수의 균형을 순간적으로 앗아갈 정도로 경의적인 흡입력이었다.

모두가 놀라 있는 것에도 아랑곳하지 않고 이미 예상하고 있었던 듯 위해원은 차분한 음성을 만들었다.

"풍도지옥(風途地獄)입니다. 이번엔 바로 시작되었군요."

"풍도지옥!"

연습이라도 한 것처럼 모두가 다시 하나의 목소리를 만들어냈다.

보지 않으려, 눈을 감고 듣지 않으려 귀를 막아도 어쩔 수 없는 불가항력인 듯 또다시 지옥은 시작되고 있었던 것이다.

"겨우 나뭇가지나 흔들고 아녀자들 치마나 들추는 바람 따위가 감히!"

진사백이 이를 드러내며 보이지 않는 상대를 향해 으르렁거렸지만 그 울림은 이어서 들려온 위해원의 음성이 만들어낸, 가슴속을 흔드는 메아리에 묻혀 사그라질 수밖에 없었다.

"세상을 휩쓰는 태풍일지라도 저 혼자는 움직이지 못하는 법. 그를 실어다 주는 것은 바람이요. 하물며 하찮은 인간을 날려 버리는 것은 일도 아닐 터."

"풍도지옥이라… 이번엔 뭔지 궁금하군. 자네는 알고 있는 것 같군."

위해원의 설명을 받으며 한발 앞으로 나선 독고음이 질문을 다시 넘겨주었다.

"말 그대로입니다. 풍도, 바람의 길이지요. 보시다시피 그 뒤에 지옥이란 글자가 붙고 있지만."

그 대답을 원하지 않았음은 이어지는 음성에 날카롭게 돋아 있는 가시가 내보이고 있었다.

"말귀를 못 알아듣는 척하는 건가. 어떻게 알았는지 묻는 것이라고 집어줘야 알 만큼 멍청하진 않을 텐데."

"독고음 선배님이야말로 말귀를 못 알아듣는 척하시는 건가요? 이미 다 설명했을 텐데요. 남은 여덟 가지 관문 중 하나가 이곳에 있을 것은 자명한 일이지요. 주위에 널려 있는 먼지는 알갱이가 큰 것을 보니 풍화(風化)에 의한 것이더군요. 그리고 바람과 연관된 것은 풍도지옥란 이름을 갖고 있었지요."

자신이 내보인 가시에 찔릴 것을 두려워하지 않고 과감하게 휘어잡는 위해원을 보며 독고음이 억눌렀던 노기를 드러냈다.

"아까부터 너무 끝없이 솟아오르는 것 아닌가. 괄목상대(刮目相對)라 하지만, 못 본 지 사흘이 지난 것도 아닌데 갑자기 시건방짐이 하늘을 찌를 듯하구나! 결정하고 행동하는 것이 마치 왕이라도 된 것 같지 않은가. 이제는 설명도 없이 모든 것을 네놈 혼자의 뜻대로 하려고 하는 것이냐!"

"왕, 왕이라? 흥! 귀성 어르신의 말씀이 맞습니다. 저 자식 너무 우쭐해 가지고 혼자 설쳐 대고 있는 꼴이 꼭 제멋대로인 왕과 같지 않습니까!"

호랑이 뒤의 여우같이 진사백이 재잘거렸다.

정월명이 힐끔 돌아본 지부용의 표정이 새파랗게 질려 안절부절못하고 있었으니 그녀의 눈에 어둠이 내렸다.

정월명이 고개를 돌려 못 본 척하며 속으로 중얼거렸다.

'왕이라……'

"잡귀야 그만 하자."

굳은 신념이 없으니 마음이 흔들리는 것도 당연한 법이었으니 분쟁을 막아보려 하는 고원월의 목소리는 어딘지 힘이 없었다.

그제야 자신을 둘러싼 이상한 분위기를 감지한 위해원이 다른 이들을 살펴보았으나 지부용 외에 그의 시선을 마주 연결하는 사람은 찾을 수가 없었다.

남궁대수와 장문영 등 모두가 어색하게 눈을 돌려 그의 시선을 피하고 있었던 것이다.

실제로 위해원의 모습이 술에 도수 낮은 또 다른 술을 탄 듯 조금씩 변하고 있다는 것을 모두가 어렴풋이 느끼고 있었던 부분이었다.

머리의 역할은 했으나 손과 발의 의사를 존중했던 그가 폭군(暴君)의 독단에 가까운 행동을 계속 보이고 있지 않은가.

정월명에 대한 일처리와 새로운 통로의 진입이 그러했고 아무런 의논 없이 혼자서 문을 연 것 또한 그러했다.

그리고 그 밖에 말로 표현할 수 없는 기묘한 느낌들…….

튀어나온 돌이 정에 맞는다 했으니 모두가 정이 되어 위해원을 바라보는 것만 같았다.

당황하여 약간 주춤거리는가 싶던 위해원이 빠르게 낯빛을 바꾸며 말했다.

"각각의 상황을 맞이하여 그에 맞는 효율적인 행동을 한 것뿐입니다."

"모두가 자신만이 효율적이라 믿지. 본디 그것이 인간이라는 동물이고. 인정할 것은 인정하네. 자네가 아니었다면 고생 좀 했겠지. 하지만……."

위해원이 독고음의 호흡 사이로 끼어들며 맥을 잘랐다.

"곧 나갈 수 있는데 지지부진하게 굴기 싫었습니다. 매사에 조심하는 것은 미덕(美德)이나 결정에 앞서 망설이는 것은 부덕(不德)이죠."

"무슨……."

"나갈 수 있다니 무슨 말이냐!"

모두가 제각기 말했지만 같은 뜻을 담고 있을 문장 중, 가장 뒤에 줄 섰으나 가장 크게 울려 퍼진 진사백의 말이 다른 것을 삼키고 승리의 함성을 질렀다.

그 누구도 아니고 위해원이 하고 있는 말이니 어떤 근거가 있으리라!

인정하기 싫으나 동시에 인정할 수밖에 없는 자.

그가 위해원이었던 것이다.

망설이는 것 같았던 위해원이 이내 결심한 듯 눈빛을 빛내며 모두의 가슴을 희망으로 빛낼 말들을 쏟아냈다.

"불교에서 지옥을 묘사하고 있는 책들 중에 가장 널리 알려진 것이 『아비달마대비파사론(阿毘達磨大毘婆沙論)』과 『아비달마구사론(阿毘達磨俱舍論)』입니다. 공통적인 내용을 말하지만 팔대지옥과 각각에 속해 있는 열여섯 개의 소지옥에 관한 이야기죠."

"음. 팔과 각각의 딸려 있는 열여섯이라……."

아연한 얼굴이 되어 중얼거리는 남궁대수의 음성에 모두의 얼굴이 일식을 맞이한 세상처럼 흑색으로 물들어갔다.

팔과 그에 딸려 있는 열여섯이라면 결코 통과할 수 없을 숫자였기 때문이라!

그러나 이어지는 위해원의 말은 가리고 있던 달을 치우고 해를 다시 세상에 찾아주려 하고 있었다.

"소지옥이 백이십팔 개니 모두 합하면 백삼십육 개가 되는 것이지요."

"백삼십육! 말, 말도 안 돼! 거짓말이야!"

"그러나 이뿐이 아닙니다. 무간지옥(無間地獄)이니 하는 이름의 지옥 등 팔대지옥 외에도 수많은 지옥이 있다고 전해지고 있으니 그 수는 기하급수적으로 늘어나지요. 처음 도산지옥을 볼 때 든 생각은 이곳이 천축의 사상이 중원으로 넘어오며 도교와 결합된 열 가지 지옥을 표방하고 있다는 것이었습니다. 즉, 결론적으로 팔대지옥이 변형된 십대지옥에 우리는 빠져 있다는 것이지요.”

“팔대지옥이 변형된 십대지옥이라… 위 소협, 우리가 있던 이곳이 총 열 가지 지옥이란 말이오?”

장문영의 떨리는 탄식을 들으며 위해원이 모두를 둘러보았다.

잠시 혼자만의 생각에 잠겼던 위해원은 눈으로 질문을 보내고 있는 다른 이들을 맞이해 낭랑한 노래로 대답을 대신하였다.

비나이다 비나이다 하나님전 비나이다
칠성님께 발원하여 부처님께 공양한들
어느 곳 부처님이 감동을 하실쏘냐
제일전 도산지옥 진광대왕 칼산에 떨어진다
제이전 화탕지옥 초강대왕 끓는 물에 담그리라
제삼전 한빙지옥 송제대왕 얼음 속에 묻으리니
제사전 검수지옥 오관대왕 칼로 몸을 나눌 것을
제오전 발설지옥 염라대왕 혀 빼서 쟁기질하고
제육전 독사지옥 번성대왕 뱀들이 꽈리 틀며

제칠전 거해지옥 태산대왕 형틀에서 톱질하네
제팔전 철상지옥 평등대왕 쇠판에 올려 세우고
제구전 풍도지옥 도시대왕 바람 길을 걸으리라
제십전 흑암지옥 전륜대왕 어둠만이 있으리니
네 갈 곳 어디이냐 나 갈 곳 어디더냐
나 다시 태어나면 다시 죽지 않으리라

쉐에에엥―

누구도 입을 열지 못했고 대신 거친 바람만이 흥이 났는지 사방팔방 뛰어다니고 있을 뿐이었다.

으스스한 한기 속에서 말을 잊고 있던 이들을 향하여 위해원이 상황에 어울리지 않는 따듯한 미소를 지었다.

위해원을 추궁하던 분위기가 급반전의 물결을 타고 있었다.

"민간(民間)에 구전(口傳)으로 전해지는 노래입니다. 지금 상황과 제법 잘 맞아떨어지고 있지요. 내용이야 어쨌든 간에 우리에게는 많은 단서를 제공하고 있지요."

"그렇다면 두 개를 넘었으니 여덟 개만 더 헤쳐 나가면 된다는 뜻이오?"

끝을 알고 모르는 것은 도착점을 알고 달리는 자와 무작정 뛰는 자가 낼 수 있는 힘이 다른 것과 같으니, 목표를 가진 자와 그렇지 않은 자의 차이리라.

그제야 정신을 차리고 주먹을 불끈 쥔 남궁대수의 목소리에 힘이 들어가는 것도 무리는 아니었다.

여덟 관문!

투지가 봄볕 아지랑이처럼 피어올라 일행의 몸을 감싸 안고 있었다.

그러나 위해원은 그것으로 멈추지 않고 더욱 큰 불꽃을 꽃피울 바람까지 불어넣어 주었다.

"헛된 희망을 품었다가 그것이 좌절된 다음 찾아올 무력감을 방지하기 위하여 지금껏 입을 다물고 있었으나, 이제 어느 정도 확실해진 것 같으니 차라리 말하는 것이 날 것 같군요."

위해원이 호흡을 다잡고 선포하듯 말했다.

"아마도 이번과 다음. 즉, 두 번의 관문만 더 넘으면 모든 것이 끝날 듯싶습니다."

"……!"

"두, 두 번!"

"뭐, 뭐라고! 그게 정말이냐! 정말 두 번 남았단 말이냐! 그것만 지나면 이 모든 것이 끝난단 말이더냐!"

발품 나가는 아비가 돌아오는 길에 사탕을 사다 주겠다는 말에 몇 번이고 다짐받는 아이처럼, 진사백이 제자리에서 껑충 뛰며 위해원의 말을 다시 확인했다.

이번엔 술에 취해 빈손으로 돌아올 아비의 모습에 상처 입을 아이를 걱정하는 아낙처럼, 지금껏 묵묵히 있던 정월명이

미심쩍다는 말을 내던졌다.

"무엇으로 확신하죠? 영혼이 날아가 미리 보고 온 것이라도 한 것처럼 말을 하는군요. 책임질 수 없는 말은 안 하는 줄 알았는데."

냉소적인 어미의 말에도 불구하고 위해원은 아이의 손을 꼭 잡아주는 아비의 따듯한 기운이 서린 목소리로 기꺼이 대답해 주었다.

"영혼은 아니나 생각이 날아갔다 왔지요."

"생각이 날아갔다 왔다?"

"사실 간단합니다. 처음 석실에 열려 있던 네 개의 통로를 기억하십니까? 빛과 어둠, 그리고 청과 홍으로 막혀 있던 문입니다. 상식적으로 생각할 때 애써 우리를 모아두고 바로 탈출할 수 있는 문의 근처에 놓았다고는 생각하기 어렵습니다. 따라서 어느 문으로 가든 또 다른 지옥으로 연결되어 있다고 추측할 수 있습니다. 십대지옥이니 네 개의 문을 각각 두 개 혹은 세 개로 나누면 얼추 맞겠군요."

"그렇다면!"

"잠깐, 모순이 있군. 문 하나에 둘에서 셋의 관문이라는 말대로라면 우리는 이미 두 개를 넘어왔으니 끝났거나 아니면 이번이 마지막이 돼야 하는 것 아닌가. 그런데 왜 이번과 이다음, 합쳐서 두 관문이 남아 있다는 말이지?"

들뜬 고원월이 말을 막으며 가라앉은 독고음이 나섰지만,

이번에도 위해원의 말은 쉼이 없었다.

"오다가 막힌 통로, 그리고 새롭게 뚫려 이곳으로 연결된 길은 분명히 차이가 있다고 말했었습니다. 단언하건대 우리가 서 있는 이곳과 연결되었던 통로는 만들어진 지 얼마 되지 않았습니다. 세월이 아직 지나가지 않은 벽의 상태로 보아 알 수 있었죠. 그리고 다시 원래 색깔의 동굴을 만났습니다. 자, 이제 아시겠습니까?"

그러나 화자(話者) 외에 그것이 가진 의미를 아는 청자(聽者)는 없어 보였다.

주위를 둘러본 위해원이 나직한 한숨을 내쉬었다.

"이곳은 없던 곳입니다. 정확히 말하면 우리가 선택한 길에서는 만날 수 없는 곳이라는 것이 맞겠군요. 따라서 청문에 대한 선택은 옳았다 할 수 있습니다. 화탕지옥이 청문과 연결된 마지막 지옥이었을 것입니다."

숨을 고르며 위해원은 부드러운 몸짓으로 정월명을 돌아보았다.

청문으로 모두를 이끌었던 그녀를 탓하고 의심으로 얼어 있던 모두의 굳은 마음을 녹이는 봄볕 같은 눈빛이었다.

"잠시 보였던 새로운 통로는 이곳과 우리를 연결시키기 위한 샛길입니다. 즉, 청문에 배정된 지옥을 넘어온 우리를 위해 급하게 만든 통로이니 서두르면 또 다른 수작을 부리기 전에 그들과 만날 수도 있겠죠."

"그들, 이곳의 배후들과 만날 수 있단 말이냐!"

고원월의 몸에서 불어오는 바람이 무색해지는 폭풍같이 기세가 일어났다.

위해원은 다짐하는 아비가 되어 몇 번이나 고개를 끄덕거렸다.

"화강암을 뚫는 것의 어려움은 익히 말했듯 대공사라 할 수 있으니까요. 자신들의 세력권 안이지만 은밀하게 하는 것에는 한계가 있을 것입니다. 이것이 제가 서두르는 이유입니다. 시간 싸움이지요. 그리고⋯⋯."

"시간 싸움이라⋯⋯. 서두르면 만날 수 있다?"

"흠."

중얼거리는 독고음과 침묵하고 있는 고원월의 반응은 달랐지만 두 눈에 떠오르는 살기는 매한가지였다.

"그리고? 그리고 또 무엇이란 말이냐!"

아비의 귀환을 채근하는 아이가 되어 진사백은 호흡을 다잡는 위해원을 보채고 있었다.

"이미 말한 것과 같이 불교에서는 십대지옥에 순서를 붙이고 있는데, 도산지옥이 처음이요, 화탕지옥이 두 번째며, 이곳 풍도지옥은 아홉 번째에 속해 있습니다. 삼을 건너뛰고 구가 되었으니 우리가 택했던 문은 두 가지 지옥이 배정된 것이었으나, 구와 십으로 이어진 다른 관문과 억지로 연결된 것이라는 증거가 됩니다."

"그렇군! 그 말대로라면—"

"하여간 제 두 가지 추측 중 하나만 맞는다 해도 이다음이 마지막 관문일 확률은 매우 높습니다. 십대지옥, 그중 우리는 구에 있습니다. 그리고 십이 모든 것의 마지막이니까요."

위해원의 말이 끝난 동굴 안에는 여전히 매서운 칼바람 소리가 울리고 있었지만, 그것을 능히 막을 수 있을 것 같은 희망이 모두의 몸을 무장시키고 있었다.

두 관문.

이곳과 다음, 이제 끝이 보이고 있었기 때문이리라.

이제 누구도 위해원을 드잡이하고자 하는 이는 아무도 없었다.

"이것이 정녕 바람이란 말인가!"

"어떻게 실내에서 이런 바람이 불 수 있단 말이지? 혹시 이미⋯⋯."

"실외는 아닙니다. 바람이 만들어지는 원인과 지옥 간의 배치를 고려하면 충분히 가능성 있는 일입니다."

최후의 두 관문이 남아 있는 것으로 여겨지는 상황이었다.

문을 넘어 경계로 진입하려던 고원월이 경의적인 힘에 잠시 대항하다가 결국 포기하며 돌아와 안타까움과 놀라움을 버무려 논 말을 신음처럼 내뱉었고, 장문영은 그 존재 자체에 대한 의문을 약간의 희망과 함께 토해냈다.

　그리고 위해원은 모든 것을 정리하듯 단호하게 말의 칼을 휘둘러 좌중을 압도하고 있었다.

　상황을 지켜보고 있던 독고음이 지긋한 눈빛으로 위해원을 훑어보며 물었다.

　"원인과 배치라… 자네의 지식은 이젠 새삼스럽게 놀랍지도 않군. 지금껏 문제가 만들어진 과정을 알고 있으니 답을 만들기도 쉬운 게로군. 뜻만 맞는다면 제자로 삼고 싶을 정도야. 능히 천하를 다툴 재목이거늘……. 어디 말해보게나."

　겉으로 드러나 있는 칭찬 일색과는 다르게 경계의 빛깔이 안쪽에 덧칠해져 있는 것을 모르지 않은 위해원이었지만 입을 여는 것에는 여전히 인색함이 없었다.

　행동만으로 모두를 이끌었던 잠시의 시간이었지만 반발은 충분히 겪었기 때문이었을까…….

　"덥지 않습니까?"

　"응? 그래, 그렇군. 새로운 통로로 들어서면서부터 땀이 옷을 적시는군."

　뜬구름을 잡는 듯 난데없는 물음이었지만 고원월은 성심껏 대답하였다.

　흡족한 대답이었는지 위해원의 고개가 움직였고 곧이어 입도 움직였다.

　"바람은 기압 차에 의해 만들어진다고 하지요. 적절하진 않지만 쉽게 말하자면 뜨거운 것과 차가운 것이 만날 때 공기가 충돌하는 힘도 그 일종이라고 해두지요.”

“상반되는 공기의 충돌? 확실히 이곳은 기이하게 더워. 마치 지나온 온천을 이곳에서 끓이고 있는 것처럼!”

“그렇습니다. 아마도 이곳은 우리가 지나온 화탕지옥의 온천을 만들어내는 열기의 원인 부근에 뚫려 있는 장소일 것입니다. 어쩌면 굳지 않은 용암이 땅 밑에 흐르고 있는지도 모르지요. 아니면 이 밑이 뜨겁게 달구어진 철판이 있는 여덟 번째 철상지옥(鐵床地獄)이 있는지도 모르겠군요.”

달구어진 부뚜막 위에 앉은 송아지가 엉덩이를 잡고 화들짝 놀라는 것마냥 진사백이 제자리에서 펄쩍 뛰었다가 이내 실태를 깨닫고 얼굴에 노을을 드리웠다.

그것을 모른 체하며 위해원이 하던 말의 마침표를 찍었다.

“하여간 그 힘과 이곳 어딘가에 있을 세 번째 지옥인 한빙지옥(寒氷地獄)의 힘을 이용하면, 인위적으로 이런 바람을 만들어낼 수 있을 것 같습니다.”

“정말 대단하군!”

경탄을 보내는 장문영의 말에 위해원 역시 고개를 끄덕거리며 별빛같이 반짝이는 눈으로 주위를 둘러보았다.

“정말입니다. 이런 대공사 자체도 대단하지만 각기 다른 여러 현상을 이용해 팔대지옥을 현세에 만들어낸 자야말로 진정 대단한 자라 할 수 있습니다. 재력과 야망. 거기에다가 지식과 지혜…….”

위해원의 눈에서 열기가 아른거렸다.

경계와 적의가 아닌 순수한 탄성과 경의에 젖은 눈빛이었다.

"적이지만 감탄하지 않을 수 없군요. 꼭 만나서 얘기를 나눠보고 싶을 정도군요."

언제나 다른 이의 고개를 위아래로 끄덕이는 말을 만들어낸 위해원의 입이었지만 이번엔 장문영의 고개가 좌우로 흔들렸다.

"아닐세. 그자도 대단하지만 내가 말하는 것은 자네일세."

"예?"

좀처럼 보이지 않는 당황을 내보인 위해원을 바라보며 이번엔 고원월이 흐뭇한 얼굴로 끼어들어 장문영의 말을 거들었다.

"나도 보증하지. 그자가 누구든 간에 자네를 능가하지는 못할 걸세. 자네가 그자의 입장에 있었다면 이것들을 충분히 만들고도 남았을 거야! 자네 외에 그럴 능력이 되는 자가 있다는 것 자체가 오히려 더 놀랍군. 하하하!"

돌을 정으로 쪼아 새겨놓은 글이 세월에 사라질지라도 팔인의 가슴에 새겨놓은 위해원이라는 인물은 여전히 남을 것이라는 분위기가 역력해지고 있었다.

"흥!"

진사백은 아니꼬운 얼굴이었지만 반박하지 못하고 콧소리

를 한 번 냈을 뿐이며 남궁대수는 흠모의 빛을 위해원에게 보
내고 있었다.

그리고 한쪽에 서 있던 지부용은 마치 제가 칭찬을 들은 것
같이 기쁜 표정으로 발그레한 홍조를 담아내고 있었다.

정월명도 칭찬인지 조롱인지 모를 소리를 덧붙였다.

"그럼, 우린 다행으로 알아야겠군요. 만약 위 소협이 이런
곳을 만들었다면 누구도 이곳을 나갈 수 없을 테니까."

"하하. 상상만 해도 끔찍하군. 위 소협은 능력이라면 천하
에 누구도 나가지 못할 장소를 만드는 것도 무리는 아닐 테니
까! 진짜 나중에 그런 곳 하나 만들어서 거꾸로 여기 있는 놈
들을 다 쳐 넣어도 재미있겠군. 절대 나오지 못한다에 한 표
던지지. 하하하."

고원월이 생각만 해도 속이 시원하다는 표정으로 위해원
을 바라보며 오랜만에 큰 웃음을 만들었다.

그것이 부담스러웠는지, 뜻 모를 고민에 휩싸였는지 위해
원은 고개를 파묻고 얼굴을 붉히고 있을 뿐이었다.

그러나 훈훈히 달아오른 구들장에 얼음물을 끼얹는 듯 독
고음이 다시 입을 열었다.

"시간이 없다고 하지 않았는가? 시간 싸움이라고 들었던
것 같은데. 남은 칭찬은 이곳을 나간 뒤 연서(戀書)에라도 적
어서 보내기로 하는 것이 어떻겠나. 제법 경쟁자가 많을 것
같지만."

두 관문만 넘으면 된다는 생각에 지나치게 들떠 있었던 것이리라.

독고음이 던진 말이 씨앗이 되어 모두의 가슴속에 긴박감이라는 새싹을 싹틔웠다.

농부가 되었던 독고음은 자신의 말에 누구도 반박하지 못하고 분위기가 전환되자, 만족스러운 얼굴로 위해원을 바라보며 느긋하게 말했다.

"그래, 이번엔 어떻게 통과하지?"

잠시 생각에 잠겨 있던 위해원의 미간이 찡그러졌다.

"아마, 통로가 좁은 것은 바람이 퍼지는 것을 방지하고 풍속을 빠르게 하기 위한 것일 겁니다. 해결 방법은……!"

"풍속을 빠르게 한 것만으로 이런 기이한 현상을 만들 수 있다는 말인가? 바람 그 자체만으로? 하여간, 그래서 해결 방법이라는 것은?"

"방법은 물론…… 헛!"

한동안 침묵으로 생각을 정리하던 위해원이 손으로 창백해진 자신의 이마를 짚었다.

그의 한쪽 무릎이 살짝 굽어지며 몸이 기우뚱거리고 있었다.

"왜 그러는가?"

걱정하는 장문영의 목소리에도 대답은 쉬이 나오지 않았다.

"자네, 괜찮은가!"

고원월도 다급하게 다가섰다.

위해원이 벽을 짚으며 힘겹게 몸의 균형을 다잡고 떨리는 음성을 내뱉었다.

"…숨을 내쉬려면 숨을 들이마시는 것이 먼저지요. 그 반대도 마찬가지고요. 바람을 뿜어내기 위하여 빨아들이는 것이 먼저입니다. 이곳이 힘의 원천이 아닐진대 이러한 흡입력을 보인다는 것은 저 문을 건너섰을 때 풍도지옥에 내몰아 칠 바람의 위력을 반증하는 것……. 그, 그 정도의 힘을 아무것도 없는 이곳에서 막으려면……."

이마를 짚고 고개를 숙여 표정은 읽을 수 없었으나 위해원의 목덜미가 붉게 달아올라 있었고, 그 음성 또한 다 나오지 못하고 목구멍에 반쯤 묻어져 있는 것처럼 탁하기만 했다.

그리고 그 꼬리에는 숨 막히는 떨림을 매달고 있었다.

전에 없던 위해원의 태도에 이상함을 느낀 독고음이 여유롭던 자세를 고치고 재촉을 더했다.

불안한 기운이 다가오고 있었으니 뭔가가 일어나기 전에 울리는 주의보가 머릿속에서 일어나기 시작했던 것이었다.

"그래서. 그다음은?"

지팡이를 잃은 맹인이 길을 더듬듯 지금껏 청산유수(靑山流水)로 흐르던 위해원의 말이 이상하리만큼 더듬거리고 있었다.

"…통로가 직각으로 꺾어진 것은 바람이 문을 날려 버리는 것을 막기 위한 것이었겠지요. 꺾이는 모서리 어딘가에 바람이 쏘아지는 구멍이 있을 것입니다. 크지는 않을 것입니다. 풍력을 모았다가 일순간에 발출하도록 해야 하니까요…….”

위해원의 입술이 이에 눌려 엷은 핏자국을 보이고 있었다.

말을 이어가지 못하는 모습에 독고음이 결국 호통을 내질렀다.

“그리하여!”

“…즉, 문 바로 앞부터 꺾이는 장소까지는 주위를 빨아들이는 흡입력이 발생하고 꺾이는 부분을 기점으로는 앞으로 쏘아지는 힘이 발생하고 있을 것입니다.”

“음… 어려서 본 적 있습니다. 땅부터 하늘까지 이르는 거대한 소용돌이가 사람이나 가축 따위는 우습고 집마저 빨아들였다가 다시 저 멀리 내던지던 모습을.”

남궁대수가 유년의 기억을 끄집어내며 자연의 거대한 힘 앞에 미약하게 몸을 떨었다.

“잘됐군! 바람을 타고 앞으로 날아가면 되겠군. 어차피 나가야 하니까 말이야!”

두 관문밖에 남지 않았다는 말이 만들어낸 기쁨의 바다 속에 빠져 아직도 자맥질을 치고 있는지 진사백이 대소를 닮은 웃음을 지으며 장난스럽게 말했다.

그러나 이미 머리를 식힌 고원월이 풍랑이 오고 있음을 이해하지 못하는 그를 바다에서 건져 주었다.

"알 수 없는 기세를 타면 위험해. 잠깐 발을 들여놓는 것만
으로 온몸을 주체하지 못하게 만드는 흡입력이었네. 중심부
에 이르면 몸을 제어할 길이 없을 거야. 진행 방향이 막혀만
있어도 압력에 납작하게 눌릴지도 모를 일이야."

천하의 장왕조차 몸서리치게 만드는 것이 자연의 힘이었
다.

그제야 진사백은 묻어 있던 장난기를 씻고 대신 창백함을
얼굴에 묻히고 위해원을 바라보았다.

축시경의 묘지같이 주변이 고요해지자 유령의 음성인 양
차가운 목소리를 독고음이 이어나갔다.

"저번처럼 귀찮게 빼거나 하지 않을 테니 각자 해야 할 일
을 말해주도록 하지."

"……."

창백하다 못해 파리해 보이기까지 한 안색이 된 위해원은
대답하지 않았다.

처음 보는 그의 모습에서 일행은 불안함이란 이름의 구렁
이가 스멀스멀 자신들의 전신을 맴돌며 붉은 혀를 날름거리
는 것 같은 기분을 느껴야만 했다.

흰구름이나 먹구름이나 그 성분은 다름없이 같아 구성하
는 물방울의 크기에 따라 빛이 반사되는 차이뿐일 것이니, 위
해원이 대답없기는 처음과 마찬가지였지만 다른 이들에게 있

어 불길한 기운의 크기는 더욱 커져만 갔다.

야밤을 틈타 성문을 넘으려는 적군처럼 엄습해 들어오는 불안감을 떨쳐 내기 위하여 팔 인은 마음의 문의 빗장을 굳게 다잡아야만 했다.

이제는 풍도지옥이 만들고 있는 바람과 더해져 위해원이 만들고 있는 이상기류를 느끼지 못하는 이는 아무도 없었다.

"잡귀야, 너무 재촉하지 마. 위 소협도 사람인데 생각할 시간은 주어야지. 안 그런가, 위 소협?"

등 뒤로 흐르는 한줄기 식은땀을 느끼며 고원월이 애써 담담한 얼굴로 나무랐지만, 심상치 않은 것을 감지한 독고음은 개의치 않고 열을 올렸다.

"이봐! 위해원! 해결책을 말하다 말지 않았나!"

"…구멍, 구멍을 막아야지요……."

말과는 다르게 목에 구멍이라도 난 사람처럼 벌어지지 않는 입을 억지로 달싹이는 기색이 역력한 음성이었다.

고원월은 얼음덩이라도 올려놓은 듯 무겁고 싸늘해진 마음을 애써 수습하며 억지로 기쁜 표정을 지어 보이고 주변을 둘러보며 과장스럽게 말했다.

"그, 그렇지. 구멍을 막아야지."

"어떻게?"

"……."

독고음의 얼굴에는 파란 힘줄이 돋아나고 그의 눈에는 붉은 핏줄이 선을 그리고 있었다.

잠시 기다렸지만 닫혔던 입은 열릴 길 없었다.

원하는 대답을 듣지 못해 진노한 독고음이 그의 이름을 불렀다.

"위! 해! 원!"

이름을 불러주기 전에는 하나의 몸짓에 지나지 않았으나 그 이름을 부르니 꽃이 되어 찾아들었다고 하였던가.

이름이 갖는 것의 의미가 무어든 간에 독고음의 승리였다.

위해원의 고개가 번개 치듯 번쩍이며 들려졌다.

그 붉게 노을 진 눈가에는 영롱한 이슬이 걸려 있었지만 아름답게 보이지는 않았다.

물기를 뒤따라 터져 나오는 폭풍우 때문이었다.

"짧게 숨 한번 내쉴 시간에 오십 리를 이동하는 바람 앞에서 사람이 움직이지 못합니다. 칠팔십 리쯤 되는 풍속이라면 나무며 오두막집 따위는 우습게 쓰러뜨리지요! 저것은 백 리는 넉넉히 갈 힘을 가진 바람이란 말이야!"

어느새 반말로 바뀐 어투였지만 누구도 나무라지 못한 것은 절규하듯 높아진 음성과 물기로 눈동자를 감싸고 있는 위해원의 모습 때문이었으리라.

부르르—

가지에 매달린 나뭇잎을 흔드는 흔들바람이 된 것 같은 위해원의 모습이었다.

그리고 그의 말끝에 매달린 여덟 사람의 마음도 흔들거렸다.

"하, 하지만 그래 봤자 겨우 바람인데—"

"겨우 바람? 겨우 바람이라고!"

간신히 입을 달싹이던 진사백이 악귀처럼 일그러진 위해원의 고함에 화들짝 놀라 목을 움츠렸다.

이 때문에 지금껏 얼굴을 들지 못하고 있었던 것일까.

단정함은 간데없고 비통함만이 가득한 얼굴은 흡사 가면을 빠르게 바꿔 쓰는 변검(變臉)을 보는 듯했다.

무대 위의 배우처럼 위해원의 몸짓과 음성이 격정적으로 커지기 시작했다.

"방법? 물론 있지! 아주 간단해! 한 명, 아니, 적어도 두 명은 죽어야 해! 빨려 들어가는 순간에 구멍에 제 몸을 끼워 막고 나머지 사람들이 통과하는 것이 방법이지! 그러나 모두 통과한 다음은? 가슴에 바람구멍이 안 나고 버틴다 하더라도 그들은 몸을 어떻게 빼지! 하지만 그 외엔 방법이 없단 말이야! 이제 속이 시원—!"

털썩—!

손짓 하나로 여러 장의 가면 바꿔 쓰던 중 귀신의 가면을 쓴 차례인 듯 일그러진 표정의 위해원이 말을 끝까지 이어나가지 못하고 허물어지듯 쓰러졌다.

갑자기 벌어진 일이었지만 누구도 사태를 정확히 파악하

지는 못하고 있는 것이 분명했으니 위해원의 입에서 나온 말이 몰고 온 파장에 의해 공황사태에 빠져 있었음이라!

누군가 반드시 스스로 죽어야만 한다!

사건 전의 주의보는 끝나고 사건 후의 경보가 뇌리 속을 뇌수대신 메우고 윙윙 울리고 있었다.

"악─! 유숙!"

지부용이 비명을 지르며 무대를 떠나 객석 바닥에 몸을 누이고 있는 위해원 곁으로 날아왔다.

그 모습을 바라보던 독고음이 여유를 되찾은 나직한 음성을 지부용에게 건넸다.

"아이야, 저번처럼 도는 휘두르지 말도록 하지. 성인군자가 깨어 있으면 곤란할 상황이 나타날 것 같아서 잠시 수혈을 집은 것뿐이니까. 그동안 머리 굴리느라 피곤했을 텐데 푹 자는 것이 좋지 않겠나."

"당신!"

"아, 걱정 말지. 저 위가 아이가 스스로 죽는다고 자청해도 내가 말릴 참이니까. 그는 아직 머리 쓸 일이 하나가 더 남아 있거든. 거짓은 아니야. 보게나, 오리도 저렇게 가만히 있지 않았는가. 호호호."

동냥하듯 선심 쓴다는 식의 말투에 지부용의 입가가 가늘게 떨렸다.

그러나 독고음의 말이 의미하는 것을 알아차린 지부용은

더 이상 지체없이 위해원을 들쳐 업고 구석으로 빠르게 자리를 옮겼다.

그 모습을 지그시 바라보던 독고음이 커다란 만족감을 드러냈다.

"정말 좋은 소리군. 이제껏 했던 어떤 말보다 훌륭해. 곧 모든 게 끝이 난다니! 또한 이곳은 지금껏 겪었던 관문에 비하면 터무니없이 쉽지 않은가! 한둘만 죽으면 마지막 관문으로 가는 길이 열린다는데 진즉에 이럴 것이지. 오리야, 왜 그러냐? 그렇게 나를 터져라 쏘아보다가 네 눈알이 먼저 터져 나가겠구나. 크크크."

쉐에에에엥—

여전히 바람은 매섭게 불고 있었다.

그리고 그 바람결에 그간 잠들어 있던 귀성 독고음이 마침내 부활하였다.

희생(犧牲)

아이들의 파랑새는 집에 있었다.

승려의 깨달음은 해골 속에 고여 있던 물에 있었다.

그러나 이것은 부수적인 보답에 불과할 뿐이리니 자신의 모든 것을 걸 수 있는 무엇인가가 있는 자의 삶은 어찌 부럽지 않을까.

한평생 가치를 찾아 헤매인 자의 가치는 그 헤매임 자체에 있는 것이리라.

구 인 중 하나가 그 헤매임의 길, 막다른 곳 앞에 서 있었다.

쿠웅!

쿵쿵!!

쿵쿵쿵쿵!!!

문 사이로 틈새로 분다고 하여 이름 지어진 문바람이 벌어진 마음의 틈을 비집고 들어오려는 것일까.

독고음의 음성이 일행의 심장을 거세게 두들기는 손짓이 되어 울리고 있었다.

의식하지 못했지만 진사백 등은 터질 듯 쿵쾅거리는 심장을 안은 채 독고음으로부터 뒷걸음질 치고 있었다.

그러나 어디에도 도망갈 곳은 없었으니, 이내 등이 벽과 밀착했다.

"네놈! 잡귀!"

흐트러진 머릿결이 번개라도 맞은 사람처럼 쭉 펼쳐지고 있는 것에서 장왕 고원월의 분노는 쉽게 짐작할 수 있었다.

그러나 귀성 독고음은 울타리 안 묶여 있는 옆집 개를 보듯 여유롭기만 했다.

구경이 끝났으니 품평의 시간일까.

독고음이 한적하게 뒷짐을 지고 입을 열었다.

"멍청하군. 방법이 어찌 됐든 간에 너와 나를 이곳으로 데려온 놈들이야. 이런 애송이들까지 혹으로 달고 아무런 희생 없이 나갈 수 있을 것이라 생각한 건 설마 아니겠지? 바람에 먼지가 이니 그것이 가라앉게 피 좀 뿌리는 것이 무얼 대수라고 난리란 말이냐.”

“잡귀, 네 이놈! 아무도 희생하지 않는다! 이곳에서 피를 뿌릴 자가 있다면 그것은 바로 너다!”

장왕은 결코 뉘 집 개가 아니었으니, 방금 하산한 호랑이의 위세로 고원월의 장삼이 팽팽히 부풀어 오르고 그의 몸이 붉은 기류로 휩싸이기 시작했다.

그것을 바라보던 독고음은 자신의 공력을 끌어올려 맞상대하는 것이 아닌 고원월의 공력을 끌어내리는 방법을 선택하였다.

그리고 그것은 먹혀들었다.

성현(聖賢)의 도리만 외치고 세상의 이치는 몰라라 하는 유생을 경멸하는 실학자같이 독고음이 준엄한 음성으로 꾸짖기 시작했다.

“나를 죽일 수 있을까? 그래, 저번처럼 모두가 작심해서 덤벼든다면 어쩌면 가능성이 있을지도 모르겠군. 흐흐흐. 그래서 그다음은?”

“……!”

다음이란 말에 막혀 있던 생각이 진행되었음인가, 고원월이 주춤거렸다.

그 기색을 하나도 놓치지 않고 지켜보던 독고음의 입가에 옅은 주름이 잡혔다.

“이제야 알았더냐. 어차피 누군가 몸으로 막아야 한다고 하지 않았단 말이더냐. 자신의 의지로 우리가 통과할 때까지 버티고 있어야 하니 억지로 강요해서 될 일은 아니지. 따라서 나는 강요할 수도 없고 하지도 않는다. 그저 누군가 나서길 기다릴 뿐."

"하지만 지금 네 태도는!"

"자기만 착한 놈이 되고자 하는 놈들을 위해 현실을 말해 주는 것일 뿐! 누군가의 희생은 불가피한 상황이야. 아니면 아무도 희생을 만들지 않고 모두가 희생자가 되자는 말이란 뜻이냐! 대(大)를 위하여 소(小)를 버릴 줄 알아야 하는 법! 그렇게 혼자 입으로 정의로운 척하기 전에 네 몸뚱이를 저 구멍에 끼워 넣어봐라!"

부르르르ー

한바탕 진동이 지나간 뒤 고원월의 장삼이 풀이 죽어 내려앉았고, 그의 시선은 조금 전의 위해원마냥 바닥을 향하고 있었다.

그 모양을 보던 독고음이 비릿한 조소를 입가에 달고 주변을 둘러보며 말했다.

"다음, 또 나설 사람 있나?"

남궁대수는 어느새 광접을 뽑아 들고 있었고 진사백은 창백하게 질린 얼굴로 벽에 기대어 서 있었다.

구석에 서서 손으로는 대소를 굳게 잡고 눈으로는 문 너머를 쳐다보는 장문영도 있었다.

노인답지 않게 빛나는 눈동자를 가진 신의 장문영은 미약하게 몸을 떨고 있었다.

심상치 않은 기운을 느낀 것일까.

그 품으로 대소가 파고들었고 그의 몸을 꼭 껴안아주는 장문영의 눈동자가 회색빛으로 물들었다.

모두의 생살여탈권(生殺與奪券)을 진 염라대왕이 된 기분으로 독고음은 오랜만에 느껴보는 자신의 위세를 맘껏 누리고 있었다.

아니 땐 굴뚝에 연기가 날까 하며 명불허전(名不虛傳)이라 했으니 귀성의 명성이 허언이 아닐진대, 그간 참아도 너무 참고 있었던 것이었다.

"없나 보군. 그럼 결정하도록 하지. 저 위가 놈은 다음 관문을 위해서 제외하도록 하고 그럼 여덟 중 둘을 뽑아야겠군. 왜들 말이 없지? 우리 서로 의견을 타진해 보세. 어떤 방법이 좋을까? 비무? 제비뽑기? 크크."

"잡귀! 기다려라! 무슨 다른 방도가 있을 것이야! 먼저 위소협을 깨우고 모두 힘을 합쳐서……."

고원월은 잦아드는 기운을 억지로 불러일으켜 보았지만 그리 오래가지 못했다.

"시간 싸움이라는 소리 못 들었나! 의자에 앉아 탁상공론(卓上空論)이나 벌이자는 것이냐? 그리고 과연 저 위가 놈이 다른 방법이 있는데 그런 행동과 말을 하였을까? 자신이 한 말이 불러울 파장을 모르지 않을 놈이?"

"하, 하지만!"

쓴 약이 몸에 좋다는 말을 듣기 싫은 말이 옳다는 것으로 치환(置換)될 수 있을 것인가.

분명한 것은 고원월은 독고음의 말을 부정할 수 없었다는 것이었다.

"그렇다면 지금껏 저 녀석이 했던 모든 것을 종합했을 때 결론은 하나! 다른 대책은 없다. 오직 방법은 그것 하나뿐이란 말이다! 네놈은 진정 내 말이 틀렸다고 할 수 있느냐!"

"……!"

결국 고원월은 아무런 반박도 하지 못했다.

"우우우—!"

어미의 품에 안긴 새끼가 본능적으로 위험을 느낀 듯 대소가 않는 소리를 웅얼거리며 몸을 움츠렸다.

새끼를 품은 어미 된 장문영의 입이 더욱 굳게 다물어졌고 그의 눈동자가 탁해졌으며 몸의 떨림이 조금씩 커지기 시작했다.

"이 상황이 꽤나 즐겁나 보군요."

한동안 듣지 못해 이 순간 낯설게까지 들리는 음성이었다.

독고음의 고개가 진원지를 찾아 서서히 돌려졌다.

화탕지옥을 겪으며 자신의 정체를 밝힌 이후로는 벙어리가 되기로 작심한 것같이 말을 아끼던 정월명이 독고음 곁으로 천천히 다가오고 있었다.

독고음은 몸을 정월명 쪽으로 비스듬히 돌려세우고 모든 근육을 긴장시키기 시작한 것과는 다르게 입으로는 여전히 여유로운 음성으로 말을 받았다.

"그래, 잠시나마 그대를 잊고 있었군. 즐겁냐고? 나쁘지 않아. 난 이런 것이 좋아. 인간의 본성이란 죽음 앞에 충실해지는 것이거든. 말한 것처럼 제 몸을 던져 스스로 버티고 있어야 하는 상황이니 누가 강요해서 억지로 될 수 있는 것은 아니란 말이지. 결국 자신의 의지로 자원해야 한다는 것인데 적어도 난 자원하지 않을 것이거든. 크크큭. 내 말이 틀린 것 같은가?"

"계속하시지요."

반 장의 거리를 사이에 두고 정월명의 걸음이 우뚝 멈춰 섰다.

독고음의 기가 휘몰아치는 영역에서 세 치 앞이었다.

죄인이 되었으나 혼란 중에 자유를 찾은 그녀의 발끝을 바라보는 귀성의 눈에서 빛이 번쩍거리고 있었다.

"그리고 눈을 돌리면 이런 일에 자원할 만한 인간이 이 중에 심심찮게 보이는군. 적어도 평소에 그런 행동과 말을 해왔으니 이 상황을 어찌 타개해 나갈지도 궁금하고."

"평소에는 어쨌든 지금은 모두 회피로 일관하는 경우에는?"

"단지 가식이었어도 일단은 즐겁긴 하지. 흐흐흐. 깨끗하게만 보였던 것이 추해지고 더럽혀지는 것을 지켜보는 것도 나름의 재미가 있거든. 그 뒤는 그때 생각하도록 하면 되니 이 어찌 이 순간을 즐거워하지 않을까. 당신은 어느 쪽이오? 깨끗하신가, 아니면 이미 더럽혀지셨는가. 으하하하!"

우리에 갇혀 있던 맹수가 밖으로 나온 것처럼 억누르고 있던 본성을 마음껏 들어내며 독고음이 광소를 만들어냈다.

그 모양새를 지켜보던 정월명이 나직한 음성을 토해낸 뒤에야 웃음소리는 끝이 날수 있었다.

"멍청하군. 물으나마나지. 나도 당신과 같은 쪽이야. 싱그러운 초목도 없는 이따위 곳에서 쓸쓸하게 죽을 순 없지. 그리고 꼭 산 자일 필요는 없다는 것을 아직도 모른단 말인가. 물론 숫자는 좀 더 들겠지만."

"……!"

독고음의 신형이 빠르게 뒤로 물러나며 정월명과의 거리를 만들었다.

말을 하던 정월명의 기세가 갑자기 커지며 자신의 영역을 침범했기 때문이라!

웃었던 적이 처음부터 없었던 것같이 정색으로 변한 얼굴의 독고음이었고, 그에 반해 이번엔 정월명의 입가에 엷은 미소가 걸려 있었다.

장터의 아낙 같던 그 동그란 얼굴이, 홍등가의 기생 같은 요염한 웃음을 머금고 사람을 늑대로 바꾼다는 보름달처럼 환하게 떠올랐다.

그러나 그것을 보는 이들은 보름달에서 빛 대신 어둠을 쏘아 보내는 것처럼 느껴야만 했다.

"왜 그러지요? 그 방법은 당신 혼자서는 안 돼요. 나 혼자서도 안 되지요. 그러나 우리가 손잡으면 될 것 같은데요."

"손을 잡는다? 방법?"

의외의 제안에 독고음의 눈매가 길쭉해져 정월명을 탐색하기 시작했다.

정월명은 숨길 것이 없다는 듯 어깨를 당당히 펴고 턱끝을 조금 더 치켜 올려 보였다.

"한둘이 스스로 버티고 있으면 된다고 한다면 네댓 죽여 놓고 시체를 꾸겨서 막아놓으면 우리가 통과할 시간은 충분하지 싶은데……."

"뭐, 뭣이!"

천하의 귀성 독고음이 끝내 다른 사람 때문에 저도 모르게 탄성을 내지르고 있었다.

쉐에에엥—

또다시 바람 소리가 귀를 멍멍하게 하고 있었다.

정월명이 말을 이어갔다.

"왜? 싫은가요? 저는 당신이 보였던 무공만이 전부라고 생각하지는 않고 있어요. 설마 당신은 저 애송이들처럼 제가 보였던 것들만으로 밑천을 전부 드러냈다고 생각하고 있는 건 아니겠지요?"

"……!"

또다시 정적이 흘렀으니, 독고음은 대답하지 않았고 다른 이들은 말을 잃었기 때문이다.

현실이 아닌 꿈속에 빠져 있는 것 같은 분위기, 그것의 이름은 악몽이라.

"어서, 이리들 오게!"

넋을 잃어 실혼인이 된 것같이 얼어 있던 남궁대수와 진사백, 그리고 장문영 등이 화들짝 놀라 방금 잠에서 깨어난 듯 재빠르게 고원월의 곁으로 다가와 섰다.

있지도 않은 살얼음판이 깨지는 소리가 귓가에 들리는 듯했으니, 얌전히 시작했다가 점차 광포해지는 독고음의 말이 아슬아슬하기만 했던 구 인의 집단을 깨뜨리는 실체가 되어 울려 퍼졌다.

"흐……. 흐흐. 열 길 물속을 보는 것이 낫지, 한 길 사람 속이란. 크크. 크하하하하—! 좋아! 아주 좋아! 나 못지않게 대단한 사람이 여기도 하나 있었군. 부인, 놀랍구려. 순간적으로 나도 말문이 막혔을 정도라오. 좋아! 우리의 동맹(同盟)은 성립되었소."

"한 가지 조건이 있어요."

"조건? 말해보시오."

　잠시 흠칫했던 독고음이 이내 담담한 음성으로 입을 열었지만 그의 왼쪽다리가 반보가량 뒤로 물러나며 몸의 중심을 다잡는 것을 정월명은 놓치지 않았다.
　정월명이 또다시 배시시 웃음을 터뜨렸다.
　“그러지 마세요. 터무니없는 것은 아니니까. 당신은 위해원을 살리겠다고 했으니 저에게도 지명권을 주셔야 공평하겠죠.”
　“지명권이라?”
　“네. 전 지부용, 저기 있는 저 아가씨를 데려가야겠어요. 설마 거절은 아니시겠죠?”
　새삼스러운 눈길이 지부용에게 모아졌지만 알아낼 수 있는 건 없어 보였다.
　자신의 이름이 거론되자 한편에 쭈그리고 앉아 정신을 잃은 위해원을 감싸고 있던 지부용은 움찔 몸을 떨었으나 위해원의 이름과 함께라는 것을 깨닫고는 침묵을 고수했다.
　다된 밥에 김이 서리길 기다리듯 잠시 뜸을 들이던 독고음이 마침내 뚜껑을 열어 젖혔다.
　“음. 그런 조건이라면 어려울 것 없지. 그럼 아홉 중 넷을 빼니 다섯이 남는군. 어디 보자… 부인, 네댓이라 했으니 넷을 만들고 하나를 살릴까요? 귀찮으니 그냥 다섯을 만들까요? 호호호.”
　음산한 미소와 함께인 독고음의 말에 정월명은 풍성한 궁장의 소매로 입가를 가리고 호호하며 웃었다.

품위있는 귀부인이 상류층의 모임에서 나온 가벼운 농담에 화답하는 기품 어린 웃음이었지만, 더 이상 누구도 그녀를 중년 부인이라 여기고 있지 않았다.

귀성이 부활한 것처럼 이제 그녀는 아이를 잡아먹는다는 귀자모신이 되어 부활해 있었던 것이다.

귀성과 귀신의 아이들의 어머니가 자신들의 생사를 논하는 가운데서도 고원월 쪽에 모인 무리에서는 아무런 말이 없었다.

이미 시체가 되어 염하기 전의 분 화장까지 해놓은 듯 창백한 얼굴로 서 있던 진사백이 귀신들에게 홀린 듯 한 발 앞으로 내딛으며 중얼거렸다.

"어, 어르신들. 넷, 넷만 만들고 하나는 살리시는 것이……. 전, 저는 시키는 일을 아주 잘합니다. 분명 쓸모가……."

"갈!!"

쿵—!

바닥과 벽에 붙어 잠들어 있던 먼지들이 인간들이 만들어낸 소란에 부스스 눈 비비며 일어나 허공중에서 몸을 흔들며 투덜거리고 있었다.

"정신 바짝 차리게! 어차피 개죽음을 맞이하게 되어 있어!"

"하, 하지만……. 나는 이런 곳에서 죽기 싫, 싫습니다. 나는 살고 싶…….”

“아무 걱정 하지 말거라. 내가 먼저 죽기 전에는 너를 죽게 하지 않겠다. 내 말 알겠느냐?”

진사백의 목덜미를 잡아채서 벽으로 밀어붙인 고원월의 눈이 뿌연 먼지 사이에서 번쩍이고 있었다.

“오리야, 너무 그러지 말아라. 살고자 하는 본능에 충실한 것을 탓할 자격이 있는 자 온 세상에 그 누가 있을까. 시간이 촉박하군. 지원자는 없는 것으로 보아도 무방하겠지? 오리 너는 어떠냐?”

고원월이 이를 앙다물고 거칠게 침을 튀겨냈다.

“내가 자원한다면 그 뒤에 남을 아해들은 어찌 될꼬! 보고 싶지 않아 눈을 감는다 해도, 아니, 두 눈을 뽑아버린다 해도 선연하게 보이는 장면이구나. 차라리 모두 같이 죽는 한이 있어도 누구도 먼저 죽게 하지는 않겠다! 오라! 전부터 냈어야 하는 승부를 이제야 가를 수 있겠구나! 하하하! 잡귀여, 오랏—!”

비분(悲憤)으로 발끝부터 정수리까지 가득 채운 고원월이 애써 호탕한 웃음을 만들려 노력하고 있었다.

정월명과 독고음의 눈이 허공에서 튕기는가 싶더니 이내 고개를 끄덕거리고는 고원월을 향해 몸을 비스듬히 틀어나갔다.

“좋아, 이 또한 나쁘지 않군. 언젠가 마주했어야 하는 일.

그간 이런저런 일이 바빠 고개 돌리지 못하고 있었군. 크크.
나 역시 기다리던 바다!"

고원월의 붉은 기류가 넘실거리며 독고음의 푸른 기류와
만날 듯 거리를 좁혀갔고, 남궁대수의 손끝에서 광접이 파르
르 몸을 떨고 있었다.

그리고 정월명은 발가락 끝에 힘을 주고 몸을 용수철로 바
꾸려 하고 있었다.

끓어오르는 투기 사이로 창노한 음성이 끼어든 것은 그때
였다.

"멈추시오. 여기 자원하겠소!"

장문영이 기의 소용돌이 사이로 걸어 들어오자 고원월은
급히 적노신공을 수습할 수밖에 없었다.

이제 몸을 떨던 노인은 아무 곳에도 없었다.

천하를 위진하는 고수들이 내뿜는 살기와 기로 얼룩진 전
장터 한가운데를 스스로 걸어 들어가는 자를 누가 쇠할 노(老)
자를 써서 칭할 수 있을까.

이곳엔 자신의 몸을 갈라 마음의 병이 든 이들을 치료하려
는 한 사람의 의원이 있을 뿐이었으니 그가 입을 열었다.

"이래 봬도 어느 정도 무공은 할 수 있다오. 싸움을 위한
것은 못하지만……. 스승께서 의원의 덕목 중 하나가 환자 곁
을 며칠이고 지킬 수 있는 체력과 침을 잡을 때의 균형감이라
일컬으시며 천근추(千斤墜)며 사량발천근(四兩發千斤) 등의

묘를 종종 가르치시곤 했지. 구멍을 막고 버티고 있는 것은 내가 적격일 것 같구려.”

“장 형! 아니 되오! 그 무슨……!”

뒤늦게 사태를 파악한 고원월의 통곡하는 것 같은 부르짖음은 장문영의 허허로운 음성에 사그라졌다.

“개죽음이라 말하셨지 않습니까. 여기서 서로 싸우다 죽는다면 그것이야말로 개죽음입니다. 하나라도 살아야지요. 고 선생의 마음은 알고 있습니다. 고 선생이 자원한다면 마지막 관문에 이르렀을 때 저들의 폭주를 막을 자가 없으니 여기서는 제가 나서는 것이 맞겠지요. 의원이 남을 살리기 위해 죽는 것은 제 죽을 자리 중 최고의 영광이니 보내주시지요.”

매에게 쫓겨 날아든 비둘기를 위하여 그 무게만큼 자신의 살을 발라 저울에 올려놓다가 끝내는 저울 위에 올라선 왕의 마음이 이러했을까.

“어르신! 아니 됩니다!”

“하지만!”

“시간이 없다고 했었으니 어서 가지요.”

눈물을 씨앗 삼아 바닥에 뿌리고 있는 남궁대수의 외침과 붉어진 눈으로 바닥을 갈고 있는 고원월을 외면하고 장문영은 독고음과 정월명을 바라보았다.

외통수!

모든 길은 막혀 있었고 뚫려 있는 길은 희생을 통행세로 내놓으라 말하고 있었다.

정월명은 감흥없는 무표정한 얼굴로 시선을 받았고 독고음은 재미있다는 표정으로 낮은 웃음을 흘렸다.

"흐흐흐. 좋아. 살신성인(殺身成仁)이라 했으니 그것을 이행한 장 신의의 명성이 천하를 진동하겠군. 물론 이곳에서 나가 그것을 전할 자가 있다면 말이지. 크크크. 자, 그럼 가볼까? 준비들 하지!"

장문영은 손을 꼭 쥐고 있던 대소를 고원월의 곁으로 데려다 주고는 손자를 바라보는 따듯한 눈으로 마지막 인사를 건넸다.

"아이야, 건강하거라."

"우아우아아……."

인연이 닿는 자들 간의 만남은 길수록 좋지만 이별은 짧을수록 좋다는 말을 실천하려는 듯 장문영은 미련없이 몸을 돌려 문 앞으로 향했다.

그 때문에 대소의 눈에 기이한 열기가 일렁거리는 것을 알지 못했다.

"우우……."

천지를 뒤흔드는 뇌성이 터진 것은 독고음이 싱글거리는 얼굴로 장문영의 뒤를 따라 걸음을 옳기고 있던 순간이었다.

"으아앙!"

번쩍―!

"흐헉!"

쿠아아아앙—!

동굴이 무너질 듯 돌가루를 토해냈고 지진을 만난 듯 출렁거리는 가운데 번쩍이는 빛이 사방을 수놓고 있었다.

이미 지나왔던 길을 되짚어 가듯 뒤로 쏘아지고 있는 독고음이 흐릿하게 보였고 그의 입에서 당혹으로 점철된 외침이 샘물처럼 솟구치고 있는 것이 분명하게 들렸다.

"으헝!"

입으로는 괴성을 지르고 손으로는 번개를 토해내며 물러나는 독고음을 핍박하고 있는 자!

그는 대소였다.

두 손을 풍차 삼아 마구 돌리는 모양은 아이의 모습과도 같았지만 그 속에 담겨 있는 거력은 천신의 모습이라 하기에 부족함이 없으리라!

과르르르—

쾅쾅쾅!

갑작스러운 일에 정신을 차리지 못한 독고음은 그 다리의 움직임이 흐릿하게 보일 정도로 빠르게 연신 뒷걸음질을 치고 있었다.

꽈앙!

간발의 차로 눈앞에서 떨어진 한줄기 번개가 남기고 간 정전기에 그의 탐스러운 백미가 흔들거렸으니, 어찌 귀성이 이런 수모를 당하고만 있을 것인가!

"놈!"

일갈과 함께 독고음의 좌수가 좌 상단에서 우 하단으로 긴 사선을 그려 대기를 가르며 여인의 아미(蛾眉)를 닮은 푸른빛을 쏘아냈다.

슈우웅—!

그 순간 마구잡이 식으로 휘둘러지던 대소의 양팔이 앞으로 쭉 내뻗어지더니 다가오는 푸른빛 초승달 형의 머리끝과 충돌하려 하고 있었다.

충돌 바로 직전, 반 치를 앞두고 바람 빠지는 소리가 새어나왔다.

핏—!

독고음의 차가운 한기와 대수의 뜨거운 뇌전이 만나니 눈이 내리다 따듯한 공기와 만난 듯 기(氣)로 이루어진 진눈깨비가 사방으로 휘날렸다.

독고음의 강기가 뻗어 있는 팔과 만나는 순간 대소의 팔이 다시 안으로 접혀들며, 마치 잠이 깨기 직전의 아이를 부드럽게 감싸고 허공에서 손 요람을 태워 조심스레 좌우로 흔드는 어미와 같은 모습으로 부드러운 곡선을 그렸다.

일출에 쫓겨 황급히 자리를 뜨려 하는 달님처럼 푸른 강기는 서둘러 방향을 바꿨다.

쿠웅—!

우스스스—

대소로부터 한 장쯤 떨어진 우측 동굴 벽면에서 폭음이 일고 기다란 틈새가 만들어졌다.

그리고 앙다물었던 독고음의 입에서도 틈새가 생기며 그 사이를 비집고 탄성이 일었다.

"이화접목(移花接木)!"

"우워워—"

대소가 터뜨린 우렁찬 장탄식이 동굴 안을 지배하고 있었다.

"뭐, 뭐야. 이게 뭐야! 말도 안 돼!"

"이럴 수가!"

더듬거리는 것과 경악하는 것, 그리고 말을 잊은 것으로 그 표현 방식은 각기 달랐지만 충격에 휩싸인 것은 모두 한결같았다.

풀썩—

그간 대소를 가장 구박해 오던 진사백이 끈 끊어진 꼭두각시가 되어 제자리에서 주저앉았다.

바보며 병신새끼라 불리던 이!

그런 대소가 칠천무신에 근접해 있는 무위를 눈앞에서 펼치고 있지 않은가!

바로 그가, 귀성과 맞싸우고 있지 않는가!

독고음과 대소의 모습은 이미 일행이 있는 곳으로부터 십

장 뒤까지 밀려가 점점 작아지고 있었지만 난무하는 돌 조각과 진동하는 우렛소리는 점점 커지고 있었다.

꽝—

꽈과꽝!

"이 새끼가!"

독고음이 욕설이 하늘을 찌르고 그의 시퍼런 장력이 벽을 폭발시켰다.

벽을 좌로 돌아 나서는 대소의 손끝에 가르다란 뇌전이 뿜어져 나오고 있는 것을 본 독고음이 경악을 터뜨렸다.

"헉—! 이것은 뇌—"

쿠쿠쿠쿵—!

시끄러운 폭음과 함께 독고음의 끝마디는 묻혔으나 거대한 번개가 무너지는 동굴 한편을 다시 파헤치며 번쩍이고 있었다.

"안 돼—!"

벼락같은 고함 소리에 놀라 남궁대수가 옆을 바라보았을 때는, 눈을 감은 것처럼 눈꺼풀 사이를 가늘게 좁히고 그들의 모습을 살피고 있던 고원월은 이미 사라지고 없었다.

넋이 빠져 버린 듯 멍한 눈으로 서 있던 장문영의 눈에 초점이 잡히기 시작한 것도 그때였다.

너무도 놀라운 뜻밖의 일에 벙어리가 된 듯했던 그의 입을 비집고 그제야 마음의 소리가 새어 나왔다.

"대소……. 우리 대소야!"

"이 빌어먹을 새끼가! 감히 누구에게!!"

정신없이 쫓기고 있던 독고음이 시뻘건 선혈을 고함 속 분노와 함께 토해내며 양손을 치켜들자, 허공을 떠다니던 먼지가 그의 손끝에서 맹렬한 회전을 하기 시작했다.

그것을 본 대소의 눈이 빛을 냈다.

"우어어엉"

"멈춰라! 피해―!"

폭음 사이를 뚫고 어디선가 고원월의 목소리가 환청처럼 들렸으나 대소를 설득하지는 못했다.

치지지직!

멈출 줄 모르던 대소의 몸이 멈칫하는가 싶더니 그의 손끝에서 가마솥에서 콩 볶는 소리와 함께 시퍼런 구슬이 형체를 만들어 나가기 시작했다.

"죽어!"

"으허허헝!"

쿠아아아앙―!

대소의 뇌전이 번쩍였으나 귀성의 한기를 막아내기는 역부족이었으니 음기가 얼어 유형화된 모습이 마치 눈이 되어 사방으로 휘날리는 눈보라가 이는 듯했다.

"이런!"

뒤늦게 둘의 뒤를 쫓아오고 있던 고원월의 눈에 상반된 두 개의 기에 의해 형성된 눈보라에 파묻혀 날아오고 있는 희끄무레한 덩어리가 어슴푸레 보였다.

독고음을 추격할 때보다 더욱 빠른 속도로 대소가 튕겨져 쏟아지고 있던 것이었다.

상황에 대한 그의 마음을 대변하는 음성과 움직임을 대신하는 신음이 고원월의 입에서 만들어졌다.

"제기라알—! 으하합!"

고원월이 붉은 기류 속에 파묻힌 양손을 대소의 등 뒤로 쭉 뻗었다가 등과 손이 만나는 순간 팔을 굽혀 힘의 방향을 전환시키려 시도한 것이었다.

이는 대소가 독고음의 반월선강(半月線强)을 비껴 쳐서 방향을 전환시키고 흘려 버린 이화접목의 묘리를 응용한 것이라 할 수 있다.

그러나 꽃을 옮겨 나무에 접붙인다는 이름을 가진 시도는 성공하지 못했으니 대소의 몸을 둘러싸고 있는 기이한 반탁력에 밀려 피까지 뿜어내야만 했다.

"크헉—!"

두두두두—

장왕과 대소, 둘이 한 덩어리로 얽혀 바닥을 공처럼 데굴데굴 굴렀다.

그 공은 피를 추진력으로 삼는 것처럼 지나온 자리에 한줄기 붉은빛 안개를 허공에 남기고 있었다.

쿵—!

쓰러져 있던 고원월이 팅기듯 숫아올랐다가 천장을 박차고 땅에 내려섰다.

고원월의 코에서 떨어지는 핏방울이 먹이 되어 바닥을 종이삼아 점을 연신 찍고 있었으나, 그의 머릿속은 그것을 의식할 만한 여유가 없어 보였다.

실제로 고원월의 눈은 지금 독고음의 행방을 찾아서 전면을 주시하고 있었고 그의 머리는 과거 대소의 모습을 찾아 시간을 거스르고 있었다.

그리고 마침내 두 가지 모두를 찾아냈다.

석실 안에서 항아리를 부수는 대소를 밀어냈을 때 미약하게 느꼈던 기이한 반발력!

방금 전 뇌성이 일던 번개의 무공으로 보았을 때 그 반발력의 정체는 바로……!

고원월의 생각은 이어지지 못했다.

한 치 앞도 내다볼 수 없는 암흑 속에서 독고음이 죽음을 전하러 나오는 명계의 사자마냥 걸어나오고 있었기 때문이다.

비록 입가가 피로 얼룩진 채였을지라도!

그리고 끊겼던 생각을 그가 대신 이어주었다.

"크크크……. 좋아, 좋군. 계집아이는 도왕의 무공을 쓰고 병신 새끼는 북성의 무공을 쓴단 말이지."

"헉! 북, 북성!"
진사백과 남궁대수가 이구동성으로 외쳤다.

칠천무신의 일인.
북성(北星)!

북성(北星)은 오늘도 도도한 빛만 뿌리는구나

칠천무신을 노래할 때 가장 나중에 나오는 이, 그가 바로
북성이었다.
그리고 대소, 그가 쓰는 무공이 북성의 무공이었던 것이었
으니…….
독고음의 팔이 서서히 움직여 대소를 가리키고 있었다.
"이화접목과 북성의 독문절기 뇌신기(雷神技)에 이은 뇌력
기(雷力氣)라. 크크크. 아주 좋아. 이 정도는 돼야 이 몸이 몸
소 이곳으로 왕림하신 이유가 되지. 안 그런가, 장왕 나리?"
대소의 앞을 가로막고 있던 장왕은 귀성의 물음에 대답하
지 않고 진탕된 내부의 기를 빠르게 다잡아 나갔다.
미친 듯 광소를 터뜨리고 있는 독고음의 모습을 주시하면
서.
"크하하하! 어떤 새긴지 정말 대단하군. 어찌 되었든 간에
칠천무신 중 다섯의 무공을 모아놓지 않았는가. 도왕의 무공

을 사용하는 개집 년에 이어 북성의 무공을 사용하는 병신 새
끼라! 정말 궁금하군. 저놈은 역할이 뭐였는지. 좋아, 좋아.
우리 함께 끝까지 가보자구! 크하하하.”

“음…….”

고원월은 참아왔던 신음을 결국 흘리고야 말았다.

독고음이 손끝에서 내뿜어지는 싸늘한 음기의 영향으로
자신의 혈관이 수축되어 혈액의 양이 감소하고 이에 따라 온
몸에 소름이 돋기 시작하는 것을 느껴야 했으니.

발밑에는 정신을 잃고 쓰러져 있는 대소가 있었으며 일행
이 지나왔던 길은 방금 전의 충격으로 무너져 있었고 독고음
의 손끝에서는 염백인이 맺히고 있었기 때문이리라.

중얼거리며 걸어오고 있는 독고음의 몸 군데군데엔 검게
그슬린 자국과 함께 곳곳에서 탄내가 흐르고 있었다.

“멈추시오!”

장문영이 양손을 벌리며 귀성과 장왕 사이로 끼어들어 왔
으니 좀 전과 같은 상황이었지만 그때는 성공했던 중재가 이
번은 실패로 끝나야만 했다.

독고음이 아무런 말도 없이 귀찮다는 표정으로 염백인의
검은 기운이 넘실거리는 손을 서서히 움직이기 시작한 것이
었다.

그러나 중재자는 장문영 하나로 끝이 아니었다.

“멈추세요!”

이번엔 궁장이 요동치도록 내력을 끌어올리고 있는 정월 명이었으니, 그녀는 샐쭉한 눈으로 날카로운 기운을 독고음에게 쏘아 보내며 손에는 화염궁을 쥔 채 뾰족한 음성으로 말을 이어나갔다.

이번엔 독고음이 조금 주춤거렸다.

그녀의 무공이 저쪽으로 가세한다면 결코 무시할 수준이 아니었기 때문이다.

분노로 이성을 잃어버린 독고음의 몸을 멈칫하게 만들 정도는 충분히 되었던 것이다.

"칠천무신의 무공이며 다툼이니 따위 난 관심없어요. 오로지 이곳을 나가는 것! 그것뿐이에요. 장문영은 스스로 자원한 자이니 그를 건드릴 권리는 당신에게 없어요. 묻겠어요. 우리의 동맹은 끝난 건가요?"

정월명의 차가운 말이 삭풍(朔風)이 되어 휘몰아쳐 들끓던 몸속의 피를 급격하게 냉동시켰는지 천천히 손을 들고 있던 독고음은 장인이 조각해 놓은 석상이라도 된 듯 한순간에 움직임이 멎었다.

떨어지는 유성을 사람이 잡을 수 없는 것과 같이 대치 가운데서도 시간은 무심히 흐르고 있었다.

잠시 후 독고음의 입술이 힘겹게 달싹거렸다.

"일각. 일각 안에 이곳을 벗어나지 못한다면 다 죽는다. 내 비록 어떤 대가를 내놓아야 하더라도 죽일 수 있는 만큼 죽이리라. 내 이름을 걸고 내 가슴에 맹세하지."

감정의 크기를 잴 수 있는 잣대는 없었지만 누군가가 흘리는 나직한 안도의 한숨 소리가 그간의 긴박했던 순간의 덩어리를 엿볼 수 있게 해주었다.

또 하나의 소란이 그렇게 종결되고 있었다.

장문영은 뒷동산에 마실이라도 나가는 담담한 얼굴로 문 앞에 서 있었다.

그러나 표정과 달리 그의 움켜쥔 손 안에는 여유가 없었으니 흥건히 배어 나오는 땀방울만이 들어차 있을 뿐이었다.

그 뒤에는 가면을 씌워놓은 듯 무표정한 정월명과 위해원을 들쳐 업은 지부용이 있었으며 창백한 얼굴의 남궁대수와 진사백도 있었다.

그다음에는 푸르스름한 안색의 독고음과 마지막으로 정신을 놓아버린 대소를 앞으로 앉아 묶고 있는 고원월이 있었다.

독고음의 눈이 멈춰 서 있는 곳에는 대소가 있었고 그 눈이 움직인 뒤에는 장문영이 있었다.

장문영은 독고음이 흘리는 비릿한 웃음이 의미하는 것을 짐작할 수 있었으니 그 속에는 절벽 끝에 선 자신의 등을 떠미는 기운이 담겨 있으리라.

장문영은 고개를 돌려 몽환의 세계에서 노닐고 있을 대소를 물끄러미 바라보았다.

한평생 의(醫)를 행하며 사람과 혼인도 맺지 못하고 살아왔던 자신, 그리고 기구한 사연과 혼인을 맺고 살아왔을 대소.

가슴속을 가득 채운 이 느낌은 무엇일까.

환자를 돌볼 때와는 다른 정체를 알 수 없는 애틋한 감정에 장문영은 미소를 지어 보일 수 있었다.

피붙이 하나 없던 자신이 고난을 겪으며 그를 어느새 아들이라 느끼고 있었던가.

고개를 살짝 드니 황망히 고개를 숙이고 있는 고원월을 볼 수 있었다.

장문영의 입이 달싹거렸으나 터질 듯 쥐어진 고원월의 주먹과 미세하게 떨리고 있는 어깨선이 만들어내고 있는 파장을 보고는 다시 입을 다물었다.

말하지 않아도 전할 수 있고 들을 수 있는 것이 있는 법이니 굳이 뒷일에 대하여 입을 열 필요는 없으리라.

"갑시다."

장문영은 끝내 다시는 뒤를 돌아보지 않고 나직한 한마디만 건네고 움직이기 시작했다.

쉐에에엥―

저벅. 저벅.

자연의 숨결 소리 앞에 인간의 발소리가 파묻혔지만 장문영의 장엄한 보보(步步)가 일행의 마음에 깊이 새겨지고 있었다.

마침내 몸이 경계에 이르자 그의 학창의가 찢어질 듯 펄럭거렸고 그것을 보고 있는 몇 명의 마음은 이미 찢어진 것 같았다.

"어르신—! 차라리 제가…… 으아아아아악—! 왜! 도대체 왜 이런 일이 생겼야만 하는가! 왜! 왜! 왜! 뭣 때문에! 으아아—!"

남궁대수가 끝내 눈물을 참지 못하고, 풀 방법 없이 얽혀버려 활활 타오르는 심화(心火)에 연료가 되어버린 분노 가득한 고함을 질렀다.

짝—!

"……!"

남궁대수의 뺨이 그 눈과 마찬가지로 붉게 달아올라 있었다.

"조용히 해라. 그리고 똑똑히 봐라. 사람으로 태어났으나 다 사람이 되는 것은 아니라는 말처럼 사람으로 살다가 사람답게 죽는 것은 쉽지 않은 일이다. 눈으로 보고 가슴에 새겨라. 사람답게 죽는 것이 어떤 것인지."

고원월이 자신의 손으로 만든 타인의 얼굴 속 손자국을 바라보며 나직하게 말했다.

남궁대수는 고원월의 차분한 어투 속에 감춰진 비통함을 느끼며 끝내 한 방울 눈물을 떨어뜨렸다.

독고음의 장력에 튕겨져 나오던 대소를 몸으로 받은 충격 때문이었는지, 아니면 앙다물고 있는 입 안이 찢어졌기 때문인지 고원월의 입끝에 가느라단 혈선이 묻어 있었다.

장문영과 고원월의 눈이 허공중에 만나 잠시 대화를 나누다 헤어졌다.

유언 따위는 따로 필요없었다.

생에 마지막이 될지도 모를 말은 단 두 글자뿐이었다.

"지금!"

탁―!

우우우웅―!

손오공을 빨아들였다는 금각대왕(金角大王)과 은각대왕(銀角大王)이 갖고 있는 호로병이 이러했을까.

몸을 날리는 것은 자의였으나 쏘아져 나가는 것은 타의였다.

부릅뜬 눈에서는 눈알이 쏟아질 것 같았으며 누군가 머리카락을 잡고 질질 끌고 가는 느낌이 들었다.

동시에 입에서 튀어나온 피와 침이 허공으로 나선형을 그리며 빨려 들어갔다.

생명이 만 길 하늘 위 백두간척 끝에 놓여 있었으나 한평생 의술만 펼쳤던 노인은 간신히 이어지고 있던 아득해지는 의식의 끈을 필사적으로 부여잡고 그 대신 생의 끈을 과감하게 놓아버렸다.

반사적으로 저항하던 몸이 통째로 흡입력의 진원지로 빨려

드는 순간 기이한 대기의 역류가 느껴지며 몸이 멈칫거렸다.

우우우우웅─

"으하아압!"

찰나를 다시 찰나로 쪼갠 것에 불과한 시간이었지만 다른 이의 생의 끈을 이어주기 위한 노인의 정신력은 그것을 잡아챘다.

이것을 놓치면 튕겨져 나가리라!

장문영의 팔과 손이 대못이 되어 양옆의 벽과 바닥에 박혔다.

으드드득!

이미 거센 바람 소리에 고막이 터져 귀가 멀었지만 몸 안에서 울리는 소리는 가슴으로 들을 수 있었다.

뼈가 부러지고 손톱이 터져 나가는 소리가 들렸지만 장문영은 아무래도 좋았다.

어서 가라는 말을 목이 터져라 외치고 싶었지만 불어오는 바람에 팽팽해져 곧 터져 버릴 것 같은 볼 때문에 아무런 말도 할 수 없는 것이 속상할 뿐이었다.

드르륵─!

돌 속에 박은 손과 발이 두더지가 되어 돌을 부수며 뒤로 밀려 나가고 있는 것이 느껴졌다.

얼마나 지났을까.

혹시 이미 모두 지나간 것은 아닐까.

이제 그만 쉬어도 되지 않을까.

유혹의 목소리가 걸레처럼 너덜해진 육신을 가까스로 부여잡고 있는 장문영의 영혼을 지배하고 있었다.

팍—!

압력을 견디지 못한 입술이 터지며 피가 얼굴을 색칠했고 그 고통에 흐려지던 의식이 조금 선명해졌다.

'이빨이 부러질 때까지만 더!'

입술의 보호를 받지 못해 덜컹거리는 치아의 요동을 느끼며 장문영이 스스로에게 걸고 있는 주문이었다.

쉐에에에에엥—

고원월은 돌 위에 씨앗 뿌리고 솟아난 나무처럼 발목까지 바닥에 뿌리박고 있었다.

트르르르—!

바닥이 갈라지며 의지와는 상관없이 앞으로 몸이 쏘아지고 있었다.

자신이 바람을 막고 있는 만큼 앞에서 가고 있는 이들이 받는 압력은 작아질 터였다.

장왕 고원월조차도 바람을 막고 있는 등이 찢겨 나가는 고통에 버티고 있는 다리를 빼고 자유롭게 비행하고 싶다는 유혹이 몇 번이나 들 정도로 힘든 시간이 계속되고 있었다.

그러나 끝까지 다리를 더욱 땅속으로 밀어 넣을 수 있었던 것은, 뒤에서 불어온 바람결에 실려 온 붉은 핏줄기와 하얀 머리카락이며 학창의 조각들이 스쳐 지나가는 것이 언뜻 보였기 때문이었다.

장문영이란 이름을 갖고 있던 육신에서 떨어져 나온 것들이리라!

얼마나 남았을까.

고원월은 피가 배어 나도록 입술을 질끈 깨물었다.

"……."

이질적인 기운에 진원지를 찾아 고원월의 눈동자가 자신의 가슴으로 천천히 움직였고, 마침내 입을 뻥긋거리고 있는 대소와 눈을 맞출 수 있었다.

산발되어 흘러내린 머리카락으로 항상 감춰져 있던 대소의 얼굴을 처음 본 순간이기도 했으니, 별빛이 흐르는 듯 총기 어린 눈동자와 강인한 턱선 안에 자리 잡고 있는 사내 내음이 물씬 풍기는 큰 입과 코가 그 속에 담겨 있었다.

이 순간 무슨 말을 하고 있는 것인지는 알아들을 수 없었다.

하지만 더 이상 그는 자신들이 알고 있던 바보사내가 아닌 것만은 확실히 알 수 있었다.

귀에 내공을 모아 지청술을 쏘아 보냈지만 들을 수 있는 것은 몇 마디 말뿐이었다.

"……또 이곳이란 말인가…… 사부는…… 배후는 바

로……."

대소의 눈이 한곳으로 향했다.

퍽—!

극심한 충격이 고원월의 등 끝에서부터 시작되어 온몸을 번개라도 맞은 것처럼 찌르르 울리고 지나갔다.

바람결에 날렸던 작은 파편들이 아닌 묵직한 덩어리가 등 뒤에서 출렁거리며 붙어 있는 것을 느끼며, 그것이 의미하는 것을 고원월은 직감할 수 있었으니 그것은 풍마가 물고 가다가 고원월에게 걸려 놓고 간 장문영의 한쪽 팔 덩어리였다.

'끝났다!'

들을 수 있든지 없든지 간에 상관없었으니, 고원월이 눈물을 뿌리며 목이 터져라 외쳤다.

"버텨! 버티란 말이야! 장 형! 당신의 목숨 값은 내가 헛되지 않게 해주겠어!"

푸앙—!

바람의 압력이 순간적으로 거세지며 고원월의 몸이 휘청거렸다.

잠시나마 막혀 있던 구멍이 벌어진 것이니 그것은 구멍을 막고 있던 한 사람의 죽음을 의미하고 있었으며, 그 시체 덩어리가 곧 자신의 등 뒤를 강타할 것이라는 뜻과 다름이 아니었으니…….

등 뒤에 충격에 대비하고 있는데 앞가슴이 허전해지는 것

같더니 곧이어 등 뒤에서 불어오던 압력이 주춤거리는 것을
느낄 수 있었다.

'안 돼!'

품 안에 대소가 없었다.

그리고 위해원이 했던 말이 빠르게 머릿속을 헤집었다.

"최소한 둘!"

고원월이 속으로 집어삼킨 절규와는 무관하게 가벼워진
그의 몸은 전방을 향해 여전히 쏘아져 나가고 있었다.

꽝—!

대소는 큰 대 자로 사지를 활짝 펼쳐 좁은 석실을 비틀고
들어서고 있는 것들을 막아섰다.

그가 막아서고 있는 것은 바람과 그 바람이 선물 삼아 실어
온 장문영이었다.

독고음과의 결전에 의한 충격 탓이었는지 회광반조에 이
른 현상 때문이었는지는 모르나, 누군가에 의해 봉인되었던
그의 이지는 제자리를 찾을 수 있었던 것이리라.

대소는, 자신에게 대소라는 이름을 붙였던 자이며 그간 천
덕꾸러기 신세였을 자신을 계속 돌보며 이곳까지 왔던 육신
덩어리를 쳐다보았다.

깨어나면 흐릿해지나 꾸었던 것만은 분명하게 기억하는 꿈속에서 있었던 일인 양, 모든 것이 아련했으나 자신의 손을 잡아주었던 주름진 손의 따스함과 자애로운 눈빛만은 또렷하게 기억하고 있었다.

한쪽 팔이 광포한 바람의 이빨에 뜯겨 나가고 없는 장문영이라는 고깃덩이는 미약하게 눈을 뜨는 것처럼 보였다.

대소는 가슴속을 가득 메운 한마디를 하기 위해 입을 열었다.

"ㅇㅇㅇㅇㅇ—"

대소는 이지가 상실됐던 때로 돌아간 것처럼 말을 제대로 하지 못했으니 정면에서 불어오던 바람이 대소의 벌어진 입 안으로 순식간에 헤집고 들어왔기 때문이었다.

바람은 그의 볼을 한껏 부풀리며 나갈 길을 찾아 헤매다가 이내 성을 내며 그의 목구멍 뒤로 구멍을 내버렸다.

펑—! 주르르륵—

가느다란 핏줄기를 훈장 삼아 안고 저 멀리 바람이 뛰어가고 있었다.

그러나 그런 것 따위는 아무래도 좋았으니 대소는 제발 자신의 마음이 전해지길 기도하며 웃음을 지어 보였다.

그 간곡함에 하늘이 응답했는지 장문영의 입가 끝에 엷은 미소가 걸리는 것을 본 것 같아 진심으로 기쁠 뿐이었다.

끝내 소리 내지는 못했지만 전해졌으리라.

'정말 고맙습니다!'

그리고는 대소와 장문영의 헝클어진 육신과 영혼을 한 덩어리로 묶어, 바람이 집어삼켜서 실어가 버렸다.

풍도지옥은 만(卍)이란 글자 중 횡의 획을 뺀 모양으로 구성되어 있었다.

바람이 밀어내는 힘에 휩쓸렸을 경우에는 정면 벽면에 빽빽이 세워져 있는 대침들과 하나가 되어 고기 산적 신세가 되었으리라.

대침이 세워진 벽면은 군데군데 구멍이 뚫려 있어 바람이 지나가는 길을 만들고 있었다.

정월명이 풍성했던 궁장 끝을 대침에 남기고 터럭 차이로 직각으로 몸을 틀어 모서리를 돌며 신형을 뒤로 돌렸다.

펄럭—

쒜에엥—!

선두로 도착한 정월명, 그녀가 갖고 있던 두 개의 끈 중 먼저 홍색의 끈이 바람을 갈라 뒤따르던 지부용을 낚시하듯 잡아당겼고, 이에 질세라 곧이어 청색의 끈이 진사백과 남궁대수라는 대어(大漁)를 바람의 물결 속에서 휘감아 올렸다.

쿵!

쿵!

균형을 잃은 물고기들이 통로에서 얽혀 서로를 밟았다.

"비켜─! 피햇!"

곧이어 말이 먼저 날아든 뒤 독고음이 도착했고 고원월이 뒤를 쫓아 모서리를 벗어나는 순간 지금까지의 바람은 아이에 불과했다고 말하여 온전한 형상을 갖춘 아비가 괴성을 지르며 포효했다.

쒜에에에에엥─

파바바박─!

일행이 대소와 장문영이라 부르던 고깃덩이들이 대침 속으로 박히는 것을 마지막으로 풍도지옥은 일단락되고 있었다.

第七章　도시대왕(都市大王)

질의(質疑)

언제나, 사람은 아이를 낳고 짐승은 새끼를 낳으며 도전은 성공을 낳고 과욕은 파멸을 낳는가.

그러나 사람이 시체를 낳고 짐승은 자신을 잡아먹을 경쟁자를 낳으며 도전은 실패를 낳고 과욕이 승리를 낳는 법도 있는 것이 세상사였다.

두 명의 목숨 값으로 살아남은 일곱 명.

그들 앞에 더해진 의문이 답이 아닌 또 다른 의문을 낳고 있었다.

누구도 말이 없었다.

입을 여는 순간 죽어버릴 것 같은 기분에 그저 묵묵히 걷고 있을 뿐이었으니 혀를 뽑아 그 위에서 쟁기질을 한다는 발설지옥(拔舌地獄) 위에 있는 것만 같았다.

친절하게도 곳곳에 야명주가 다시 박혀 있었지만 누구도 감사히 여기지는 않고 있다는 것은 안면근육이 마비된 구안와사 환자들처럼 굳어진 얼굴들이 증명하고 있었다.

또다시 어디선가 들려오는 소리.

필리리리리—

풍도지옥에 앞서 바람이 문을 흔드는 기묘한 소리와 마찬가지로 또 다른 소리가 통로를 가득 메우고 있었던 것이다.

그것은 풍도지옥의 바람 소리처럼 기묘하지 않았으나 그보다 훨씬 더 기묘하게 들리고 있었다.

피리 소리.

아름다운 선율이 앞서거니 뒤서거니 강강술래를 하듯 조화롭게 빙글빙글 돌고 있었다.

그러나 누구도 아름답다고 생각하지는 않았으니 모든 것에는 때와 장소가 있는 까닭일 것이리라.

지도자 역할을 했던 위해원은 잠들어 있고 누구도 의견을 입 밖에 내지는 않았으나, 이미 정해진 일처럼 소리를 따라 유령처럼 몸을 움직이고 있었다.

자신들 주변을 맴도는 피리 소리의 물결에 몸을 맡기고 부유하듯 이동하길 얼마나 지났을까.

존재하는 것은 피리 소리만이 전부였던 시간을 지나, 길었던 침묵을 깨고 남궁대수가 떨리는 입술을 억지로 달싹거렸다.

마침내 통로가 끝을 보이고 있었고 피리 소리의 진원지가 분명한 입구가 모습을 드러내고 있었던 것이다.

저 멀리 보이는 광장의 입구 끝에 휘황찬란한 빛무리가 노닐고 있었다.

"어르신……."

말끝이 흐트러지는 남궁대수의 말에서 여운이 사그라지기도 전에 고원월은 보폭을 넓혀 빛의 광장 안으로 성큼성큼 들어서고 있었다.

잠시 망설이던 일행이 고원월의 뒤를 쫓아 광장 안으로 몸을 들였을 때, 그들은 황금빛 세상과 단정한 모습으로 가부좌를 틀고 앉아 있는 노인을 만날 수 있었다.

피릴릴릴—

높은 듯 낮은 듯, 가녀린 듯 우렁찬 듯, 듣고 있으나 듣지 않는 것도 같은 어느 것 하나 확실하지 않은 기이하고 모호한 선율만이 홀로 광장 안 세상을 지배하고 있었다.

몽롱한 의식 속에서 세상이 흐려져 내가 사라지고 이어서 시간도 사라진 것 같았으나, 마침내 온다고 말하지 않고 왔던 것처럼 간다는 기미도 없이 연주는 어느새 끝나 있었다.

눈을 감고 있는 노인의 손에는 오색영롱한 피리가 들려 있었다.

꿈길 속 미로를 헤매이던 시간이 지나가자 현실 속을 헤매고 있는 시간이 돌아왔다.

"음, 또 시작이군."

그렇다.

독고음의 말처럼 영원히 반복되는 업의 굴레같이 지옥의 지옥은 또다시 시작되고 있었다.

"그대는 풍도지옥을 지키는 자겠군."

독고음은 나직한 음성을 흘리며 뒤로 한발 물러났고 고원월의 눈에서 불똥을 튀기며 앞으로 한발 다가섰다.

광장이라는 인공적인 이름으로 불렀으나 그 안은 자연이 조각가가 되어 기이한 예술품들을 만들어내고 있었다.

천장에는 딱딱한 돌이 부드러운 물이 되어 떨어지다가 고드름처럼 굳어버린 종유석들이 담갈색으로 들어서 있었고, 바닥에는 가시마냥 석순들이 여기저기 기다랗게 솟아 있었다.

또한 하늘의 종유석과 바닥의 석순이 연인되어 만나 한 몸으로 이어진 곳곳에는 석주라는 기이한 기둥이 광장을 떠받치고 있었던 것이다.

중앙에 위치한 가장 큰 석주 밑에는 한 명의 노인이 앉아 있었는데 작은 움직임도 없는 것이 마치 앉은 채로 입적(入寂)한 고승과도 같이 보였다.

해어지고 빛 바랜 황토 빛 가사를 어깨에 비스듬히 걸치고 말라비틀어진 목내이와도 같은 모습이 꼭 그러했기 때문이었다.

그러나 독고음의 입에서 만들어진 이름은 노인을 세상 끝에서 우연히 마주친 고승이라 여길 작은 티끌의 여지조차 앗아가기 충분했다.

"풍도지옥에서 만났으니 도시대왕(都市大王)이신가, 아니면 세지보살(勢至菩薩)이라 불러 드릴까. 아니지, 피리 부는 악공(樂工)이라 해드려야 할까?"

"풍도지옥, 그리고 도시대왕!"

만취한 사람처럼 얼굴이 시뻘게진 고원월은 중얼거리며 앞으로 나서기 시작했다.

남궁대수와 진사백이 술에 만취한 아비를 보는 것 같은 불안한 눈으로 장왕을 지켜보고 있었다.

그러나 장왕은 어떻든 간에 귀성은 제 할 일을 다하고 있었다.

"서책에서 보기로는 간음(姦淫)한 자들을 심판하신다고 했던 것 같은데 어디 우리 중 누가 간음을 했는지 맞춰보시겠소? 대강 보니까 오히려 그 피리 소리로 여럿 홀려 제법 간음 좀 하셨을 것 같소만?"

비아냥거리는 독고음의 말이 숨바꼭질하는 아이들마냥 동굴 안으로 숨어들 무렵 누구도 예상하지 못한 일이 벌어졌다.

비록 여전히 눈을 감고 가부좌한 상태였지만 도시대왕이 나직한 한숨과 함께 잔잔한 음성을 만들어내기 시작한 것이었다.

"들을 만하셨는지 모르겠소이다. 만파식적(萬波息笛)을 잡아본 지가 하도 오래되어나서……."

실로 부드러운 움직임과 여유로운 음성이었으며 흐르는 움직임이었다.

발끈하려는 남궁대수 곁을 스쳐 지나며 독고음이 차가운 음성으로 말했다.

"만파식적? 만 가지 물결이 숨 쉬는 피리라……. 나쁘지 않은 이름에 괜찮은 연주였소. 그러나 음악을 듣고 한가로이 노닐기에는 상황이 별로 좋지 않은 것 같소만."

"나는 바람이요. 휴……. 궁금한 것들이 많을 줄 아오. 여러분께는 나도 죄송하게 생각하고 있소. 믿기 힘들 줄은 아오나 나도 좋아서 이러고 있는 것은 아니라오. 세상사 오묘하니 때로는 하기 싫은 일을 하고 싶은 일보다 더 해야만 하는 경우도 있으니……."

"지금 내가 하고 싶은 일은 네놈의 목을 베는 것이다."

시련이 사람을 변화시킨 것인가 아니면 둘러쳐 있던 껍질을 깼음인가.

남궁대수가 지금껏 보였던 이성적인 모습과는 너무도 이질적인 본능적 적의를 드러냈다.

그러나 고원월뿐 아니라 누구도 이를 이상하게 여기지 않았다.

다른 이들도 더하면 더했지 못하지 않은 심정으로 도시대왕을 태워 죽일 듯 쏘아보고 있었기 때문이다.

도시대왕이 모두의 벼락같은 시선을 받으며, 모두에게 천둥 같은 소리를 되돌려 주었다.

"속죄하는 의미로 세 가지 질문에 대한 답을 하도록 하겠소. 잘 생각해서 입 밖으로 내도록 바람이 간곡히 부탁하는 바요."

"……!!"

죽은 이 인과 혼절해 있는 일인을 제외한 육 인은 서로를 놀라움이 가득한 눈으로 마주 보고 다시 도시대왕을 의문이 넘치는 눈으로 쳐다보았다.

세 가지 질문!

지금껏 말 대신 칼이 앞서 왔었는데 이제 와서 난데없이 세 가지 질문에 대한 대답이라니!

"이 새끼들이! 지금 우릴 가지고 장난……!"

아닌 밤중에 홍두깨 같은 소리에 진사백이 앞으로 나서며 발광하려 했으나 빠르게 뒤로 물러났다.

그의 손은 창룡의 손잡이를 잡고 있었고 이마에는 어느새 진득한 땀이 자리 잡고 있었다.

고원월의 몸에서 숫구치고 있는 살기의 영역에 가장자리

에 자신의 발끝을 살짝 들이대고 얻은 결과였다.

장왕의 낮은 중얼거림은 마치 소름 끼치는 비명이 유부의 구멍에서 흘러나오는 듯 듣는 이의 모골을 송연하게 만들고 있었다.

"죄송하다고…… 속죄하겠다고……. 그래, 그것참 편하군……."

고원월의 말이 알아들을 수 없을 정도로 잦아들어 갈수록 그의 분노는 커져 가고 있으리라.

"오리야, 잠시만 참아라. 지금은 손보다 입이 먼저다. 이런 적은 처음 있는 일이 아니더냐!"

유일하다 싶게 냉정한 마음을 유지하고 있던 독고음이 빠르게 다가서며 고원월에게 은밀하게 속삭였으나 커져만 가는 고원월의 기세는 그 확장을 멈출 줄 몰랐다.

고원월은 혼잣말처럼 중얼거리는 듯 툭하니 한마디를 던질 뿐이었다.

"비켜."

이성을 잃어버린 모습에 독고음이 나직한 한숨을 내쉬며 비장의 한 수를 꺼내 들었다.

"놈! 분노로 머릿속이 새하얗게 타버린 것이더냐. 장 신의의 죽음을 헛되이 할 생각이냐! 저놈을 죽이는 것은 쉬우나 이런 기회를 얻기는 어렵다. 뭐라도 알아내야 아해들을 살려 나갈 것 아니더냐! 성급히 앞서 달려가려는 아해들을 달래야

할 네가 오히려 추월하려 하다니! 마음속의 화를 풀기보다는 눈앞의 의문을 풀어야 한단 말이야!"

"……!"

고원월이 부르르 몸을 떨었으니 그 떨림이 끝나지 않을 것 같이 오랜 시간 온몸으로 울었다.

잠시 후 마침내 울음은 멈춰졌지만 두 차례의 각혈과 함께였다.

울컥- 울컥-!

선홍빛 핏덩어리를 토하는 고원월을 본 독고음의 얼굴이 급속도로 굳어졌다.

그러나 이내 그 눈이 번쩍거렸고 입가에는 작은 회심의 미소가 어렸으니 길을 가다 주운 은자처럼 뜻밖의 수확이었다.

우연히 얻은 재물은 숨기는 것이 사람의 마음, 그리고 전투를 앞서서 감정을 숨기는 것은 무인의 마음이니 어느새 원래의 표정으로 돌아온 독고음이 다시 전방을 주시하며 닫혀져 있던 입술을 열었다.

"자, 그럼 수수께끼 놀이를 본격적으로 시작해 볼까."

질문에 답해주겠다는 그 말의 진위는 의심쩍었지만 세상에 존재하는 삼대거짓말 중 하나처럼 손해 볼 것 없는 장사였던 것이다.

지금 깨어 있는 자들은 수많은 질문이 머릿속에서 그려지고 지워져 가고 있었으니 셋뿐이라는 것이 갖고 있는 의미 때문이었다.

"세 가지뿐이라니. 너무하군. 왜 하필 눈을 감은 채로 세 가지란 말을 하는 것이지……."

조금은 진정된 분위기에서 진사백이 혼잣말로 불평을 토해낼 때였다.

"바람이 하나의 질문을 받았소. 그 답변을 하도록 하지요."

갈짓자로 꺾어져 치는 벼락같이 모두의 눈이 도시대왕을 향했다가 빠르게 진사백에게 번쩍이며 쏘아졌다.

어쩔 줄 몰라 하는 진사백에게 시선을 거두고 남궁대수가 다시 도시대왕을 바라보며 다급한 목소리로 외쳤다.

"그건 혼잣말이었소! 질문이 아니었단 말이오!"

"휴. 그래서 바람이 간곡히 말하지 않았소, 입 밖으로 꺼내기를 조심하라고. 사람의 말은 입을 벗어나는 순간 생명을 부여받는 법이오. 더욱이 이곳은 풍도지옥. 바람을 타고 날아든 의문을 나는 무시할 수 없소. 미안하오."

도시대왕의 차가운 말에도 생명은 깃들어 있는지 진사백이 두려움에 물든 눈으로 모두의 눈치를 보며 주춤거리며 뒤로 물러났으나 이어지는 목소리에 겨우 안도의 한숨을 내쉴 수 있었다.

의외로 도시대왕이 진사백을 감싸고 나섰던 것이었다.

"바람인 내가 생각하기에는 모든 의문의 문을 열 수 있는 열쇠가 될 질문이군요. 하찮게 보이는 것이 가장 귀한 것일 수도 있으니……."

진사백의 어깨가 홀로 으쓱거렸으나 누구도 그것을 바라보고 있는 자는 없었다.

이 순간 모두가 바라보고 있는 자가 말을 이어갔다.

"답변을 하도록 하겠소. 조금 전까지 나는 눈을 뜨고 있었소. 보다시피 지금은 눈을 감고 있는 이유는 절대로 보아서는 안 될 것을 보지 않기 위함이며 눈을 뜬다면 어떤 질문에도 답변하지 못하기 때문이오. 그럼에도 세 가지로 제한하는 이유는 당신들을 돕기 위함이며 동시에 나의 삶의 존재 이유를 무너뜨릴 수 없기 때문이요. 부디 내가 한 말을 잘 풀이하기 바라오."

선문답처럼 아리송한 대답을 듣자니 그 행색만 고승을 닮아 있는 것은 아닌 것 같았다.

건네는 눈길 속에 빛은 없고 어둠만이 있었으니 누구도 도시대왕의 답변을 이해하지 못한 것이 분명해 보였다.

약속이라도 한 것처럼 모두의 시선이 지부용의 등에서 혼절해 있는 위해원에게 모아졌다가 흩어졌다.

그러나 죽은 자가 말이 없는 것처럼 정신을 놓은 자도 한동안 말이 없으리라.

그럼에도 죽은 것은 아니었으니 위해원이 깨어난 뒤 물어도 늦지 않으리라.

이제 남은 것은 두 가지 질문이었으니 입을 열어 의논하진 않았으나 질문자 두 명은 이미 정해진 듯했다.

첫 번째 질문자인 고원월이 앞으로 나서며 물었다.

"이곳은 어디며 당신들은 뭘 하는 거요!"

도시대왕의 눈썹 사이가 조금 좁혀지는 것과 바로 입이 열리지 않고 있음이 그가 고민하고 있다는 것을 대변하고 있었다.

하지만 이내 결심한 듯 윗입술과 아랫입술이 달싹이며 떨어져 이별을 맞이했고 대신 그의 말과 다른 이들의 귀가 만남을 가졌다.

"원래는 두 가지 질문이나 하나로 인정해 주겠소. 대신 질문에 대한 해석은 나의 일로 한정하겠소. 그 이유는 모두 답변 속에 있소. 이곳과 나는 둘이나 하나이기 때문이오. 이곳은 모든 황제(皇帝)의 처음이 되는 분의 릉(陵)이요!"

쿵쿵쿵―!

애써 진정시켰던 심장이 다시 달음박질을 치고 있었다.

"황제의 무덤!"

진사백의 거대한 외침이 종유석을 사이를 어지러이 뛰놀며 광장을 울리고 있었고 모두의 가슴속에서 피어오르는 놀라움과 의문이 석순 사이로 피어올랐다.

이 무슨 말도 안 되는 말인가!

이곳이 황제의 무덤이라니.

새삼스럽게 난무(亂舞)하는 시선들이 동굴을 난자(亂刺)할 듯 훑어보았다.

지금껏 흘린 피가 얼마며 그동안 맺혔던 응어리가 어떠했는가!

그럼에도 그 무엇도 알지 못하고 있었던 것에서 온 갑갑증이란 차라리 벌거벗고 사막을 횡단하는 이보다 부족하지 않았으리라!

이제 기갈(飢渴)의 원인 중 하나가 밝혀진 것 같으나, 황제의 무덤이라니!

일행은 더해가는 갈증 속에 서서히 빠져들고 있었다.

그 모든 것들과는 무관하게 도시대왕의 담담한 음성이 육인의 귓속으로 파고들었다.

"우리는 무덤지기니 날 때부터 그랬고 죽은 다음에도 그럴 것이오. 이곳에서 바람이 된 나도 마찬가지로 당연하게 무덤을 지키고 있는 것이지요. 이제 하나 남았소. 신중하게 생각하시오."

"아니야! 그것은 답변이 아니야. 우리는 무덤을 침입한 것이 아니니 우리를 가지고 이렇게 할 순 없단 말이야! 네놈들이 멋대로 끌어오고는 그따위 말은 개소리에 불과해! 네놈이 납치한 이들을 보고 네놈 집에 침입했다고 죽이려 하는 것이냐!"

광분한 진사백이 침을 튀기며 목청껏 부르짖으며 미친 것처럼 창룡을 빼어 들고 하늘을 마구 휘저었지만, 이내 꼬마들 앞에서는 이를 드러내다가 주인 앞에 꼬리를 내리는 개꼴이 될 수밖에 없었다.

"진정하게. 이 정도만 해도 대단한 봉사정신이지 않은가. 그리고 아직 질문은 하나 더 남아 있거든."

차분한 신색을 유지한 독고음이 잔잔한 미소를 흘리며 여유롭게 앞으로 나섰다.

"마지막 질문은 내 것인 것 같군. 자, 그럼 이제 묻지. 어떻게 하면 이곳을 벗어날 수 있지?"

천장을 뛰놀고 나무를 갈아먹으며 집안 구석을 시끄럽게 만드는 존재가 쥐였으니 죽이고 또 죽여도 사라지지 않는 것이 그것이었다.

그러나 이 순간 광장 안은 실로 쥐 죽은 듯 고요해졌다.

질문을 하라 했으나 이런 질문을 할 생각은 아무도 하지 못하고 있던 것이었다.

영문도 모르고 감옥에 끌려온 자의 첫마디가 당신들은 누구며 난 죄가 없다는 등의 항변이 나오는 까닭은 인간이란 동물의 원초적 호기심의 반로이며 억울함의 호소일 것이다.

의외의 상황을 맞이하여 그것은 당연한 것이라고까지 할 수 있는 것이다.

최고의 질문을 했다는 승리자의 득의한 웃음이 귀성 독고음의 입끝에 가늘게 맺혀 있었다.

　실제로 도시대왕의 미간은 형편없이 찡그러져 있었으니 명상에 잠겼던 고승이 잡귀의 유혹에 빠져 타락한 모습과도 같아 보였다.

　그것을 본 독고음이 가벼운 웃음을 흘리며 자축하려고 했지만 오히려 이어지는 도시대왕의 말소리에 온몸을 진노로 떨어야만 했다.

　도시대왕이 호통과 탄식을 섞어 입을 열었다.

　"형편없군. 내 목숨을 버려가면서까지 기회를 줬건만 그따위 아무런 가치 없는 질문을 하다니! 여기까지인 걸 어찌할까. 하…… 바람이 탄식하는 소리가 들리는구나."

　"뭐, 뭐랏!"

　독고음의 얼굴이 거무죽죽해져 갔으나 이내 돌변하여 비웃음을 머금고 도시대왕을 쏘아붙였다.

　"흥! 원하던 질문이 아니었나 보군. 대답하기 곤란하시면 그렇다고 하면 될 것을 이것은 간음한 것을 안사람에게 들킨 자가 오히려 성을 내려하는 꼴이 아닌가. 크크."

　"그렇습니다. 귀성 어르신! 단번에 핵심을 찌르는 어르신의 날카로운 말씀에 저놈이 대답이 궁색해지자 오히려 저따위 짓을—"

　웃음을 흘리던 독고음과 아부를 넘쳐 대던 진사백의 입이 함께 다물어졌다.

도시대왕이 손 안에 든 피리를 만지작거리며 말로써 말을 가로막은 것이었다.

"마지막 질문에 대한 답변을 하겠소. 출구는 처음부터 그대들과 함께 있었으며 지금 이 순간에도 그대들과 함께 있소."

도시대왕은 입을 굳게 다무는 것으로 마침표를 찍었고 황갈색으로 물들어 있는 세상에는 다시 고요가 찾아들었다.

객잔에서 나온 음식이 입맛에 맞지 않아 숙수를 불러 호통치려는 나그네의 기세인 듯 말을 음미하며 잠시 멍하니 있던 진사백이 다시 반박의 목소리로 입을 열려 했으나 굳게 닫힌 대합처럼 어금니를 꽉 깨물 수밖에 없었다.

이내 고요는 황급히 물러가고 살기만 넘실거리며 존재하는 풍도지옥이 광장 안에 자리 잡고 있기 때문이었다.

손에는 피리를 들고 몸에는 승복을 입은 노인이 천천히 자리에서 일어나고 있었으니 좌선하던 고승은 간데없고 살기를 내뿜는 도시대왕만이 존재하고 있었던 것이다.

감긴 눈에도 불구하고 일행을 둘러보는 것처럼 그가 고개를 움직여 주변을 살피며 천천히 입을 열었다.

겨울이 가고 봄이 올 때 꽃이 피는 것을 시샘한다고 하여 꽃샘바람이라 이름 붙여진 한파(寒波)가 이러할까.

시선을 받은 이들은 으스스한 한기에 몸을 움츠려야만 했다.

도시대왕은 좁은 틈으로 세게 불어오는 바람인 황소바람

이 되어 불안함으로 벌어진 일행의 가슴 틈으로 살기를 쏘아 보내며 말했다.

"불자(佛子)로서 역할은 다했으니 이제 신하(臣下)로서 역할을 할 차례이군. 이제 나는 바람결에 눈을 떠 또 다른 나로 변하려 하오. 부디 이해하시길."

넘실거리는 투기가 화염의 혓바닥이 되어 모두를 끈적끈적하게 핥아가고 있었다.

'어지럽군.'

자연이 만들어낸 기이한 담갈색 조각물들은 모양만 인간이 범접할 수 없는 것은 아니라는 듯, 오색영롱한 야명주가 어우러진 기묘한 빛을 서로의 몸에 쏘아 보내고 튕겨내고 있었으니 천하의 귀성마저 경험하지 못한 분위기에 작은 현기증을 느끼고 있었다.

그 빛무리 속에 일곱 명의 사람이 잠겨 있었다.

"네가 할래? 아니면, 내가 할까?"

"내가 하지."

최악의 질문이라는 평에서 얻은 것은 수치심과 분노였으니 독고음은 자신이 나설 수도 있다는 뜻을 내비쳤으나, 장문영과 대소를 잃은 고원월의 분노에 비하면 조족지혈(鳥足之血)에 불과하리라.

풀 길 없이 들끓어 애꿎은 속만 태우던 심화가 그 나갈 길을 발견했으니 어찌 남에게 양보할까.

아직도 입가에 엷은 핏줄기를 달고 있으면서도 나서는 고원월을 바라보는 독고음의 입꼬리 끝이 살짝 말려들어 올려졌다.

분노한 가운데서도 장왕은 세 가지 대답이라는 호의를 베풀었을 뿐 아니라, 먼저 선전포고를 하고 기다리고 있는 도시대왕을 향한 예를 잊지 않았다.

"가오!"

탁―!

개전을 알리는 신호와 함께 상체를 비스듬하게 숙인 장왕의 신형이 광장 중앙으로 시위를 떠난 화살같이 쏘아져 나갔다.

과녁은 바로 도시대왕이었다.

슈우욱―

출발 시에는 희끗했던 신형이 중간에는 엷은 노을빛을 꼬리로 다는가 싶더니 도착 시에는 거대한 화염 덩어리가 되어 과녁을 불태울 듯 집어삼켰다.

밤하늘에서 쏟아지는 불꽃을 일렁이는 유성 같은 구체에서 핏빛보다 짙은 손이 튀어나오는 순간, 잠겨져 있던 도시대왕의 눈이 열렸다.

콰앙―!

피이이익―

풀피리를 부는 자가 있을 리 없건만 어디선가 작은 구멍에서 바람이 몸을 비비며 빠져나가는 소리가 들리고 있었다.

"협!"

수직으로 쏘아가던 기세를 도시대왕과의 겨룬 힘을 이용해 수평으로 튀어 올랐으니, 목표는 천장에 낮게 매달려 있는 종유석!

비상하는 매와 같았던 신형을 빙글 돌려 종유석을 박차고 더욱 빠르게 밑으로 내려가기 위한 준비를 마친 고원월의 시선이 빠르게 바닥을 훑으며 먹잇감을 찾아나갔다.

'없다ㅡ!'

고원월이 다시 신형을 반 바퀴 돌리며 양손을 허공을 향해 내지르자 자욱한 붉은빛 안개가 허공을 감싸 안았다.

팡팡! 팡!

폭발로 인하여 어지러워진 시야에 아랑곳하지 않고 우수를 허리춤으로 가져가며 손목을 빙글 돌리자, 손이 어미의 자궁이라도 되는 것처럼 그 안에서 어지럽게 회전하는 붉은빛 구체가 탄생되기 시작했다.

'어디냐!'

도시대왕이 처음 일합을 겨루던 바닥에 없었으니 자신이 튀어 오르려는 공간을 먼저 선점하고 있었을 것이리라!

공중에 두둥실 떠 있는 고원월, 적파십이장(赤波十二掌) 중 진(震)에 해당하는 다섯 번째 초식 화룡점정(畵龍點睛)이 손바닥 안에서 어서 뛰쳐나가 최후의 점을 찍고 싶다며 울부짖고 있었다.

고원월은 갑자기 머리 꼭대기에 얼음을 이고 있는 것 같은 오싹한 한기를 느끼며 머리카락이 쭈뼛 서는 느낌을 받았다.

그것이 착각이 아니었음은 발밑에서 들려오는 음성이 확인시켜 주었다.

피이이익—

"느리군."

"차앗—!

허리춤에서 하늘을 향해 있던 손바닥을 꺾으며 그대로 아래로 쏘아 보내며 그 추진력을 이용하여 종유석을 박차고 직각으로 방향을 전환했다.

쿠우웅—!

우수수수—

화룡정점의 폭발로 인하여 삼 장 뒤 바닥에 있던 석순들이 잘려 사방으로 퍼져 나가며 우박처럼 동굴 안에 쏟아져 내렸다.

고원월은 몸에 달라붙는 석순의 파편들을 호신강기로 막으며 고개를 휘저어 도시대왕을 빠르게 찾아나갔다.

'또!'

만년빙정이 녹은 얼음물에 온몸을 담갔을지라도 지금 같은 한기를 경험하긴 쉽지 않으리라.

이번엔 머리 위에서 또다시 목소리만이 모습을 드러냈다.

“정말 느리군.”

고원월이 신형을 뒤집으며 발뒤축으로 허공을 반으로 갈라 나가자 대기가 찢기는 고통에 비명을 질렀다.

샤아악—!

고원월이 바라던 소리가 아니었으며 기대하던 감촉이 아니었으니, 원치 않는 의문이 결국에 떠올랐다.

‘어떻게!’

“너무 느려!!”

지금까지는 허탈함과 물음표만을 만들어냈던 음성이었지만 이번엔 부지깽이가 가슴을 후벼 파는 것 같은 뜨거운 느낌표의 경고성을 만들어내고 있었다.

고원월의 양손이 빠르게 종횡으로 꺾어 열 십(十) 자 모양으로 교차시키며 적파십이장의 제삼장 산중제왕(山中帝王)을 가슴 부근에서 펼쳐 나갔다.

슛—

“으악!”

쿠웅—!

날개만 있고 다리는 없는 새처럼 전투의 시작과 동시에 허공중에서만 이리저리 움직였던 고원월이 마침내 바닥에 내려앉았다.

비록 그것은 타의에 의한 몸으로 맞이한 추락이었지만!

날고 있을 때는 그토록 원했지만 그림자도 볼 수 없었던 모

습이 이제 쓰러져 있는 고원월의 시야에 박히듯이 들어앉았
다.

석주기둥에서 한 발자국도 움직이지 않았던 것처럼 처음
과 같은 그대로의 모습으로 도시대왕은 그 자리에 서 있었다.

달라진 점이라고는 자신을 지그시 바라보고 있는 눈!

온통 검은자위뿐인 눈동자가 열려 있다는 것, 단지 그뿐이
었다.

"세상에 그 누가 바람을 잡을 것인가. 세상에 그 무엇이 바
람을 막을 것인가. 모두가 부질없는 짓!"

흑요석처럼 번들거리는 눈으로 희번득거리며 도시대왕이
미소를 지었다.

절망(絶望)

　인정고등야이심(人靜孤燈夜已深), 외로운 불빛, 사람은 말이 없고 밤은 깊어가고,

　야반종잔두이서(夜半鐘殘斗已西), 깊은 밤, 종소리 잦아들고 북두성은 서쪽으로 기운다.

　광정고인암이심(光靜孤人暗已深), 외로운 이들, 빛은 대답 없고 어둠만 깊어가고,

　혼세풍잔성이서(混世風殘星已西), 혼돈의 세상, 바람 소리 잦아들고 또 하나의 별이 서쪽으로 기울어가는구나.

　세상에 찬란하게 떠 있던 별이 어둠 속으로 지려 하고 있었다.

"말, 말도 안 돼! 있을 수 없는 일이야! 있어서는 안 되는 일이야! 어떻게, 어떻게 이런 일이!"

진사백이 얼굴을 감싸 쥐며 현실에서 존재하면 안 되는 귀신을 본 사람처럼 소리 질렀다.

칠천무신 중 일인인 장왕을 밀어붙이는 자라니!

누구도 믿을 수 없을 일이 벌어지고 있었던 것이었다.

"각왕!"

격앙된 목소리의 독고음의 음성이 날카로운 비수가 되어 모두의 가슴에 깊이 박혔다.

진사백이 더듬거리며 현실을 부정하기 위한 발버둥을 시도하고 있었다.

"각, 각왕이라니. 설, 설마. 그럴 리가. 독고 어르신! 진정, 저자가 각왕이란 말입니까! 어째서 각왕이 이런 곳에!"

"큭, 각왕과 환상허보(幻像歔步)가 아니라면 천하에 누가 어떤 신법이 저런 속도를 낼 수 있을까! 각왕의 무각퇴(無脚腿)가 아니라면 세상에 무엇이 오리의 방어 초식을 뚫고 저리 깨끗하게 적중될 수 있단 말이냐!"

목구멍을 쥐어짜는 독고음의 이마에 송골송골 땀방울이 맺히고 있었다.

각왕을 본 적은 없지만 귀성은 도시대왕이 그라고 확신하고 있었으니 그 생각이 확고부동해질수록 온몸을 적셔가는 땀의 양도 많아지고 있었다.

지치고 병든 신이라도 인간은 신을 죽일 수 없는 법이지만 처형자가 같은 신이라면 얘기는 달라지니, 독고음은 그렇게 믿고 있었다.

칠천무신 대 칠천무신!

독고음은 자신의 눈앞에서 벌어지고 있는 싸움을 그렇게 단정 짓고 있었던 것이었다.

'안 돼! 이번엔 진짜다! 더욱이 주화입마(走火入魔) 직전의 내상까지 입고는 무리야!'

아무리 상처 입고 지친 상태지만 장왕과 귀성을 쓰러뜨릴 자는 동급의 칠천무신뿐이라고 여기며 안심하고 있었으나, 이제 손에서 미끄러져 허공중으로 떨어지고 있는 찻잔 같은 위태로움을 느낄 수밖에 없었다.

전투 중에 있는 것이 아닌 자신, 귀성의 눈으로도 정확히 포착할 수 없는 표홀한 신법과 기이한 무공은 정녕 잡을 수 없고 들어가지 못하는 곳이 없는 바람이라 불러도 무방한 것이었으니!

고원월의 각혈을 보고 그의 내상이 심각함을 짐작한 독고음이 환호의 함성을 애써 억눌렀던 기억은 이미 저 멀리 사라져지고 지워진 후였다.

전투 후 상대를 물리치기나 했으나 장왕의 몸은 만신창이가 되리라 했던 계산, 그것을 훨씬 뛰어넘는 일이 지금 눈앞에서 벌어지고 있었으니…….

독고음은 처음으로 진정한 위기를 절감하고 있었다.

평소의 사 할과 평소의 칠 할!

자지도 먹지도 못했으며 힘든 난관을 뚫고 왔었으니 전자는 장왕의 몸 상태요, 후자는 자신의 몸 상태라.

귀성 독고음이 계산하고 있는 원래 힘에 대한 지금 발휘할 수 있는 힘의 수치였다.

그러나 적은 십 할이리니, 아니, 제집 앞마당에서는 똥개도 먹고 들어간다는데 하물며 칠천무신 중 하나인 각왕이라면 십 할을 넘어 십이 할을 발휘할지도!

서로의 전력을 비교하는 독고음의 몸이 부들부들 떨리고 있었다.

쿵—!

"으아아악, 네 이놈!"

슈웅—

바람이 불어 꺾였던 잡초가 일어나는 것처럼 고원월이 쓰러졌던 몸을 튕기듯 바로잡으며 도시대왕에게 다시 날아가는 것이 보였다.

처음의 돌진보다 두 배는 빨라 보이는 속도의 진격이었고 기세였다.

장왕과 도시대왕의 거리가 무(無)가 되려는 순간 독고음의 두 눈이 태양처럼 번쩍이며 부릅떠졌다.

꽝!

‘좋아!’

장왕 고원월이 도시대왕 일 장 앞에서 장력을 뿜어내는 동시에 방향을 측면으로 움직이는 것을 보고 귀성 독고음은 갈채를 보냈다.

바람은 잡을 수 없으니 그 기세에 휘말리는 접근전보다는 지근전이 유리할 터였다.

그러나 아군에 대한 탄성은 적군에 대한 경악으로 바뀌었다.

피리리리—

꽝꽝!

“크헉—!”

‘이럴 수가!’

허공중으로 흩어진 연기처럼 도시대왕이 사라지고 아무것도 없었다.

대신 장왕의 신음 소리가 시간을 되돌린 듯 조금 전과 꼭같이 다시 생겨났다.

훈수를 두는 하수가 장기판을 마주하고 있는 고수들보다 정확하게 보기도 하는 법이거늘, 동수인 독고음도 행적을 놓쳤으니 측면으로 이동하여 배후를 노리려던 고원월이 허둥대고 있는 것은 오히려 당연하게 보이기까지 했다.

‘어디냐!’

　독고음의 시선이 허공에서 얽히며 그물망을 만들어냈으나 아무것도 걸리는 것은 없었다.

　펑! 펑! 펑펑!

　"으어어어어!"

　알아들을 수 없는 소리를 입으로 내지르는 동시에 모든 것을 부숴 버릴 것 같은 장력을 손으로 내지르고 있는 고원월의 모습에 귀성은 괴로움을 느껴야만 했다.

　집중하여 적의 몸을 터뜨려야 하는 힘이 마구잡이로 애꿎은 허공만을 터뜨리고 있었기 때문이었다.

　'제발!'

　독고음은 태양같이 빛나던 눈동자에서 자잘한 실핏줄이 터져 나가는 소리가 들릴 정도로 힘을 집중한 후에야, 누런 삼베옷을 차려입은 유령의 숨결인지 뿌연 황사의 바람인지 모를 흐릿한 형체를 포착할 수 있었다.

　꽈르르릉—

　또다시 애꿎은 벽면만 진동하는 가운데서 독고음은 기묘한 위화감의 정체를 베일 뒤의 그림자처럼 어렴풋이 엿보고 있었다.

　'이상하다!'

　분명 빠른 속도는 아니었는데 희뿌연 안개 속을 거닐며 휘날리는 안개비같이 기척과 형체가 모호하기만 했으니 다가가면 사라질 신기루와 같아만 보였다.

혼란한 머릿속을 쑤시고 거친 음성이 들려오고 있었다.

"크하하핫! 천하의 장왕이 겨우 이 정도란 말이더냐!"

피리리리—

쿵! 쿵— 쿵쿵쿵—!

남쪽에서 불었으니 남풍, 마파람인가!

도시대왕의 비웃는 드높은 소리가 광장을 진동시켰고 고원월이 마파람에 등을 격타당한 충격을 이기지 못하고 쓰러질 듯 위태하게 앞으로 밀려 나갔다.

고원월이 지나온 몇 걸음마다 깊은 족적과 함께 선연한 핏줄기가 자리를 잡고 있었다.

"컥—! 으, 아직, 아직이다!"

피가 섞여 나오는 외침과 함께 장왕이 휙 몸을 돌리며 또다시 바람을 잡기 위하여 몸을 날리고 있었다.

'조금만 더 버텨라! 제발!'

난생처음 타인을 응원하고 있는 독고음이었으니 고원월이 쓰러지기 전에 해법을 찾지 못하면 다음은 자신이 바닥에 얼굴을 맞대고 누워야 할 신세가 될지 모르기 때문이리라!

적노신공으로 채웠던 노을 빛 붉은 기류는 서서히 사그라지고 새롭게 피로 칠해지고 있는 혈인(血人)만이 더욱 미쳐 날뛰어가고 있었다.

"으아아!"

꽈르릉—

꽝꽝꽝!!!

자연이 만들어낸 광장이 장왕이 만들어낸 장력의 위력에 지진이라도 만난 듯 몸을 떨며 흔들렸지만 여전히 바람이 된 도시대왕만은 잡히지 않고 있었다.

움켜쥔 독고음의 양손에서 흐르는 땀방울이 금세 물줄기가 될 듯 속도를 더하며 점점이 바닥을 적시고 있었다.

피리리리―

꽝―!

꽝―!

이번엔 북과 서쪽, 북서풍 하늬바람이 고원월의 가슴을 사정없이 후벼 팠다.

피를 토하는 와중에도 고원월이 황급히 손을 뻗은 장소에는 이미 아무것도 없었다.

좌우종횡으로 꺾여지는 고개짓과 사방팔방으로 뻗어지는 손짓, 그리고 빙글빙글 도는 몸짓까지, 장왕 고원월의 상태는 최악으로 치닫고 있었다.

'틀렸어……'

저 멀리서 피투성이가 되어 싸우고 있는 장왕의 육신은 아직 패배를 인정하지 않고 맞서고 있었으나 그것을 지켜보고 있던 귀성의 영혼을 패배감이 조금씩 잠식해 들어가고 있었다.

장왕의 패배에 대한 것인 동시에 귀성의 패배에 대한 것이었다.

이렇게 한 걸음 물러나서 안력에만 힘을 집중하고 있을 때에도 어렴풋한 움직임만 잡아내는 것에 불과한데, 직접 도시대왕과 마주한다면 그를 잡을 방도가 없음이라!

시야가 몽롱해지고 머릿속이 어질어질해지고 있었다.

귀신의 별의 몸과 영혼이 절망이 간수가 되어 지키고 있는 무간지옥(無間地獄) 나락(奈落)으로 한 걸음 발을 들여놓았을 때 미약하지만 천둥보다 크게 들린 구원의 목소리가 손을 내밀었다.

"석…… 부숴……."

화형이라도 당하는 것처럼 온몸을 불태우고 마침내 재만 남길 것 같은 뜨거운 열기.

갑자기 타오르기 시작한 그것이 자신을 지배하는 것을 독고음은 경험할 수 있었다.

화형터에 온몸을 묶이지 않은 것이 당연했으나, 실제로 그러기라도 한 것처럼 독고음은 약간의 미동도 하지 못했으니 움직이면 꿈에서 깰 것을 두려워하는 아이와 같은 심정이리라.

그러나 꿈이 아니었음은 조금 더 뚜렷해지는 음성이 보장하고 있었다.

"유숙—! 이제여 정신이 드시나요. 괜찮—"

"비켜!"

음성이 먼저 날아든 뒤 독고음의 몸이 날아들었고 지부용을 거칠게 밀며 방금 전 자신을 타오르게 했던 음성의 주인을 이리저리 뒤흔들었다.

독고음은 절규했다.

"무엇을! 무엇을 부수란 말이냐!"

"으으. 종유석, 석순……."

"종유석! 석순!"

귀성의 눈이 미친 듯 주변을 살피기 시작했다.

어지러운 광채를 내뿜고 있는 것들은 동굴 그 자체라 해도 과언이 아니었다.

"……으으으, 그리고 석주들까지……. 더 늦기 전에 저 지겨운 누런빛을 반사하는 것들을 모조리 깨부수란 말이야!!"

고통에 찬 신음으로 시작했고 낮은 목소리로 이어갔으나, 점차 기이한 열기가 조금씩 더해지더니 그 끝에 이르렀을 때는 독고음의 절규에 못지않은 고함을 위해원이 토해냈다.

팟—!

그리고 독고음은 이미 그 자리에 없었다.

구르르르—

우르릉 꽝꽝!

쿵쿵쿵!

임무를 부여받고 저 멀리서 파괴를 일삼고 있는 한 쌍의 륜은 말할 것도 없고 손끝과 발끝에 직접 걸리는 감촉을 느낄 겨를도 없이 독고음은 미친 망아지마냥 날뛰었다.

지금 난생처음 자신이 맹목적으로 따르고 있는 지시가 타인에게 나왔다는 것을 스스로 인식하지도 못하고 있었으며 그것이 어떤 의미인지도 모른 채로, 다만 위해원의 입에서 나왔다는 사실만이 중요할 뿐이었다.

위해원이 한 말은 이 순간 절대적이 되어 있었다.

서걱—

쿵!

파바박— 쾅!

독고음은 세상을 파괴하는 전권(全權)을 신에게서 부여받은 사자가 된 듯 눈에 보이는 모든 것을 무(無)로 돌리고 있었으니, 수천, 어쩌면 수만 년에 걸쳐 만들어졌을 조각품들은 한순간에 원래의 모습으로 돌아가고 있었다.

미심쩍은 주문이 만들어낸 의문스러운 행동이었으나 분명한 의미가 있다는 것을 파악하는 데 걸리는 시간은 길지 않았다.

사람 나이 서른을 이립(而立)이라 하여 모든 기초를 세우는 나이라 하니, 독고음이 그 정도 숫자의 종유석 등을 부서뜨리자 바람을 잡기 위한 작업의 기초는 세워졌다는 것이 증명되었다.

도시대왕이란 이름의 바람이 다급한 숨결을 흘리며 독고

음에게 달려든 것이었다.

독고음의 탐스러운 백미가 흔들거렸으니 가지 끝에 매달인 나뭇잎을 살랑거리고 지나가는 남실바람인가.

"멈춰라!"

"그대나 멈추시지!"

독고음은 날아드는 바람을 상대하지 않고 이리저리 몸을 꺾어 사방을 휘저어가며 스쳐 지나가는 모든 것을 향해 손발을 움직였다.

쿠구궁—!

"이이익! 당장 멈추래도!"

자연과 시간이 만들어낸 작품이니 제 것도 아니거늘 심혈(心血)을 기울인 그림이 눈앞에서 불태워지는 것을 바라보는 화공인 양 도시대왕의 목소리에는 고통과 괴로움이 진득이 묻어 있었다.

그리고 독고음에게는 그것이면 충분했다.

모든 가능성을 버리던 찰나에 들려온 희망의 목소리가 옳았다는 것은 지금 도시대왕이 내보이고 있는 행동으로 분명해졌기 때문이었다.

인내의 시간이 길면 결실의 순간이 값지고, 고통의 크기가 컸으면 해방의 기쁨이 더욱 깊어지는 법!

날개를 떼어낸 잠자리의 버둥거림을 손가락 끝으로 잡고 즐기는 아이의 감정이 독고음의 눈에서 흐르고 입에서 넘쳐

났다.

"크크크! 자연보호자라도 되시나, 왜 그러시지? 오리야! 너도 주변에 거치적거리는 것들을 쓸어버려라! 이거 꽤 재미있는걸! 크하하하!"

콰과과과광!

꽝꽝!!

적두(赤豆)를 우려낸 진득한 물을 뒤집어쓴 것 같은 형상의 고원월이 그동안 했던 헛손질을 보상이라도 받으려는 듯 맹렬한 기세로 사방팔방의 모든 것을 멸(滅)하고 있었다.

펑! 펑! 펑!

우르르르!

어느새 남궁대수와 진사백도 가세해 구석진 곳으로 돌며 자잘한 석순 따위를 없애고 있었다.

믿을 수 없는 속도를 보였던 도시대왕이었으나 몸을 나누는 전설상의 분신(分身)까지는 무리였는지 여러 곳에서 동시다발적으로 벌어지는 행동에 미처 대처하지는 못하고 있었다.

마침내 그동안 진정 바람으로 화한 것같이 연기처럼 묘연했던 도시대왕의 분명한 모습을 볼 수 있었으니 허공중에 우뚝 멈춰 선 그는 가늘게 몸을 떨고 있었다.

날카로운 눈매의 독고음은 여전히 바쁘게 손을 놀리며 여유롭게 입도 놀렸다.

“숨바꼭질 놀이는 끝나셨나? 더 이상 숨을 곳이 없는 모양이지!”

피리리리―

팟―!

도시대왕의 신형이 사라진다고 느끼는 순간 독고음의 신형도 같이 흐릿해졌다.

음유한 바람에서 광포한 태풍이 된 도시대왕의 목표는 귀성이었으니 여전히 눈으로 쫓고 몸으로 느낄 수 없을 것 같은 가공할 속도였지만 어찌 된 영문인지 독고음은 스치듯 피할 수 있었다.

‘보인다! 느껴진다!’

독고음은 쾌재를 부르고는, 바람을 가르며 창공을 비행하는 매가 되어 날카로운 발톱을 세운 용조수로 도시대왕을 할퀴어갔다.

“이, 이럴 수가!”

자신의 위치를 정확하게 집어오는 공격에 도시대왕이 달뜬 경악성을 내질렀다.

휘리릭 팟― 탁!

휘릭 팟― 탁!

종횡으로 바람을 가르며 찔러오는 용조수의 소리와 좌우로 바닥을 박차며 피하는 발소리가 기묘한 리듬감을 만들어 연주되었다.

하나 되어 조화로운 합주는 길지 않았으니 손과 발의 사이를 틈타 엇박자로 도시대왕의 다리가 번개처럼 독고음에게 날아들었다.

슈욱―

부우욱―!

그러나 이번에도 독고음은 옷깃을 대가로 내주는 정도로 몸을 빼낼 수 있었다.

'좋아! 분명히 보인다. 할 수 있어!'

자신감이 찾아들며 제 실력도 덤으로 가져다주었는지 독고음의 움직임이 흥이 난 재주꾼처럼 조금씩 경쾌해지고 있었다.

독고음이 광소를 터뜨렸다.

"어디 한번 제대로 어우러져 보세! 크하하!"

"놈! 감히!"

이젠 귀성과 도시대왕이 모두 바람이 되어 있었다.

휘리리릴―

쉐에에에엥―!

그 근원은 매한가지로 똑같은 모습이지만 하늘에 있으면 구름이요 땅에 있으면 안개며 그 사이에 있으면 안개구름이라는 이름으로 서로 다르게 불리운다.

서로의 꼬리를 잡고 죽이기 위한 하나의 목적으로 연거푸 겹쳐 원을 그리고 있는 두 개의 바람이었지만 그들은 귀성과 도시대왕으로 다르게 불리고 있는 것처럼.

바람과 바람이 서로의 꼬리를 물기 위하여 빙글빙글 돌기를 반복하자 일 장가량의 원이 그려졌고 그 중심에서 용권풍이 형성되며 소용돌이를 말아 올리기 시작했다.

휘이이이이잉—

파바바박—!

'아차!'

수렁에서 벗어난 상황이 선물로 준 기쁨에 순간적으로 흥이 나서 한순간 주변을 살피지 못했던 독고음은, 중앙에서 빠르게 만들어지고 있는 기의 덩어리를 보면서 받았던 선물이 날아가는 것을 느껴야만 했다.

감당 못할 기가 팽창하고 있던 것이었다.

공기의 이동을 일컬어 가로로 움직이면 바람이라 하며 세로로 움직이면 기류라 한다.

바람이 마주해 기류를 만들고 있었으니 용수철처럼 나선형으로 몰아치니 이를 용수바람이라 하리라!

그러나 도시대왕의 머릿속에는 눈앞에 회오리보다 더욱 어지럽게 의문이 맴돌고 있었다.

'어떻게!'

바다에서 시작된 태풍이 육지에 들어서며 세력이 약해지는 것은 그 힘의 원천인 수증기의 공급이 부족해지기 때문이니 도시대왕의 힘의 원천 중 하나가 파괴되고 있는 이상 그의 능력도 감퇴할 수밖에 없던 것이었다.

수백을 넘는 종유석이며 석순과 석주들 중에 싸움에 휘말려 몇십 개 정도는 부수적으로 부서질 것을 충분히 예상하고 있던 도시대왕이었다.

그 정도면 큰 영향을 미칠 정도는 아니니 곧 모든 것이 끝나리라.

그러나 자신이 아닌 그것들만을 집중적으로 노릴 것이라고는 꿈꿔본 적이 없었다.

이 때문에 잠시 당황하여 주춤거린 것이 사실이나 이미 도시대왕은 마음을 다잡고 있었다.

"제법이긴 하군. 그러나…… 마음대로 끝낼 수는 없을 것이다!"

안배 중 하나가 깨져 장왕을 상대할 때처럼 가지고 노는 것 같았던 일방적인 공격은 힘들어졌으나 독고음에게 공격받지 않을 정도는 충분했다.

뚫고 들어가는 기능은 잃었으나 자신은 아직도 잡히치 않는 것은 여전한 바람이었던 것이다.

휙— 휙—

쿠쿠쿠쿠쿠—!

상대방에게 맞춰 극한에 이른 속도의 영역으로 서로를 이끌어갈수록 그것을 자양분 삼아 눈 내린 비탈길을 굴러가는 눈덩이처럼 용권풍은 빠르게 몸집을 키워 나가고 있었다.

도시대왕은 독고음의 눈에 초조함이 어리는 것을 보며 자신의 입가에는 득의한 미소를 어리게 할 수 있었다.

우우우웅—

공기가 있는 곳과 진공 중에 구멍이 생기면 압력 차에 의해 모든 것을 빨아들이는 법!

이 상태가 일다경만 유지된다면 광장의 모든 것을 날려 버릴 소용돌이가 형성될 것이었고, 그것을 방지하기 위하여 몸을 빼는 경우에도 균형이 뚫린 공간을 향해 용권풍이 이빨을 드러내고 쏟아질 터였기 때문이었다.

독고음도 알고 자신도 알고 있는 사실이었다.

우연치 않게 조건이 갖춰져 이미 시작된 이상 누구도 먼저 몸을 뺄 수 없었다.

'어차피 이백 년 만에 계승자가 온 순간부터 죽음보다 원치 않은 일에 얽매어 있던 몸! 지친 영혼이 이제라도 쉴 수 있다면 다행이지. 맡겨진 일도 완수할 수 있을 것 같으니 홀가분하구나!'

이미 죽음을 각오하고 있으니 무엇이 두려울까.

우우우우우웅웅—

"저, 저, 저것! 위험해! 동굴 전체가 무너질 거야!"

이제야 사태를 파악한 진사백이라 불리는 자가 순식간에 동굴을 집어삼킬 기세로 커지는 소용돌이를 보고 괴성을 지르는 것이 어지럽게 도는 바람 소리에 말려 기묘하게 들리고 있었다.

그럴수록 도시대왕의 입가에 맺힌 웃음은 더욱 진해지고 있었으니 죽음보다 더했던 고통에서 벗어날 수 있으니 어찌 즐겁지 아니할까.

"안 돼! 지금이라도 어서 막아야 돼!"

사방팔방 천지를 가득 메우며 자라고 있는 용권풍의 소리 속에서 여인의 날카로운 기성도 뒤를 따르고 있었다.

돌가루가 비산하는 가운데 도시대왕은 입가에 터져 나오는 웃음을 참기 위하여 볼을 실룩거려야만 했다.

그때였다.

슈우웅—

쫘아아아아아앙!

"아, 아니! 이, 이런 미친!"

움찔거리던 입이 결국 열렸지만 나온 것은 예정된 웃음이 아닌 초대받지 않은 욕설이었다.

하늘에서 뭔가가 내려왔으니 그것은 용권풍이 불고 있던 소용돌이 중심으로 떨어져 모든 것을 소멸시킨 것이었다.

돌개바람은 사라졌으나 거대한 피의 구름이 새롭게 만들어져 사방으로 비를 쏟아냈다.

푸아아아아—

도시대왕에게는 바쁘게 움직이던 다리를 멈추고 온몸을

적시는 피를 피할 생각도 못할 정도로 충격적인 장면이었다.

약속이라도 한 것처럼 한순간 신형을 우뚝 멈춰 세운 독고음도 반쯤 입을 열고 가래 끓는 소리를 목 안에서 만들어내고 있었으니 그 처참함이란 달리 설명할 필요가 없을 듯했다.

어디까지 옷이고 어디부터 사람이란 말인가.

십 년을 하루같이 능숙하게 반복하여 옷을 짜는 재단사나 하루가 십 년같이 심혈을 기울여 염을 하는 장의사도 알아보기 힘들 정도로 온몸을 피로 물들인 그것이 꿈틀거렸다.

미약하게 흔들거리는 기다란 물체가 천천히 움직이는가 싶더니 멍하니 바라보고 있는 도시대왕의 우측 다리를 와락 휘감았다.

장왕 고원월이었다.

잡힌 건 다리가 아니라 영혼인 듯 도시대왕은 아무 생각도 할 수 없었다.

빠져 버린 그의 영혼을 울리는 한마디가 들려왔다.

"크크……. 드디어 잡았다. 잡귀야… 끝내라!"

"……!"

정적이었다.

고원월에게 다리를 잡힌 도시대왕이나 마음을 잡힌 독고음 모두 충격에 빠져 헤어 나오지 못하고 있었다.

먼저 정신을 차린 것은 도시대왕이었다.

"이놈!"

퍼억!

자유로운 좌측 다리로 머리를 걷어찼으나 황망한 그의 마음을 대변하는 듯 내력이 실리지 않은 공격이었다는 것은 아직도 입을 열고 있는 고원월이 증명하였다.

"잡귀!"

이번에는 내력을 집중하여 발을 쳐들었으나 도시대왕은 그것을 내차지 못했다.

두 개의 반짝이는 하얀 륜이 허공을 지나며 번쩍이는 섬광을 만들었기 때문이다.

쉬리릭—

툭!

데루르르르르르—

비명은 없었다.

단지 바람을 가르는 소리와 머리가 바닥을 구르는 소리만이 있을 뿐이었다.

그렇게 일행은 위험이 깊은 구멍이 되어 곳곳에 뚫려 있었던 풍도지옥이라 이름 붙여진 아홉 번째 관문을 통과할 수 있었다.

비록 자신의 몸을 재물 삼아 하늘에 제를 올린 이들, 그 희생으로 구멍을 가득 메우고 그것을 발판 삼아 걸어왔지만은.

혼돈(混沌)

울고 있는 아이를 향해 누군가 손을 내밀었다.

아이는 잠시 눈물을 멈추고 코를 훌쩍거리며, 아직도 물기 머금고 이제는 호기심도 머금은 눈망울을 반짝이며 그것을 받아 들었다.

중간이 한 번 꼬여 있는 종이 띠.

어디가 안이고 어디가 밖이며 어디가 시작이며 어디가 끝이란 말인가.

알쏭달쏭 어지러운 물음에 아이는 이내 서러운 울음을 터뜨렸다.

잠시 바라보던 누군가가 만족스러운 웃음을 지어 보이고

있었다.

　기괴했던 도시대왕의 바람은 사그라졌으나 을씨년스러운 감정의 바람이 불고 있었다.
　여섯에게는 시간이 멈춰 있었고 하나에게만 빠르게 흐르고 있었으니 모든 것이 정리된 광장 안에서 움직임을 보이는 이는 오직 위해원뿐이었다.
　금기(禁忌)란 단어 속에 들어 있는 양면성이 이러할까.
　이것은 처음부터 어길 것이 예정되어 있다는 말과 다르지 않았으니 다른 육 인은 뒤돌아봐서는 안 될 것을 어기고 봐서 소금기둥이라도 된 것같이 굳어 있었다.
　그리고 효부상을 받은 며느리가 시어미 병수발을 들 때 이러할까.
　뼈가 없는 연체동물이 된 것처럼 형용할 수 없는 각도로 팔다리를 꺾고 누워 있는 고원월의 몸을 위해원이 정성껏 닦고 있었다.
　닦는 것이 아니라 담갔다 빼는 양인 듯 흥건히 젖어 피 묻은 천이 바닥을 때렸다.
　철썩―!
　손에 쥐고 있던 것을 내던진 빈손이 다시 내밀어졌고 지부용이 말없이 또 다른 천 조각을 그 손에 채워주었다.
　“음…….”

쌓여만 가는 피로 적셔진 천 조각들, 그리고 그와 함께 깎여져만 가는 희망들 그 속에서 누군가 흐릿한 심음 소리를 만들어내고 있었다.

고원월을 이렇게 만든 자가 입고 있던 옷이 이제 그의 몸을 스치고 있으니 세상사 어찌 오묘하다 하지 않을까.

공수래공수거(空手來空手去)라 불자를 표방하고 있던 도시대왕이었으니 알몸으로 죽는다 해도 보시한 셈치고 크게 억울해하지는 않으리라.

슥슥슥—

정작 소리를 만들어내는 위해원은 무표정했으나 그것을 듣는 이들의 얼굴은 표정으로 넘쳐 나고 있었다.

"고 어르…… 신."

이를 앙다물고 있던 남궁대수가 힘겹게 입을 달싹이자 고원월이 그를 향해 미약하게 고개를 돌리며 얼굴을 일그러뜨렸으니, 그 입꼬리가 떨리며 올라가는 것을 보니 아마도 웃어 보이는 것이리라.

"틀렸어! 장 신의가 살아온다 해도 가망없는 일이야!"

붕어마냥 입을 달싹이나 소리는 만들지 못하고 있는 고원월의 모습을 보며 진사백이 신경질적으로 외치고는 도시대왕의 시체 쪽으로 다가갔다.

이글거리는 눈으로 잠시 바라보다가 거친 욕설과 함께 마구 짓밟기 시작했다.

"이 지옥에 떨어질 놈들아!"

퍽!

퍽─ 퍽퍽─!

바쁘던 발이 잠시 멈칫거렸다.

아마도 무의식적으로 내놓았던 지옥이란 단어가 갑자기 맘에 걸렸기 때문이었으니 자신이 두 발 내딛고 있는 이곳이 지옥이라 하는데 지옥에 떨어질 놈들이라니…….

눈 아래의 목 없는 시체가 매질에 항의하려 일어나려는 듯 꿈틀거리고 있었다.

사후(死後) 경직 전의 경련이리라.

그러나 진사백은 도시대왕의 시체가 자신의 마음을 읽고 비웃는 것 같은 기분이 들어 잠시 주춤했던 광기에 박차를 가했다.

"빌어먹을! 개새끼들! 도대체 우리가 뭘 했다고 이러는 거야! 왜! 왜! 왜! 으아악─!"

퍽퍽퍽퍽─!

누구도 진사백을 제지하지 않았다.

"얼마나 남았습니까."

위해원이 평소와 다름없는 낮은 목소리로 입을 열었지만 예전엔 찾아볼 수 없었던 미약한 진동이 그 속에 숨어 공기를 타고 모두의 귓가를 울렸다.

그리고 마음도 울고 있으리라.

또한 위해원의 질문에 대한 답변을 모르고 있는 이도 없으리라.

그러나 차마 아무도 대답하지 않고 있는 것을 본 정월명은 십자가를 짊어지려는 듯 책을 읽듯 기계적인 목소리로 남들이 외면하는 일을 자신이 떠안았다.

"지금껏 궂은일을 도맡아했으니 알게 모르게 쌓인 충격이 있었겠죠. 그리고 풍도지옥을 지날 때도 맨 뒤에 자리 잡고 있었으니 내상이 더욱 심해졌을 것이며 잠시의 휴식도 없이 맞이한 도시대왕과의 격전은 달리 성명할 필요도 없겠군요. 어쩌면 이미 치명적인 상태로 기혈이 뒤틀려 있었을 것이에요."

"풍도지옥을 건너기 전에 대소를 막아 세운 일까지…… 크흑."

대소가 북성 본인은 아닐 것이지만 그의 무공을 사용했던 것은 사실이니, 귀성의 무공에 북성의 무공까지 어우러진 공력을 받아낸 일도 큰 원인이 됐으리라.

남궁대수가 끝내 방울방울 아롱진 눈물을 바닥에 점찍고 말았다.

장왕을 물끄러미 바라보고 있던 정월명이 고개를 끄덕거렸다.

"거기다가 몸으로 거대하게 확장하던 기의 소용돌이를 막아 소멸시켰으니 오히려 지금껏 숨이 붙어 있는 것이 기이할 따름이군요. 칠천무신이라 칭송받아도 인간의 탈을 쓰고 있는 것이 분명하니, 진짜 신이 아닌 이상 곧 죽을 겁니다.”

장문영이였다면 제가 준 상처도 아닌데 미안함에 말을 더 듬었을지도 모르는 일이었지만 정월명은 사형선고를 내리면서도 아무런 감정을 내비치지 않고 있었다.

듣기 싫어 외면하고 싶기까지 한 냉혹한 진단이었으나 이의를 제기할 여지가 없는 정확한 진단이기도 했다.

말없이 서 있던 독고음이 한발 앞으로 나서며 고원월 곁으로 다가와 몸을 굽혔다.

가늘게 떠져 있는 고원월의 눈동자는 이미 다른 세상의 풍경을 바라보고 있는 듯 아른하기만 했고 미약한 숨결을 간신히 이어가는 코끝에서는 이미 차가운 김이 어리고 있는 듯했다.

또한 말이 아닌 달싹임만 만들어내고 있는 입 안에서는 엷은 거품이 일고 있었으니 그 모양이 마치 머나먼 황천길 가는데 식량 삼으라며 시체의 입 안에 채워 넣는 한 줌 쌀 덩어리를 보는 듯했다.

떠나려는 장왕을 바라보는 남아 있는 귀성의 눈동자가 바람 앞의 촛불처럼 흔들거리고 있었다.

귀성 독고음이 장왕 고원월의 들썩이는 명치끝으로 끝에 푸른 기운이 맺혀 있는 자신의 손을 가져다 대었다.

꼭 아픈 아이의 배를 쓰다듬는 어머니와 같아 보였다.

"좋은 선택이군요. 차라리 지금 끝내주는 것이 도와주는 걸 테니까요."

정월명의 차가운 말에 남궁대수가 진노한 표정으로 몸을 떨었으나 힘겨워하는 고원월의 모습을 보고는 차마 아무 말도 못하고 몸을 돌려 외면할 수밖에 없었다.

위해원은 시선은 여전히 독고음이 아닌 고원월에게 묶여 있었다.

마침내 귀성의 손끝과 장왕의 명치가 만나 푸른 기운이 일렁거렸으나 그것은 폭설의 차가움이 아닌 첫눈의 포근함이 담겨 있었다.

경련을 일으키던 도시대왕마냥 장왕의 몸이 짧은 요동을 쳤고 은은한 붉은빛이 몸을 감싸 안았다.

이미 짐작하고 있었던 것일까.

위해원이 고개를 끄덕이며 고마움의 뜻을 전하였지만 독고음은 이마에 흐르고 있는 한줄기 땀을 닦지도 않은 채 몸을 돌려 구석으로 가버렸다.

가던 발이 잠시 멈칫거렸지만 끝내 장왕을 뒤돌아보지 않고 다시 걸음을 옮겨 어둠 한편으로 사라졌다.

"잡귀 놈……. 어울리지 않는 짓을 하는군."

"어르신!!"

벙어리가 말을 하는 기적인가.

긴 시간 잠겨 있던 고원월이 목이 트이자 말을 잃었던 남궁대수도 부르짖었다.

진사백도 황급히 하던 일을 멈추고 붉게 피 칠한 발로 튀어왔으니 그 눈도 붉어져 있기는 매한가지였다.

고원월의 힘없는 눈이 허공을 더듬다가 달아오른 남궁대수의 눈을 찾았다.

목적없는 방황을 하듯 초점없이 쉼도 없이 그렇게 끊임없이 흔들리는 눈망울을 마주하지 못하고 남궁대수가 결국 눈을 질끈 감았다.

기적은 없다.

그것을 믿기에는 너무 많은 일들을 경험했으니, 이미 모두들 알고 있었다.

고원월이 희미한 미소를 힘겹게 지어 보였다.

"자네, 꼭 살아나가야 하네……. 약속하게. 지금처럼 의와 협을 기억하겠다고. 약자를 돕고 살아가겠다고… 장 신의의 모습을 가슴에 새기겠다고."

"어르신, 어르신! 약속드립니다. 어르신들의 모습을 영원히 쫓으며 살아가겠습니다. 크흐흑."

참다 참다 못 참은 사내의 눈물이 막힌 둑이 터진 듯 거세게 흘러내렸다.

가슴이 들썩이며 거친 기침을 뿜어내며 숨을 고른 뒤 이번엔 진사백을 향해 음성이 날아들었다.

"…하. 두 번 생각한 뒤 말하고 움직이게……."

진사백은 대답하지 않고 고개를 들어 천정만 바라보고 있었으니 움켜쥔 손에서 뿌드득거리는 소리가 대답 대신 새어 나오고 있었다.

먼 길 떠나려는 고원월이 배웅하는 이들에게 오히려 이런저런 다짐을 받는 모습이 마치 유언하는 할아비가 손자의 앞날을 걱정하는 모양과 같아 보였다.

"그래……. 모두 물러나 주겠는가. 내 잠시 위 소협이랑 할 말이 있군."

잠시 주춤거리던 일행은 무거운 발걸음으로 광장 구석진 어두운 곳으로 녹아들며 자리를 피해주었다.

잠시가 아니라 영원이니, 그가 세상에서 남기는 마지막 부탁이리라.

우우우웅―

고원월은 최후의 기력을 내뿜어 기의 차단 막을 쳤고 그 대가로 검붉은색의 핏덩어리를 울컥울컥 내뱉었다.

그것을 바라보는 위해원의 눈에는 아무런 빛깔도 묻어 있지 않아 보였다.

남궁대수와 진사백과는 다르게 겉으로나마 평정을 유지하고 있는 그의 모습을 보며 고원월이 옅은 미소를 지어 보였다.

자신이 이승에서 하는 마지막 선택은 틀리지 않을 것이라

굳게 믿으며 입을 열었다.

"나만 쳐다보게. 무슨 소리를 들어도 동요하는 모습을 보이면 안 될 것이야. 지금부터 하는 말을 잘 듣게……."

위해원이 고개를 가늘게 끄덕거렸다.

"지, 지부용, 저 아가씨를 조심하게!!"

순간 위해원의 몸이 벼락이라도 맞은 듯 찌르르 움찔거렸지만 이내 담담함을 가장할 수 있었다.

아무런 반문도 없는 모습에 고원월은 눈에 만족하는 빛이 흐릿하게 떠올랐다.

"대소… 우리가 대소라 부르던 자는 처음부터 바보가 아니었으며 이곳에 들어온 것도 처음이 아니었을 것이야. 제정신이 든 것도 잠시였고 정확히 알아들을 수는 없었지만 그는 마지막 순간에 눈짓으로나마 분명 지부용 저 아가씨를 가리켰어."

위해원의 입술이 가늘게 떨리고 그의 손은 바닥의 먼지를 더욱 잘게 부술 듯 움켜잡고 있었다.

"저자, 도시대왕이 각왕도 아니었네. 그의 절기를 흉내 내고는 있었지만 이 또한 어떤 음모가 있을 거야……. 크크. 하지만 내가 그와 알고 지낸다는 것은 몰랐던 모양이더군. 천하에 모두가 속아도 내 눈은 못 속이지……."

회광반조(回光返照)라.

해가 지기 직전에 잠시나마 더욱 밝아지는 것을 자연 현상을 일컫는 말이었으니 고원월의 영혼의 별이 마지막 생기를 쥐어짜며 반짝이고 있었다.

그리고 곧 마지막 비행을 마치고 유성우로 저 멀리 떨어질 준비를 하고 있는 것이리라.

점점이 끊여지던 말이 일사천리로 이어져 도도히 흘렀다.

"자네라면 이곳을 나갈 수 있을 것이야. 하지만 여기서 시작되고 있는 음모는 그렇게 단순한 게 아닌 것 같은 예감이 드는군. 더욱 무서운 일이 벌어질 것 같아. 지금부터 불러주는 구결을 외우게나. 훗날 약간이나마 보탬이 될 거야."

고원월이 입이 말하고 있는 뜻을 눈치 챈 위해원이 입술을 달싹거렸으나 장왕의 눈이 말하고 있는 단호함에 결국 아무 말도 할 수 없었다.

원하든 원치 않든 간에 시간이 없었다.

소모적인 실랑이를 하고 있을 여유는 더욱 없는 것이다.

이미 장왕은 피 내음 가득한 입을 열고 있었다.

"지금에 와서 십이지(十二支)는 자축인묘진사오미신유술해(子丑寅卯辰巳午未申酉戌亥)의 순서로 열두 가지 동물을 상징하고 있으나 한대(漢代)에는 이를 시간과 방위에 이용했으며 그 이전 은대(殷代)로 거슬러 올라가면 이것들은 별자리를 말하고 있네."

어느새 위해원의 눈이 유성을 바라보며 소원을 비는 아이의 눈마냥 반짝거리고 있었다.

"내가 익힌 적노신공과 적파십이장은 이에 연유하고 있는 고대무공이니 그 순서와 해석이 지금과는 다르며 각각은 인체에 열두 가지 대혈에서 시작하네. 각 대혈은 다시 열 개의 소혈을 중심으로 나눠 움직이니 이를 십간이라 하네. 십간은 갑을병정무기경신임계(甲乙丙丁戊己庚辛壬癸)이니 이를 대혈에 응용해 운기하며 그 순서는……."

고원월의 생명의 불꽃은 하염없이 타오르고 있었다.

달이 차면 기울고 시작이 있으면 끝이 있는 법이니, 장왕의 생명의 초가 더 이상 태울 것 없어 제 심지를 태워야 하는 때에 이르러 비로소 무공전수는 끝이 났다.

호기로 넘쳐흐르던 얼굴은 간데없고 죽음의 기운만이 넘실거리고 있는 얼굴이었지만 두 눈은 여전히 별빛처럼 초롱거리고 있었다.

"다 외웠나?"

위해원이 긍정의 뜻으로 머리를 끄덕거린 것이 사신이 낫을 휘두르는 것이라도 된 것일까.

고원월의 눈빛이 급격하게 탁해졌으니 해야 할 일을 다 한 사람처럼 온몸에 맥이 빠져나가고 있는 것이리라.

그가 지나간 시간을 얘기하고 다가올 시간을 얘기했다.

"먼저 간 장 신의를 볼 면목이 없군. 모두를 내보내겠다고 약속했었는데……. 죽는 것은 두렵지 않으나 그가 나를 탓할 것이 두렵구나. 이제 너의 몫이다. 살아서 나가야 한다. 귀성

은 만만치 않은 자이니 항상 조심해야 할 것이야. 결코 내가
무공을 전수했다는 사실에 대하여 그가, 아니, 어떤 누구도
눈치 채게 해서는 안 될 것이야. 정 부인에 대한 경계도 늦추
지 말거라."

긴박한 상황이었으니 구배지례(九拜之禮)는 올리지 않은
것이 당연했고, 오가는 말속에 스승과 제자란 단어도 한마디
나오지 않았으나 구결전수 전과 후, 위해원에 대한 고원월의
말투가 달라져 있었다.

반 공대에서 하대로 바뀌었으나 향하고 있는 마음은 오히
려 깊어진 것이리라.

얼굴에서 입이 사라진 듯했던 위해원이 처음으로 말을 그
려냈다.

"약속드리겠습니다. 반드시…… 저는, 반드시 살아나갈 것
을. 죽더라도 저는 살아나가겠습니다."

"…그래, 마지막으로 한 가지 더."

위해원의 눈이 반짝거리며 장왕을 바라보았고 고원월의
눈은 흐릿하게 두고 온 바깥세상을 바라보고 있었다.

꿈꾸는 눈으로 허공을 응시하며 들릴 듯 말 듯한 작은 음성
을 고원월이 만들어 나갔다.

"내 벗, 각왕이 나를 기다리고 있을 걸세. 그러고 보니 놈
과의 약속도 못 지켰군. 비무에 가던 중 내가 멋대로 이리 와
버렸거든. 후후……. 목이 빠지진 않았는지 모르겠군. 성격

이 급한 녀석이니 화도 많이 났을 텐데……."

서리가 맺힌 창문(窓門)처럼 고원월의 검은 눈동자에 회색 빛이 서리며 점차 초점을 잃어갔고, 마지막 힘을 소진하고 골짜기 사이로 사라지는 메아리처럼 그 목소리가 조금씩 잦아들었다.

"태산에 있는…… 남천문(南天門)에서 해가 뜨는 방향으로 반나절 움직이면 그가 있을 걸세. 사정이 있어 정체를 숨길 것이나 내 이름을…… 나가게 되면…… 미안하다고, 이제 그만 기다리라고 전해주게……. 원없던…… 한평생……."

안개가 끼는 것도 시나브로요 안개가 사라지는 것도 시나브로니, 어디가 시작이고 끝인지 모르게 점차 음성이 잦아들었고 마침내 더 이상 고원월의 눈동자에 사물이 비치지 않았다.

잠시 고개 숙인 채 눈을 감고 있던 위해원이 천천히 일어났다.

인간 세상에서 신으로 추앙받았던, 그리고 이제는 신들의 세상으로 가버린 인물.

마지막 유언을 끝으로 장왕 고원월은 그렇게 숨을 거뒀다.

"이제 움직여야 합니다."

굳게 다문 입으로는 침묵을 노래하고 거친 숨결을 흘리는 코로는 분노를 뿜어보며 가늘어진 눈으로는 떠난 이들과의 추억을 바라본다.

굳어진 얼굴이 비통을 읊조리고 있는 것일까 떨리는 몸은 엄습해 오는 공포를 털어버리려 하는 것일까.

각자의 방식으로 이어지고 있던 추모(追慕)는 제사가 끝났음을 알리는 담담한 한마디로 끝나고 있었다.

모든 길은 서역에 있는 먼 이방의 나라로 통한다고 했던가.

지금 사람들의 눈이 쫓고 있는 길 끝에는 위해원이 있었다.

처음에는 아홉이었으나 이제는 몇 남지 않은 눈길을 홀로 차지하며 위해원은 흔들림없는 음성으로 다시 말했다.

"말했던 것처럼 시간 싸움입니다. 떠난 자들이 그립긴 하지만 바로 뒤쫓아가고 싶은 생각은 없습니다. 그들도 원치 않을 테고요. 언제고 세월이 반드시 만나게 해줄 터이지만 지금은 아닙니다. 그렇게 돼서는 안 되지요. 어서 정리하고 출발하도록 하지요."

평온을 가장하고 있으나 뒤틀린 억누름이 담겨 있는 위해원의 목소리였다.

애꿎은 입술을 피가 배어 나오도록 물고 있던 남궁대수의 이가 비로소 열리며 소리를 만들었다.

"정리, 제가 하지요."

"나도 하지……."

그에게도 이런 면이 있었던가, 일행은 한구석에서 나서는 진사백을 바라보았다.

술에 취해 비틀거리는 사람처럼 진사백은 슬픔과 공포에 취해 힘없는 모습으로 움직였다.

고원월의 사체 쪽으로 기는 그 무거운 발걸음마다 한이 서려 있는 것 같았으며 맨손으로 딱딱한 바닥을 파는 손길마다 원한이 흐르고 있는 것 같았다.

바닥이 제 살이 깎이는 고통을 이기지 못하고 비명을 질러댔다.

퍽!

퍽—!

그러나 위해원이 말했던 정리는 이것이 아니었던가.

이어지는 그의 고함에 일행의 마음이 비명을 질러댔다.

"남궁 형! 진 형! 지금 뭣들 하시는 거요!"

"뭐, 뭐라니요? 말한 대로 무덤을 만들어 정리하려 하는 것이지요."

"어차피 썩을 고깃덩이를 묻는 짓으로 시간을 버린단 말이오! 내 말뜻은 내가 기절해 있는 동안 있었던 일을 말해달라는 것이었소! 한시라도 사태를 정리하고 갈 길을 대비해야 할 터!"

"……!"

위해원의 차가운 말에 남궁대수와 진사백의 말문이 막힌 대신에 억눌러 있던 분노의 물길이 트여졌으니, 엄동설한에 발가벗겨져 밖으로 내쫓긴 아이마냥 그들의 몸이 거세게 떨리기 시작했다.

"고, 고깃덩이라니! 우리를 위해 죽은 이에게 어떻게 그런 말을……!!"

"이 개새끼! 돕지는 못할망정 어디서 그따위 소리를 한단 말이냐! 나 같은 놈도 은혜는 알고 있는데, 어찌 네놈이—!"

처음으로 한목소리를 내는 남궁대수와 진사백의 음성이 앞 다투어 튀어나오고 있었으나 그 뒤를 쫓은 위해원의 싸늘한 음성이 그들의 말끝을 잡아 물어뜯고 끝내 집어삼켜 버렸다.

위해원이 노한 음성을 내질렀다.

"내 말이 그것이오! 누구 보라고 허례(虛禮) 따위로 그의 죽음을 헛되게 하고 싶은 게요! 정신들 차리시오."

"네놈이 진정—"

"그 입 닥치시오! 우리가 할 수 있는 최고의 경의(敬意)와 조의(弔意)는 몇 년에 걸쳐 땅을 파고 거대한 무덤을 세우는 것이 아니라 촌각이라도 빨리 이곳에서 살아 나가는 것이란 말이오! 그것을 모르겠소!"

누구도 몸을 움직여 몸짓을 만들 수 없었고 누구도 입을 열어 소리를 낼 수 없었다.

샤아아아—

새롭게 열려 있는 동혈로부터 차가운 바람이 불어와 무거운 분위기를 조롱하고 스쳐 지나갔다.

그것이 시작을 알리는 징 소리라도 된 듯 독고음이 어둠 속에서 천천히 모습을 드러냈다.

"맞는 말이야. 추억이 없는 고향은 의미가 없는 법이고 영혼이 떠난 육신은 가치가 없는 법이지. 우리에겐 시간이 없어. 그간 있었던 일은 내가 설명하지."

그의 눈자위가 고원월의 머리카락 빛을 닮아 있었다.

진정 미운 정도 정이긴 했던가, 아니면 막막한 앞날에 대한 분노에 의한 것인가.

차마 귀성의 붉어진 눈을 끝까지 마주하지 못하고 위해원은 고개를 돌렸다.

그러나 사그라지는 음성이나마 짧은 한마디를 덧붙이는 것을 빼먹지도 않았다.

"한 가지도, 아무리 사소한 것도 빠지면 안 됩니다."

"암! 어련할까. 풍도지옥을 벗어나며 장문영과 대소가 죽었네. 되돌아가면 그 육신이 대못에 찔린 채 바람에 흔들고 있을 걸세. 대소는 무공을 할 줄 알더군. 그것도 북성의 무공을!"

"북성… 북성이라……. 그도 칠천무신의 일인일 터. 하, 또 칠천무신이란 말인가."

중얼거리고 있는 위해원은 알 수 없는 예감에 머리가 지끈거려 오는 것을 느껴야만 했다.

칠천무신!

그 이름과 이곳은 분명 무엇인가 있을 것 같았지만 아직은 알 수 없었다.

이곳에 있어 특별한 의미를 가진 칭호를 단 자, 그 칠천무신 중 하나가 다시 입을 열었다.

"이곳에 와서는 도시대왕을 만났지. 그는 세 가지 질문에 답변을 해준다고 먼저 말했고 이런 말들을 남겼네."

새삼 분이 복받친 진사백이 거칠게 욕설을 토해냈다.

"대왕! 도시대왕은 무슨. 개새끼들! 지들끼리 무덤 속에서 피리나 불고 있을 것이지, 어쩌자고 우리들에게 이런단 말이야. 이런 개새끼들아— 도대체 원하는 것이 뭐란 말이냐! 그냥 우리를 죽이고자 한다면 한꺼번에 덤비면 될 것을! 가지고 노는 것이냐! 들리느냐, 이 개새끼들아!"

위해원의 눈이 진사백을 쏘아보았지만 그는 멈추지 않았다.

"왜! 너같이 똑똑한 놈은 감정도 없단 말이냐! 흥! 이런 내가 한심해 보이는……."

"당신이야말로 똑똑하군. 단순히 우리를 죽이고자 함은 아니라는 당신의 말이 맞소. 그리고 피리? 피리라 하셨소?"

위해원의 물음 끝에 맺혀 있는 심상치 않은 기색을 느낀 독고음이 설명을 덧붙였다.

"만파식적이라 했던가. 도시대왕이란 자는 승복을 입고 피리를 불고 있었지."

어느새 남궁대수가 투명한 옥빛으로 번들거리는 피리를 찾아 위해원에게 건넸다.

두 뼘가량의 짧은 길이.

만파식적은 일반적인 직선으로 이루어진 피리와는 달리 약간 휘어진 몸신이 곡선을 그리고 있었다.

손 안에 쥔 만파식적에서 눈을 때지 않은 채로 위해원이 입을 열었다.

"이곳과 만파식적이라……. 역시 그것이었군. 충분히 가능성있는 일이야. 아, 계속하시지요."

위해원과 그의 손 안을 번갈아 쳐다보던 독고음이 다시 말을 이어나갔다.

"그래, 계속하지. 세 가지 질문, 그것은……."

홀로이 어둠을 관객 삼고 촛불을 조명 삼아 낭랑한 음성으로 주경야독(晝耕夜讀)을 몸소 보이는 선비라도 된 듯 차분한 독고음의 목소리만이 고요한 동굴 안에 울려 퍼지고 있었다.

그리고 그의 말이 끝났을 때 모두는 분칠이라도 하고 온 것 같은 위해원을 볼 수 있었다.

그의 창백하게 질린 얼굴이 의미하는 것이 무엇인지 모를 리 없는 독고음이 몸을 기울이고 물었다.

"뭔가 깨달은 얼굴이군. 말하게! 이미 올 때까지 왔는데 무엇을 주저하는가. 머릿속에 있는 모든 것을 풀어놓게. 어서!"

등을 떠밀며 자신을 옭아매는 음성에 위해원은 거칠게 머리를 감싸며 더듬거리는 음성을 풀어놓았다.

"그는…… 도시대왕이란 자는 적어도 처음에는 호의적이 었던 것이 분명하군요. 모두 참이라 장담하지는 못하겠지만 거짓은 많아봐야 열 중 한둘에 불과할 것입니다. 그러 나……."

"그러나?"

"그의 말처럼 세 번째 질문은 어리석었습니다."

"어리석었다?"

세 번째 질문자인 독고음이 눈매를 좁혔고 그것이 뜻하는 바를 모르지 않는 위해원이 다시 입을 열었다.

"출구를 묻는 질문이 아니라 우리를 이곳에 모아둔 이유를 물었어야 합니다. 그것은 두 번째 질문과 연관됩니다. 이곳이 모든 황제의 시작이 되는 자의 무덤이라 했으니 진시황제(秦 始皇帝), 시황제릉이라는 뜻이지요."

"시황제! 시황제의 무덤이라니!"

진사백이 얼굴을 손으로 감싸 쥐며 날카롭게 갈려진 음성 을 토해냈다.

이름은 정(政), 진(秦)나라의 초대황제로서 어지럽게 갈라 져 있던 땅덩어리를 통일하고 강력한 중앙집권 체제를 형성 했으며 스스로 시황제라 칭한 이!

시황병육국(始皇倂六國) 진시황 여섯 나라를 삼키니
시호위강진(時號爲强秦) 사람들이 이르러 이가 강진이라
분탕선왕서(焚蕩先王書) 선왕들의 책을 불살라 버리니
사해개정신(四海皆鼎新) 온 세상이 다 새로워졌었지
자칭시황제(自稱始皇帝) 스스로 시황제라 칭하니
솔토개칭신(率土皆稱臣) 천하 백성이 신하가 되었고
방호축장성(防胡築長城) 오랑캐를 막고 만리장성을 쌓고
망해노동순(望海勞東巡) 바다 보려 동쪽 땅 돌기도 했어라
려산궁궐장(驪山宮闕壯) 여산 궁궐은 장대하고
복도횡고민(複道橫高旻) 낭하가 높은 하늘 가로질렀다

먼 훗날에 만 리 길 이방의 나라, 시간과 공간이 다름에도 이렇게 그에 대한 시조를 지을 정도로 절대적이었던 자.

그 이름 진시황제!

털썩―

돌려진 시선들이 머무르는 자리에 제 몸을 감싸 안고 가늘게 몸을 떨며 주저앉아 있는 지부용이 있었다.

"진시황제……. 이곳이 그분의, 그분의 무덤이라니. 분명 여산(驪山) 남쪽 기슭이라고 했었는데!"

홀린 것 같은 눈과 미친 것 같은 표정으로 중얼거리는 지부용.

정월명이 황급히 그녀 곁으로 다가가 곁에 앉아 다독거렸

으나 독고음의 음성은 그녀 곁을 맴돌며 탐문을 시작했다.

"여산 남쪽이라? 무슨 말이지! 너는 왜 그러는 것이냐!"

홀리고 미쳤으니 지부용은 대답이 없었다.

떠나간 임 그리워 하염없이 울다 지쳐 붉은빛 멍이 들었다는 동백꽃인 양 떠나간 오라비 기다리다 지쳐 죽은 자리에 피었다는 하얀빛 도라지꽃인 양, 다만 지부용의 안색은 붉어졌다 하얘졌다는 반복하고 있을 뿐이었다.

"뭔가 있군. 사태가 이 지경까지 왔으니 이제 집고 넘어갈 것은 확실하게 해둬야 할 터!"

"핍박은 그만 하세요! 어린 아가씨가 자신이 있는 곳이 무덤이라는데 놀라는 것이 뭐가 이상한가요. 그런 행동은 저로서는 두고 볼 수 없군요."

"진시황제라……. 분명 놀라운 이름이기는 하지만 지금껏 지옥을 겪어오면서 버티던 정신이 단지 그것만으로 저렇게 된다는 것이 말이 될까!"

"그만 하세요! 우리끼리 꼭 이래야만 하나요."

"당신이 아닌 저 계집아이에게 하는 말이야. 그리고 당신은 도대체 왜 이렇게 저 계집아이에게 집착하는 거지?! 이곳에서 처음 만난 사이가 아니던가? 이곳은 사람이 죽어 묻히는 무덤이 아니라 마치 비밀이 태어나는 요람 같지 않은가!"

인간사 이런 것이니 얼마 전까지 동맹을 맺고 있던 두 사람, 귀성 독고음과 귀자모신 정월명의 시선 끝이 마주한 자리에서 이제는 파란 불똥이 튀고 있었다.

그러나 불똥에 대일 것을 두려워하지 않는 자의 목소리가 끼어들어 둘이 붙인 불을 껐다.

"그만 하시지요. 저로서도 충분히 놀라운 얘기입니다. 숨겨진 황릉의 존재에 대하여 『진시황본기(秦始皇本紀)』에 기록되어 전해지고 있으나 단순한 야사인 줄 알았는데……."

"그렇다면 우리가 있는 이곳의 장소가 여산 남쪽이란 말인가!"

"그것은 아닐 수도 있고 맞을 수도 있습니다."

낮은 한숨과 함께 고개를 젓는 위해원의 모습에 지부용과 다른 이들은 또다시 혼란에 빠져들 수밖에 없었으니 진시황제의 릉이라 하면서도 이제는 그곳이 아니라 함은 무엇 때문인가. 그의 입이 다시 열려 설명을 계속했지만 혼란은 혼돈으로 바뀌어갈 뿐이었다.

"여산 남쪽 기슭으로 그 존재가 희미하게나마 드러나 있는 그곳이 도굴꾼들의 눈을 쏠리게 하는 가묘(假墓)일 가능성도 있습니다. 병사들과 말들이 잠들어 있다고 하여 병마총(兵馬塚)이라는 별칭으로 전해지는 그곳이 이곳인지, 만약 다르다면 어느 쪽이 실제 진시황제의 묘인지는 아직 단정하기 이른 상태이지요. 하지만!"

위해원은 말을 끊고 자신을 아직도 서로에 대한 긴장을 풀지 않은 채 대치하고 있는 독고음과 정월명을 살펴보고는 한

숨을 내쉬며 다시 입을 열었다.

"처음 석실 안에서의 논의들. 모든 조건이 맞아떨어지는군요. 신전이라 생각했던 것을 황제, 그것도 역사상 유래없는 권력을 쥐고 있던 시황제의 무덤으로 바꾼다면……. 만리장성을 만들고 불로장생을 꿈꿨던 자이니 무덤에 어떤 것을 해 났다고 해도 이상하지 않을 것 같군요."

"그렇다면 정말로 이곳이 진시황제의 무덤이 맞는다는 말입니까!"

남궁대수가 어지러울 정도로 고개를 사방팔방 휘돌렸다.

매사 침착하기만 했던 그로서도 당연한 일이리라.

위해원 역시 흔들리는 음성으로 그의 놀라움이 헛되지 않았음을 증명해 주었다.

"일설에는 돌로 만든 일만의 병사와 수레가 잠들어 있다고 전해지니……. 이 위용과 이곳을 지키는 자들. 이것이 도시대왕이 했던 말이 진실이라는 첫 번째 근거입니다."

위해원은 입으로는 말을 뿌리고 눈으로는 주위를 쓸어 담았다.

그의 시선은 여러 감정을 담고 있는 표정의 지부용이 스쳐 지나 상기된 얼굴의 정월명에게 멈춰 섰다.

싸늘한 눈빛으로 정월명과 지부용을 번갈아 쳐다보던 독고음이 끝내 시선을 다시 거두어들였다.

지부용 쪽으로 물러난 정월명은 과장된 모습으로 어깨를

으쓱거려 보였다.

"난 이곳이 시황제의 릉이라는 것을 몰랐어요. 처음부터 말하지 않았나요? 지켜야 한다는 말과 함께 무공을 배웠을 뿐이라는 것을요. 나 역시 무덤지기로 쓰이기 위해 갇혀 키워졌다는 게 놀라울 따름이에요."

정월명의 항변을 들으며 잠시 뜸을 들인 위해원이 허공으로 시선을 옮기며 다시 입을 열었다.

"과연, 진시황제의 무덤이라⋯⋯."

"무덤에 이런 기관과 이런 자들이 있다는 것은 말도 안 돼!"

진사백이 고개를 휙휙 저었으나 주변을 둘러보던 위해원은 이미 결론을 내리고 있었다.

"이 모든 것이 무덤이니 가능하지요. 살아생전 권력을 누리던 자들은 죽어서도 권력을 놓으려 하지 않는 법입니다. 한 지방의 대부호(大富豪)들만 하더라도 온갖 기관 따위로 저승까지 가져갈 수 있으리라 믿는 자신의 재물들을 지키려 하는 것을 쉽게 볼 수 있습니다. 지금도 인공적인 흔적이 남아 있는 평평하고 거대한 바위들도 수천 년 전에 존재하던 옛 사람의 무덤이라는 뜻으로 고인돌(故人石)이라고 부르기도 할 정도니까요. 그 밑에는 온갖 무기며 보석뿐 아니라 수많은 사람들의 뼈가 함께 출토되기도 합니다."

"사람들의 뼈? 흥! 한꺼번에 죽은 이들을 묻어두기라도 했

나 보지. 나 역시 이곳의 놈들을 만나면 모두 죽여 구덩이 속
에 다 쳐 넣으리라!"

위해원은 고개를 저었다.

"그 뜻이 아닙니다. 살아 있는 이들을 그대로 묻은 것입니
다."

"살아 있는 자들을! 왜, 그런 짓을!"

"아마도 죽음 후의 세상에서도 자신을 지키라는 뜻으로 살
아 있는 자들을 죽은 이와 함께 묻었을 것입니다. 미개 민족
에서는 아직도 성행하는 일이라고 하더군요. 이미 국가의 형
태를 갖추지 못한 옛날에도 이런 일이 있을 정도이니 하물며
역사상 가장 강력한 통일 왕조라 해도 무방할 것 같은 진시황
제. 권력의 정점에서 불로장생을 꿈꾸던 그라면 죽은 자신을
지키도록 영원히 무덤에서 살아가야만 하는 병사들을 만들어
냈을 수도 있지요. 인간의 욕심이란……."

잠시 가볍게 숨을 내쉰 위해원이 더 이상 말하기 귀찮다는
듯 손을 휘휘 내저으며 말했다.

"하여간 무덤이라 말하는 무덤지기, 문이 없을뿐더러 있다
고 해도 막아야만 하는 자에게 출구를 묻는 세 번째 질문은
어불성설(語不成說)이지요."

졸지에 우둔한 자가 되어버린 독고음이었지만 이미 마음
의 평정을 되찾았음인지 차분한 음성으로 다른 글귀에 대한
주석(註釋)을 달아줄 것을 위해원에게 부탁했다.

“그래, 그렇다면 첫 번째 질문에 대한 답은 무엇을 말하는 거지?”

“그, 그건······.”

이번엔 위해원의 마음의 평정이 깨졌음이 분명했으니 떨리는 음성과 눈동자는 누구라도 그의 심적 상태를 어렴풋하게나마 느낄 수 있게 할 정도였다.

그를 지켜보던 모두에게는, 의아함이란 감정이 구멍 뚫린 바닥에서 샘솟아 오르듯 가슴속에서 숫구쳐 오르고 있었다.

불안한 눈으로 주위를 둘러보던 위해원이 구멍 뚫린 천장에서 빗물 흘러 떨어지듯 단번에 말을 쏟아냈다.

“모, 모르겠소! 그 말뜻은 나도 모르겠습니다.”

“모른다? 자네 입에서 처음 듣는 소리군! 정말인가, 모른다는 것이!”

지금껏 위해원의 입에서 모른다라는 비슷한 단어도 나온 적이 없던 것이 사실이다.

이제 와서 단 한 번도 보이지 않았던 그의 모습에 흥분을 참지 못한 독고음이 언성을 높였다.

기호지세(騎虎之勢)이며 내친걸음이었을까.

내리긴 힘들었으나 가뭄 끝에 마주한 비가 메마른 땅속에 빠르게 스며들 듯 위해원은 더듬거리던 것이 무색하게 입에서 말을 흘려냈다.

“모르니 모른다고 하는 겁니다.”

그러나 머릿속에서는 다른 말을 자신에게 하고 있었다.

이는 자신 외에는 누구에게도 해서는 안 될 말이기도 했던 것이었으니…….

위해원의 머릿속에서 모든 의문의 서서히 풀리고 있던 것이었다.

'절대로 보아서는 안 될 것을 보지 않기 위함이다. 좀 전까지는 뜨고 있었으나 지금은 눈을 감고 있다. 좀 전과 지금 눈 앞에 보이는 것이 달라졌음을 말하니 보아서는 안 될 존재란, 이곳에 들어선 우리가 그것이다! 그는 우리를 봐서는 안 됐었다. 왜!'

위해원의 생각은 내부로 향하고 있은 눈과 귀는 외부로 향하고 있는 까닭에 겉으로 드러나 있는 문답은 계속 진행되고 있었다.

"각왕까지 이곳에 있다니. 그가 관부에 투신했단 말인가!"

"아니오. 그는 각왕이 아니오. 고원월 선배님이 각왕을 알고 있었소."

마음을 둘로 나누는 분심법(分心法)이 이러할까, 입은 여전히 주위로 향해 있으나 머리는 자신에게 모아져 있었다.

'또한 출구는 처음부터 우리와 함께 있었고 지금도 함께 있다는 말이 의미하는 것은……. 그것은 단 한 가지!'

"아니라니! 그 외에 누가 칠천무신을 상대할 속도를 가지고 있단 말이냐? 믿을 수 없다!"

　"강호에는 섭혼술(攝魂術)이라고 해서 사람의 영혼을 홀리는 수법이 있다고 들었소. 그것을 본 적은 없으나 이지를 혼란하게 흐려서 판단에 착오가 생기게 하는 방법은 나도 알고 있지. 굳이 이름을 붙이면 깨어 있는 정신에게 잠자는 것을 재촉하는 모습이니 재촉할 최(催)에 잠잘 면(眠), 최면술(催眠術) 정도 되겠군."

　입을 빠르게 움직이고 있었지만 두뇌를 움직이고 있는 속도에 비하면 느리다 할 수 있으리라!

　'세 가지로 제한한다는 것은 우릴 돕고 싶은 마음은 있으나 형편이 여의치 않다는 의미일 터. 시황제 사후부터 지금까지 대대로 이어지던 사명과 자신의 본 마음 사이에 갈등했음이 분명하다. 그것은… 분열!'

　소녀의 마음에서 꽃을 피운 호기심을 억누를 길 없는지 이제는 평정을 되찾은 지부용이 살며시 끼어들었다.

　"최면술이라니요? 저 도시대왕이란 자가 우리에게 최면술을 걸었단 말인가요?"

　"아마도 그렇소. 기본적으로 주변에 어지럽게 흩어져 있는 종유석과 석순 등을 도구 삼고 있었을 것이오. 계속 감고 있다가 싸움 직전에 뜬 흑요석처럼 번들거리던 눈까지. 그리고 알게 모르게 반복적으로 암시(暗示)를 심기 위해 했던 말도 있을 것이라 생각되오."

　'그리고 금제(禁制)! 누군가 이들에게 금제를 걸었다. 거부

하지 못할 그것을. 그렇다면 무엇이 있어 세상에 초탈한 삶을 살고 있는 그에게 거부 못할 명령을 하였을까. 있다면 단 한 가지.'

"반복된 말이라…… 맞아요! 말끝마다 자신이 바람이니 어쩌니 그런 소리를 계속했었어요!"

대화를 듣고 있던 진사백의 음성이 꼬리에 불붙은 황소마냥 거칠게 성을 내며 달려들었다.

"믿을 수 없다! 어찌 그따위 하찮은 사술로 장왕을 꺾는단 말이냐! 미친 소리야!"

'이곳에 있는 세력은 완전히 갖춰진 것이 아니다. 분열의 낌새가 존재한다. 지금껏 경험한 바에 의하면 이곳의 주인의 능력으로 그 사실을 모를 일이 없는 것은 자명한 터!'

"능력을 한껏 올리는 것이 아니라 상대방에게 그것을 믿게 하는 것으로 족하오. 자신을 일 할 올리고 상대방은 일 할 줄이는 것으로 이 할의 격차가 아니라 삼 할, 심하면 오 할 이상의 차이가 벌어지는 것이 사람의 마음이오! 이미 지친 몸들이었으며 더욱이…… 내가 했던 말, 관문이 끝나간다는 소리와 장문영 어른의 죽음에서 받은 심적 동요가 더해졌다면 불가능한 일은 아니오! 이 모든 것이 계산되어 있든 우연히 맞아떨어졌든 간에. 그리고……."

"그리고 무어란 말이냐!"

위해원이 손을 들어 주변을 향해 천천히 움직여 보였다.

그의 손에 들린 피리가 가리키는 끝을 시선으로 따라가니 주변을 밝히고 있는 기괴한 종유석들 등과 야명주 따위가 눈을 간지럽게 했다.

그리고 만파식적의 오색영롱한 무지개가 다른 빛들과 어우러져 서로의 자태를 다투고 있었다.

"빛? 빛이구나!"

동굴 안에 들어서면서부터 어지러움을 느끼게 했던 빛무리는 아직도 남아 있었다.

"반은 맞았소. 빛으로 혼란을 주고 소리로 스며들게 했겠지. 바로 이 만파식적으로!"

맨 처음 들려왔던 아름다운 소리, 그리고 싸움 중 울려 퍼지던 기분 나쁜 소리.

모두 만파식적이라 불리던 피리에서 나온 것이었음을 모두는 깨달을 수 있었다.

"만파식적, 그 피리군. 그러나 처음 그 이름은 들어보지 못해 낯설기만 하군."

지금껏 여기까지 오면서 기물과 영물을 만나긴 했으나 전설으로나마 모두 들어왔던 것들이었다. 하지만 너무도 생소한 이름에 독고음이 의문이 든 것이다.

이번에도 위해원은 기대를 저버리지 않고 있었다.

"들어보지 못한 것이 당연하다 하겠군요. 이는『삼국유사(三國遺事)』라는 책에 나오는 이야기니까요."

"삼국유사? 그런 책이 있었던가?"

"동방에 있는 해동의 이야기책입니다. 야사(野史)라고 하면 되겠군요. 하여간 이에 의하면 신라 제삼십일대 신문왕(神文王)이란 자가 그 아버지 문무왕(文武王)을 위하여 동해변에 감은사(感恩寺)란 절을 지어 추모하였는데, 죽어서 해룡(海龍)이 된 아버지와 천신(天神)이 된 김유신(金庾信)이란 장군이 합심하여 용을 부려 어떤 섬에 대나무를 보냈다고 전해집니다. 이 대나무는 낮이면 갈라져 둘이 되고, 밤이면 합하여 하나가 되었다고 하지요."

"홍! 변방의 미개인들답게 허무맹랑한 소리군!"

진사백이 조소를 터뜨렸으나 지부용은 눈을 빛내며 다음을 채근했다.

"그래서요?"

위해원이 눈을 빛냈다.

옛 이야기가 난데없이 나올 이유가 있으니 머릿속의 어지럽게 흩어진 생각들을 정리할 시간이 필요했던 것이었으리라!

"기이한 이야기였으니 왕이 직접 나갔더니 용은 '한 손으로는 어느 소리도 낼 수 없지만 두 손이 마주치면 능히 소리가 나는지라, 이것도 역시 합한 후에야 소리가 나는 것이며 성음(聲音)의 이치로 천하의 보배가 될 것이다'. 이렇게 말했다더군요. 그것을 베어서 피리를 만들어 불었더니 나라의 모든 걱정과 근심이 해결되었기에 국보로 삼았는데, 효소왕(孝昭王)이란 자 때 분실하였다고 기록되어 있습니다. 그 피리의 이름은……."

"그, 그것이 만파식적! 이것이 그 피리!"

관심없는 척했지만 누구보다 귀를 쫑긋거리고 있었던지 진사백이 경탄의 함성을 보냈다.

"그렇습니다. 만.파.식.적! 해동의 전설 속에 나오는 이름이 그것입니다. 소리로 걱정과 근심을 해결했다고 전해지니 심리적인 면에 어떤 영향을 미치는 기물일 것입니다. 지금껏 말했던 모든 것이 조화된다면 천하에 누구라도 정신을 홀리는 일은 충분히 가능합니다."

위해원은 다시 정리된 생각의 서랍을 하나씩 열기 시작했다.

'황제의 무덤지기로서 사명을 목숨보다 귀하게 여기며 지키고 있던 자, 그에게 금제를 가할 수 있는 자라면 단 한 종류의 인간뿐! 그러나 그 신분으로 도대체 무엇을 하려는 것인가!'

말을 끝냄과 동시에 생각도 끝낸 위해원의 고개가 번쩍 들려졌다.

그리고 한발 뒤로 주춤거리고 물러서며 서서히 주변을 둘러보기 시작했다.

자신들을 훑어보는 위해원의 떨리는 눈길에 다른 사람들

은 영문을 모르겠다는 표정을 짓고 있을 뿐이었다.

차분해진 눈으로 마지막 관문으로 향하는 길을 지켜보고 있는 귀성 독고음, 아직도 고원월의 시체 곁에 무릎 꿇고 앉아 있는 남궁대수, 그리고 격분 가득한 얼굴의 진사백.

자신을 바라보고 있는 모양은 같은 두 여인이었으나 담긴 것은 달랐으니 차분한 눈의 지부용과 눈길 속에 비수를 담아 보내고 있는 것 같은 정월명.

'그자의 신분과 우리를 모아논 목적 중 하나는 알았다! 외부의 적으로서 내부의 적을 치는 것! 시간으로 미약해진 금제를 다시 견고하게 하고 후에 자신에게 방해가 될 것 같은 자들을 다른 자들이 볼 때는 합리적인 이유로 제거한다. 그러나 이것만으로는 우리를 모아둔 이유로는 터무니없이 약하다. 그렇다면……'

위해원의 가슴이 쿵쾅거리기 시작했다.

입 밖으로 소리 낼 수 없어 속으로 부르짖다 가슴을 터뜨려 버리면 어쩌나 할 목소리가 진동했다.

"야, 이놈 이거 왜 그러지?"

"위 소협, 괜찮은가요?"

진사백과 남궁대수가 이상한 기색을 보이고 있는 위해원에게 한 걸음 다가섰으나 위해원은 화들짝 놀라 뒷걸음질치며 다시 거리를 벌렸다.

'이 중에, 분명히 이 중에 있다! 단순한 하수인이 아닌 주도적인 누군가가! 그는…… 이 모든 일로 또 다른 득을 본 자!
더 큰 목적을 가진 자다! 이곳의 핵심 인물이다! 진정 출구는
처음부터 함께 있었으며 지금도 우리와 함께 있었던 것이
다!'

　이제 남아 있는 자는 자신을 제외하고 모두 다섯!

　실타래 풀리듯 위해원의 머릿속에서 지나온 과거의 장면
들과 그 시조 속에서 여덟 명의 사람이 무심코 했던 말들이
빠르게 풀려져 나갔다.

　'금룡편을 얻고 눈을 빛내던 독고음 그는 말했었다!'

　"흐흐흐. 온 보람이 있군. 모두가 거짓은 아니었어. 또 뭐가 있
을는지… 크하하핫."

　'귀성 독고음! 적어도 그는 스스로의 의지로 이곳에 온 자
이다! 그리고는 쓰러져 있는 남궁대수를 향했던 고원월과 장
문영의 대화!'

　"혼절하기 전에 보인 검무와 아까의 기연(奇緣)들. 모르기는 해
도, 두어 단계는 공부가 올라갔을 겁니다."

　'남궁대수! 급속한 무공의 향상과 후에 장왕과 천의의 명
성을 등에 업을 수 있을 터! 그의 가문은 급격한 성장기를 맞

을 수도 있다! 또한 절규하며 울부짖었던 정월명!'

"귀자모신이었으나 난 그 누구보다 이곳을 벗어나서 다시 세상
으로 나가길 원하고 있어요!"

'정월명! 처음 맛본 자유를 되찾기 위해 어떤 거래라도 할
충분한 이유가 있다! 그리고 무림 삼대세력 중 하나인 정무단
의 진사백은!'

"저는 정무단(正懋團)의 백호대를 맡고 있는 진사백입니다."

'후계자 싸움 구도 한가운데 있는 진사백이 귀성 및 장왕
과의 만남과 이곳을 이용한다면! 정파무림의 주인이 될 문이
열릴 터! 여기에 도왕의 무공을 익히고 있는 지부용!'

"지, 지부용. 저 아가씨를 조심하게!!"

'범상치 않은 귀보(貴寶)를 가질 수 있는 신분, 거기다 이곳
출신인 정월명의 비호까지!'
바람 앞의 갈대처럼 생각 앞에 마음이 휘청거렸다.
'전부 의심스러운 점투성이며 결과적으로 이곳을 살아만
나간다면 모두가 어느 정도는 득을 볼 자뿐이다. 그러나 가장

큰 이익은……! 설마 그럴 리가!'

중간이 끊기고 엉켜 있는 실타래 끝을 엿본 위해원은 아찔한 현기증에 몸도 휘청거릴 수밖에 없었다.

"괜찮은가? 안색이 안 좋아 보이는군. 그러나 하나하나 사정을 봐주며 쉴 시간은 없으니 일단 출발하도록 하지."

싸늘하게 식어 있는 독고음의 잿빛 음성이 위해원을 부축이라도 한 것일까.

머리를 감싸고 있던 손이 제자리를 찾고 그 손끝에서 부스스 몇 올의 머리카락이 허공으로 비산할 무렵에는 위해원은 신형을 똑바로 곧추세울 수 있었다.

끝이 보이지 않는 무저갱과 같은 깊이 가라앉은 눈빛과 그 속에서 새어 나오는 칙칙한 어둠을 담은 음성으로 위해원이 말했다.

"이제… 마지막 관문입니다. 가지요. 끝을 보도록 하죠. …무엇이 있든지 간에."

이미 위해원은 휘청거리는 걸음으로 마지막 통로로 들어서고 있었다.

무엇 때문일까.

걸음을 멈춰 선 위해원이 주저하는 것같이 잠시 멈칫거리더니 결국은 몸을 돌려 뒤를 돌아보았다.

그 시선 끝에 영원히 깨어날 수 없는 잠에 빠진 고원월이 있었다.

　허망한 눈으로 그를 응시하던 위해원이 힘없는 몸짓으로 몸을 돌려 다시 움직이기 시작했다.

　그리고 마침내 그 모습이 어둠에 가려 일행의 시야에서 벗어나고 있었다.

　그의 뒷모습을 바라보던 다섯 명의 사람은 떨어지지 않는 발걸음을 애써 달래며 서서히 몸을 움직일 수밖에 없었다.

　누구도 말하지 않았으나 누구나 알고 있는 사실!

　살고 싶으면 위해원을 쫓으라.

　그렇게 육 인은 그들을 가로막고 있는 동시에 그들을 열어 줄 마지막 어둠 속으로 빨려 들어가고 있었다.

第八章 외풍(外風)

형제(兄弟)

물보다 진한 피라 했던가.

그럼 피보다 진한 것은 무엇일까.

신념?

자신?

그리고 또는…….

누구나, 설사 피를 나눈 자들 간에라도 대답은 각기 다를
터였다.

심여사상반(心與事相反)

제시무이오(除詩無以娛)

취향여순식(醉鄕如瞬息)
수미지수유(睡味只須臾)
무인헌명천(無因獻明薦)
문루영오호(汶淚永嗚呼)

마음과 세상일이 서로 어긋나니
시를 짓지 않고서는 즐길 일이 없구나
술에 취한 즐거움도 눈 깜짝할 새뿐
잠자는 즐거움도 다만 잠깐 사이인 것을
아, 인연 없어 나라님께 몸 바칠 수도 없으니
눈물 닦으며 탄식이나 하리라

지나가는 행인 열 명을 붙잡고 '지금이 무슨 계절이오?'
하고 묻는다면 일곱은 같은 대답을 할지라도 여덟은 되지 않
을 터.
겨울 빛이 완연한데 가을이 아쉬워서 떠나가는 다리를 끌
며 움직이고 있는 계절이었다.
그 아쉬움을 말할 낙엽마저 모두다 대지의 품속으로 쏟아
버린 산속을 홀로 걷고 있는 노인이 허허롭게만 보였다.
노인의 그 모습이 허허롭다 함은, 제 손에 들었던 군것질거
리를 빼앗겨 닭똥 같은 눈물을 한 말이라도 내보이려는 아이
의 눈망울을 닮은 하늘 밑을 외로이 걷고 있기 때문만은 아니

었다.

가을비일까 겨울비일까.

여하튼 비를 쏟을 기세를 확연한 드높이고 있는 먹구름에
도 일말의 서두름이 보이지 않는 발걸음과 나직하게 읊조리
고 있는 시의 한 구절 때문만도 아닐 것이다.

이미 쌀쌀하다 할 날씨를 넘어선 시기의 산속에서도 낡아
서 오히려 그 깨끗함이 돋보였으며 중원의 의복과는 어딘지
달라 아련한 현기마저 어려 보이는 얇은 청색 도포 차림이 그
러했다.

또한 노인의 성품을 대변해 주듯 부드럽게 자리 잡은 세월의
흔적이 어딘지 애처롭게만 보이고 있는 것이 그러했던 것이다.

세상사 초탈한 것만 같은 모습에도 불구하고 노인의 얼굴
은 그리 밝지 않았다.

한편 시의 구슬픈 낭독에 목이라도 타는 것일까.

외로운 산행에 벗 삼고 있던 시를 따라 읊조리던 아련한 메
아리도 종적을 감추고 있었다.

쳐다보고 있으면 멈춰 있는 듯했지만 문뜩 생각나 뒤돌아
보면 요만치 가 있는 달팽이의 모습을 닮아 있던 느릿한 걸음
걸이도 완전히 멈추고, 노인은 길 한편에 졸졸거리는 시냇가
를 물끄러미 바라보고 섰다.

목이 타 그러고 있는 것은 아니리라.

미인은 이슬만 먹고산다고 말하기도 하지만 노인은 미인

이 아니었고 음식 먹는 것을 초탈한 신선도 아닐 것이었다.

그러나 열댓 걸음 정도 떨어진 거리가 무색하도록 역력히 느껴지는 시내의 맑은 기색을 눈과 몸으로 마셨음인지 노인은 이제 되었다는 듯이 다시 길을 나서기 시작했다.

그러나 방금 전까지의 느릿한 완보와는 다르게 길을 재촉하는 것 같은 기색으로 길이 아닌 숲속으로 방향을 잡아 나가고 있었다.

얼마나 걸었을까.

작은 오솔길마저도 보이지 않을, 누군가가 임금님 귀는 당나귀라고 마음껏 외쳤을 법한 인적없는 외진 장소에 다다른 노인이 가만히 멈춰 서더니 또 다른 시라도 외려는 듯 입을 우물거렸다.

그러나 이번에 나온 것은 조금 전과 같은 고즈넉한 시가 아니었다.

"언제까지 쳐다만 보고 계실 참이오? 그만 나오시지요."

찌르르르—

밤 말은 쥐가 듣고 산속 시는 새가 듣고 있었음인가.

사람의 대답은 없고 어딘선가 길 잃은 새 한 마리가 울음소리로 답시(答詩)만을 보내고 있었다.

짐승과 대화하려 한 것은 아니었던지 자신의 말이 혼잣말로 끝나는 것을 확인한 뒤 노인이 다시 말을 이어나간다.

“늙은이가 혼자 착각한 거라 생각하고, 다시 길을 떠나길
바라시고 있는 건 아니겠지요. 서로 더 민망해지기 전에 모습
을 드러내시고 용건을 말하시지요. 가야 할 길이 아득하니 흐
르는 시간이 무정하고 깊어가는 밤이 야속한 사람이외다.”

휘이이잉—

이번엔 바람이 답하고 있었다.

잠시 귀를 기울이고 있던 노인이 옅은 한숨과 함께 다시 마
음을 전했다.

“휴, 기척은 수삼 일 전부터 느끼고 있었소. 혹시 가는 방
향이 같은가 싶어 인적 적은 산길을 택하였는데도 계속 따르
는 걸 보니 그런 것은 아닌 것 같고, 저에게 용건이 있으시군
요. 모습을 들러내지 않는 것을 보니 눈에 띄길 싫어하시는
것 같아 길이 아닌 이곳까지 온 것이오. 눈에 밟히지는 않으
나 마음에 집히는 것이 있으니 이제 그만 모습을 보이시지
요.”

노인의 말이 끝난 자리에 여전히 대답은 없었지만 서서히
사람이 생겨났다.

부르르르—

여전히 산새는 지저귀고 있으니 지진이 난 것도 아닐진대
노인의 몸이 거세게 요동쳤다.

한편 수묵화 같은 풍경 속에 새로 생겨난 이 또한 노인이었
으니 검은색 피풍의(避風衣)로 몸을 감싸고 있었다.

수차례 자리를 청했던 노인이나 몇 번이나 사양했다 참석한 노인이나 한동안 말이 없기는 한결같았다.

그들이 서로 말이 없는 이유는 마주 본 얼굴도 똑같기 때문이라.

넓은 세상 어딘가 나와 꼭 같은 남이 하나쯤 더 있다고는 하지만 이제껏 그런 자들을 보지는 못했으니 이들은 아마 남이 아닌 쌍둥이이리라.

겉모양은 같았다.

그러나 그 속모양은 달랐다.

청색 도포 차림의 노인의 눈은 복잡한 감정을 숨길 길 없이 흘려내고 있었으나 검은 피풍의 차림의 노인은 눈은 무심함만을 갈무리하고 있었던 것이다.

결국 청한 자가 떨리는 음성을 먼저 꺼냈다.

"하— 언젠가 올 줄은 알았으나 올 사람은 몰랐구나. 설마하니 그대였을 줄이야……. 오랜만에 뵙소. 벌써 어언 십 년이 넘었구려. 세상에서 가장 빠른 것이 시간이라. 그간 별래무양(別來無恙)하셨는지……."

진정 님 자에 점하나 찍은 남이었던 것일까. 도포 차림의 노인이 거리감있는 어법과 함께 깊은 읍을 해 보였지만 피풍의의 노인은 자연의 일부라도 되는 듯 고요하기만 했다.

고개를 드는 도포노인의 눈에 괴로움이 가득했고 말투가 조금 변했다.

"우리가 어쩌다 이런 꼴이 되었는지……. 아산……."

"닥치시오!"

어둑해진 산속에 메아리가 치고 이내 꼬리 자르며 어둠으로 숨어들어 다시 정적이 흘렀다.

시끄러운 소리 들리니 잔칫집인 줄 알았음인가 분위기 파악 못한 바람이 주책없이 연주를 시작했다.

다라라라—

바람에 맞춰 펄럭이며 노래를 부르는 피풍의의 소리를 들으며 모습을 들어낸 노인이 마침내 입을 열었다.

"그 이름은 잊었소. 당신이 우리의 천리를 거부하고 무덤을 떠날 때 나의 마음에 무덤이 생기고 그때 그의 이름을 당신의 존재와 함께 묻었소. 그러니 이제 그 이름은 내 것이 아니오. 당신뿐만이 아니라 천하 누구라도 그 이름을 말할 수 없소."

"그래……. 이젠 지나간 일이 되었군요. 주책없이 미안합니다. 용서를……."

다시 어색한 침묵만이 한동안 감돌았고 어느덧 떠오른 달이 둘의 모습을 한참 구경하고 있을 때였다.

피풍의의 노인이 별을 수놓고 있는 하늘을 바라보며 나직이 입을 열었다.

"좋은 시더군요. 이것도 김이라는, 해동에 산다는 그자의 시인가요. 그래, 당신은 해동이라는 나라를 좋아했지요. 지금

도 여전한 것 같군. 그 옷차림도 해동의 복장인가? 두루마기
라 했던 것 같은데."

"시? 아, 그래. 아니, 그렇소. 어려서 자주 읽어주던 해동
사람 김시습의 시가 맞소. 서민(敍悶)이라는 시편의 한 구절
이오."

노인의 얼굴에 웃음이 피는 것은 혈육과 함께인 때와 추억
을 얘기할 때뿐이라고 했던가.

지금 오랜만에 만난 회우(會遇)에 이 둘이 함께이니 마음의
근심이 풀려 순식간에 해우(解憂)되는 듯하여 도포 차림의 노
인의 얼굴에는 함박꽃이 피었다.

그러나 이어지는 말이 한겨울 몰아치는 서리라도 된 듯 함
박꽃을 닮은 웃음은 급격하게 시들어갔다.

"당신의 영향을 받아 김시습이란 자의 시를 계승자(繼承者)
께서도 특히 좋아하셨지. 태산만 한 죄를 짓고도 일말의 가책
은 남아 있었나 보군. 내용을 듣자 하니 세상과 어울리지 못
하는 마음과 왕에 대한 그리움이 녹아 있는 시 같으니. 지금
당신의 처지에 딱 맞는다고 하겠구려."

"……!"

한 명은 침묵했다.

그리고 다른 한 명은 열변을 더해갔다.

대답 못하는 모습을 바라보는 피풍의노인의 입가에 서늘
한 조소가 맺히고, 그보다 더 싸늘한 말투가 서슬 퍼렇게 시

작되고 있었다.

"그래, 모두 당신이 전해준 거지. 릉 안에는 궁중학사(宮中學士)의 자리를 눈 밑으로 우습게볼 만한 이들이 많았지만 영광스럽게도 계승자에게 학문을 전수하는 것은 당신의 차지였다. 나 또한 그런 당신을 자랑스럽게 여겼고! 그런데! 왜! 어찌하여 당신은 우리의 왕 계승자를 배신했는가! 우리의 약속과 우리의 숙명을 저버린 건가! 왜! 어찌하여!"

처음에 보았던 예(例)는 이미 찾을 길 없었으니, 스스로 입을 여는 가운데 말이 씨가 되어 애써 억누르고 있던 가슴 깊은 곳의 격분을 싹 틔운 것이리라.

맹렬한 살기가 천지간에 맴돌았고 그 기세에 놀라 초목과 산새들은 물론 달빛마저 숨을 죽였다.

침묵으로 오해를 풀기는 힘들다 여겼음인지 도포노인이 서서히 입을 열었다.

"…배신이라……. 아니야, 단지 뜻이 달랐을 뿐이며 가고자 하는 길이 달랐을 뿐이다. 십오 년 전 그날, 이백 년 만에 봉인이 풀리고 처음으로 계승자가 나타났을 땐 나도 진심으로 기뻤다. 우리……."

말을 멈추고 잠시 주저하던 도포노인이 주위를 둘러보고는 다시 입을 열었다.

"우리의 아비와 어미가 그랬던 것처럼 우리도 무덤에서 태어나고 무덤에서 죽는 숙명의 사슬을 벗어날 수 있다는 사실에 나 역시 어찌 즐거워하지 않았겠느냐 말이다. 난 계승자를 구원자로 알고 진정을 다하며 가르쳤다. 하나를 들으면 열이 아닌 백을 깨우치는 그 재능에 감탄하고 감사했다. 그러나 그의 계획을 듣는 순간……! 배신이 아니야. 난 다만 옳지 않은 일에 동참하지 않을……."

들어선 안 될 말을 들었음인가.

세상에 다시없을 몹쓸 말을 들었다는 듯 거친 호통이 휘몰아쳤다.

"감히! 말을 높여라! 아직도 우리가 형제인 줄 아느냐! 내가 그렇게 자랑스럽게 생각하던 네놈이 계승자의 뜻을 버리고 날 떠난 그날 난 하늘에 맹세했다. 네놈을 내 손으로 죽이겠다고!"

"하……."

탄식이 슬픔 가득한 입가에 어렸다.

"그때 넌 심판을 정리하는 우도대왕의 문(文)의 영광스러운 자리를 내던지고 스스로 땅에 떨어져 타락했다. 그러나 난 달라. 나는 여전히 심판을 진행하는 무(武)의 상징 좌도대왕이다!"

피풍의노인의 곁에 떨어져 있던 잔가지들이 거센 광기와 내공의 회오리에 휘말려 덩실덩실 춤을 추었다.

도포노인이 괴로운 표정으로 입술을 들썩이다가 이내 체념한 얼굴이 되어 장탄식을 흘렸다.

“하…….”

고쳐지기 힘든 것이 사람의 마음이었으니…….

몇 대를 이어온 머슴살이 끝에 자유의 몸이 되었다 하더라도 저 멀리 주인집 객식구의 그림자만 보여도 조건반사적으로 허리를 굽히는 것이 습성이었다.

하물며 그럴진대 무덤 속에서 나고 한 사람에 대한 충성만을 배우며 무덤 속에서 자랐으며, 결국엔 그 속에서 죽을 것을 숙명처럼 받아들이고 있는 가운데 어느 날 그자가 나타나 세상의 영화로운 삶을 약속한다면 어쩌할까.

모두 같은 마음만 가지도록 하니 함께할 공(共)이요, 태어날 때부터이니 낳을 산(産)이라. 이를 표현하자면 공산주의(共産主義)적 신념이라 하리라.

절대자!

가족이 반역을 꾀하면 내 손으로 가족을 처단하여 절대자의 영광을 높이리라.

자신은 문의 재능을 인정받아 언젠가 나타날 계승자를 보필할 학자로서 키워졌기 때문에 세상의 모든 지식을 섭렵할 수 있었고 그 속에서 인간으로의 사고를 키워갈 수 있었다.

물론 자신과 같은 사람도 일부 있었으니 아직도 릉 안에 있을 도시대왕도 그런 부류였다.

그러나 태반은 계승자에 대해 광적인 추종을 보였으니…….

혹시 일부나마 거부의 마음이 있다 해도 몸이 따르지 않으리라 도포노인은 탄식했다.

굳은 의지를 일컬어 부러질지언정 구부러지지 않는다 했지만 대를 이으며 주입되고 굳어진 맹목적인 신념은 부러지지도 구부러지기도 힘든 법이라는 것을 잘 알고 있었기 때문이었다.

"하— 우도대왕이라, 그리고 좌도대왕이라……. 모두 부질없는 짓인 것을."

"그 더러운 입 닥쳐라! 네놈이 떠나 비어 있던 우도대왕의 자리는 십여 년 전에 계승자께서 직접 다른 인물을 앉히셨다. 이제 와서 후회해도 이미 늦었어!"

"……."

처음과는 반대로 이제 도포노인은 말이 없었고 피풍의노인은 이글거리는 눈으로 말을 쏟아냈다.

"네놈이 떠난 이유가 계승자의 뜻을 거역하기 위한 것임을 안 순간 너와 나의 혈관에 흐르던 피는 남의 것만 못하게 변해 버렸다. 아니, 내손으로 핏줄을 끊었다!"

동경 속의 나를 바라보는 듯 꼭 같으나 생면부지의 남보다 더욱 낯설기만 한 얼굴을 물끄러미 쳐다보던 도포노인이 열기 가득한 피풍의노인의 시선을 마주하지 못하고 외면하며 중얼거렸다.

"내가 떠난 이유가 뜻이 맞지 않기 때문임도 맞다. 그러나 더 큰 이유는 그가 무섭기 때문이었다.”

“……계승자가 무섭다? 과연 네놈은 죄인이구나. 계승자는 타락하고 무질서한 세상의 질서를 바로잡으려 하시는 분이다. 죄인들이 그분을 무서워하는 것은 당연한 일.”

“아니야. 나의 죽음은 무섭지 않다. 나는…….”

“거짓말하지 마라. 그렇다면 대업을 위해서 목숨을 내놓을 각오가 없다는 말이더냐!”

“나는……!”

순간 둘의 눈이 허공에서 만나 칼싸움을 벌였고 승리자는 피풍의노인이었다.

도포노인이 고개를 떨구며 고백하듯 말했다.

“나는, 그의 능력이 무섭다. 다른 사람을 끌어들이고 추종하게 만드는 그의 힘이 무섭고 자신이 원하는 바를 이루기 위해 무엇이든 이용하는 그의 성품이 무섭다. 한평생 같이 지낸 형제를 말 몇 마디로 갈라놓는 그가 만들 세상이 무서운 것이다.”

“그것이 모든 것을 초월하는 계승자의 능력이다. 그것이 계승자인 것이다!”

“아니야! 세뇌(洗腦)다. 몇 대를 걸쳐 예정되었고 준비된 더러운 세뇌일 뿐이다! 극한으로 몰아갔다가 다시 구원해 주는 척하는 더러운 방법일 뿐이야! 차라리 그는 오지 말았어야 했고 우리는 조상들이 그랬던 것처럼 무덤에서 죽었어야 했는데······. 차라리 지금이라도 너와 내가 힘을 합쳐서―"

꽝꽝꽝―!

우지지직―

쿵쿵! 쿵!

수백 년 넘게 비바람을 맞으면서도 한자리에서 자신을 키워왔을 나무들이 애꿎은 인간의 분노로 인하여 한순간에 몸이 꺾여야만 했다.

"으아아악―! 닥쳐! 그따위 말은 집어치워! 영원히 무덤지기로 살고 죽는 인생에서 해방해 주신 분이다. 무가치한 삶을 가치있는 삶으로 바꿔주신 분이란 말이야! 이제 난 다시는 그렇게는 못 살아. 죽일 테다. 누구라도! 단 한 명뿐인 형제라 할지라도!"

살기가 그물이 되어 노인의 몸을 옭아맸다.

그것은 세상에 하나뿐인 동생이 그를 가장 사랑하는 형에게 친 그물이었다.

죄어오는 그물을 피할 생각도 없이 어둡게 죽은 눈으로 형이 동생에게 물었다.

"행복할 수 있을 것 같으냐?"

"크크큭. 행복할 수 있겠냐고? 크하하하. 미래는 모른다. 그러나 현재는 알지. 지금 난 행복해! 어두컴컴한 무덤을 벗어나 이렇게 세상을 주무르는 것으로 충분히 행복하지!"

"그래······. 너라도 행복하다니······."

광기에 번쩍이는 동생을 바라보며 형은 목이 메여와 말을 우물거릴 수밖에 없었으니 고개를 숙이고 중얼거리는 그의 말은 동생에게는 들리지 않았다.

잠시 후 고개를 들었을 때는 안타까움에 슬퍼하던 형의 모습은 간데없고 차분한 모습의 도포노인만 있을 뿐이었다.

"그래서 시킬 일이 무엇이오."

"……!"

난데없는 말에 피풍의노인인 좌도대왕의 몸이 흠칫거리며 발작을 멈추었다.

"그와 룡의 능력으로 그동안 날 찾지 못했을 리 없다는 것은 잘 알고 있소. 그에게 일말의 인간적인 마음이 있는 것인가 했지만 이렇게 당신이 찾아왔으니 그건 역시 아니었군."

도포노인이 바람결에 홀로 살랑거리며 움직이고 있는 나뭇잎을 쓸쓸한 눈으로 바라보며 그보다 더 쓸쓸함이 느껴지는 말을 이어나갔다.

"교토사양구팽(狡兎死良狗烹)이라. 내가 지금껏 살아 있음은 아직 사냥이 끝나지 않았음이었군. 그러던 것이 이제 와 죽이려 하는 것도 이상하거니와 그렇다면 당신이 아닌 다른 사람을 보냈겠지. 아마도 나에게 맡겨진 마지막 사냥이 있을 텐데. 아니요?"

"과연. 천하제일의 학사란 칭호를 받고 계승자를 가리킨 자며 한때는 내가 자랑했던 자답구나!"

칭찬의 말에도 기뻐하기는커녕 노인은 오히려 증오스럽다는 표정으로 고개를 저었다.

"이것이야말로 진정 부질없는 짓. 차라리 내가 아주 약간만 더 못났거나 그가 지금의 절반만 더 못났었더라면……. 세상 무엇보다 원했던 만남인데 이 순간은 세상 무엇보다 원치 않는 시간이 되었으니 고통스럽기만 하구려. 그만 끝내고 싶군요. 이제 용건만 말하시오!"

획一!

바람을 전달자로 하여 서찰이 동생의 손에서 형의 손으로 전해졌다.

십 년 전 전쟁터에 나갔던 남편을 하염없이 기다린 끝에 부고장(訃告狀)으로 대신 손에 쥔 아낙의 모습이 이러할까.

원치 않는 것을 바라보는 눈동자가 원치 않는 춤을 추고 있었다.

떨리는 눈을 숨기지 못하고 있는 형을 바라보며 동생이 차갑게 입을 열었다.

"그것을 남궁가에 가져가거라. 그리고 전대 가주인 남궁진산에게 전하는 것이 네 임무다."

"그리고? 그뿐이라면 내가 꼭 필요할 것 같지는 않구려. 더 있을 것 같군요."

어느새 마치 남을 대하듯 무미건조해진 음성과 가라앉은 눈을 보며 이번엔 좌도대왕의 목소리가 귀를 쫑긋거리고 있는 산새만이 들을 수 있을 정도로 미약하게 떨리기 시작했다.

"…역시 빠르군. 서찰과 함께 위기를 일깨워 주거라. 남궁가 혼자서는 어떻게 할 수 없는 거대한 위험이 닥치고 있다는 것을 뼈저리게 느끼게 해주는 것이다. 남궁진산이 누군가에게 도움을 필요로 할 수밖에 없도록! 그것이 너에게 내려진 사명이요, 천명이다."

"가시오!"

모진 겨울 삭풍과 같이 불어오는 말에 좌도대왕이 몸을 주춤거렸다.

우도대왕이었으나 노인의 삶을 원했던 형이 좌도대왕의 삶을 고수하는 동생에게 매몰찬 한마디를 던졌다.

"동상이몽(同床異夢). 같은 자리에 함께 있으나 이제는 우리의 마음은 다른 곳을 향해 만날 수 없구나. 할 말 다했으면 더 이상 날 괴롭게 하지 말고 그만 가시오. 못다 한 연은 훗날 먼 곳에서 이어갑시다."

남보다 낯설게 변해 버린 동생의 모습을 차마 볼 수 없어 눈꺼풀을 닫았으리라.

냉혹한 말과는 다르게 형의 감은 눈을 비집고 맺힌 이슬을 바라보며 처음으로 좌도대왕의 눈에 아픔이 아른거렸다.

뜨거운 본능이 차가운 이성에 앞서는 것인지 동생의 한 발이 저도 모르게 형에게 다가가려 하는 순간이었다.

눈을 뜨고 있었더라면 자신에게 다가오던 동생을 볼 수 있었으련만 세상사 이런 것인가.

다잡았으나 계속 흔들리는 마음을 주체 못해 차마 뜨고 있지 못하고 감은 눈이 또다시 형제의 운명을 갈라놓고 있었다.

감은 눈이었으나 동생이 몸을 움직이는 인기척이 느껴지자 그것을 자신을 위협하기 위한 것인 줄 알고는 그 비통함이 참을 수 없자 도포노인은 냉혹한 한마디를 더 했다.

"쓸데없는 기우는 접어두고 아무런 걱정 말고 가시오. 십년 유랑 끝에 얻은 것은 내가 찾던 삶이 아니라 아직도 릉 안에 두고 온 내 영혼의 반쪽에 대한 그리움뿐이었으니까. 더 이상 이 세상에 대한 미련은 없소. 당신들이 원하는 것을 해주겠소. 그러니 계승자에게 전하시오. 맡긴 것은 잘 처리하겠으니 걱정하지 말라고!"

쉬이잉—

바람이 노인의 머리칼과 수염을 간질이고 지나가며 이승에 남았던 마지막 미련도 함께 데리고 날아가고 있었다.

"다만 내가 맡겨둔 것은 처리하지 말고 소중하게 간직해달라고, 그것이 한때는 당신을 가르쳤던 자의 마지막 소원이라고 꼭 전해주시오."

절대자.

계승자의 이야기가 나오자 동생은 어느덧 좌도대왕이 되었다.

내딛던 걸음이 우뚝 멈춰 섰고 굽었던 허리가 하늘로 펴졌으며 흔들리던 눈동자가 불꽃을 토해냈다.

일말의 흔들림도 엿들을 수 없을 것 같은 차가운 목소리가 산중에 울려 퍼졌다.

"좋아. 전하지. 좋아! 가지! 남궁가의 둘째를 우리가 데리고 있다. 그 정도면 접객을 위한 예물은 충분히 될 것이다. 그리고……."

말끝을 흐리던 좌도대왕이 입술을 잘끈 깨물었다.

팡―!

끝내 뒷말을 다하지 못하고 우물거리던 좌도대왕은 미련을 떨치려는 듯 땅거죽에 깊은 상처가 나도록 박차 올라서 허공중으로 사라졌다.

툭―

동생이 점으로 변한 모습마저 완전히 사라진 뒤 애써 버티고 있던 기력이 무너지니 서찰은 미꾸라지처럼 손을 빠져나와 바닥으로 떨어지며 작은 단말마를 질렀다.

그렇게 산속의 밤이 깊어가고 있었다.

동쪽에서 올라 서쪽으로 지며 자신을 내쫓은 해가 미워 반대로 서쪽에서 올라 동쪽으로 지던 달이 어느덧 중천에 걸려 있었다.

나무 틈에 나무가 되려는 듯 꼼짝 않고 서 있는 노인의 모습이 지루해져서 그동안 구경하고 있던 달과 별들도 지들끼리 소곤거리며 빛을 뿌리고 있는 시간이 얼마나 지났을까.

참지 못한 노인의 입에서 마음을 태우고 나왔을 소리가 넘쳐흘렀다.

"계승자여! 대단하구나. 풀어놓고 지켜보던 날 사용하는 것을 보니 세상을 잡아먹으려는 대업의 끝이 가까워왔음이라. 마음대로 되는 세상이 가소로워 비웃고 있으리라. 계승자여! 잔인하구나. 내 모든 지식을 물려주었건만 이제는 동생을 보내 그의 목숨이 자신의 손에 있음을 암시하며 나보고 죽으러 가라 하는구나. 내가 거부하지 못할 것을 비웃고 있으리라."

희뿌연 눈물이 눈앞에 어려 남들은 보지 못할 물안개를 만들고 있었다.

"하늘이여! 대단하고 잔인하십니다. 어떻게 그런 인간을, 어찌 그런 악마를 만들었단 말입니까! 누구도 막을 수 없으리라. 모두가 꼭두각시가 되어 놀아나리라!"

피를 쥐어짜듯 절규하는 노인의 모습은 반나절 만에 반 십 년은 늙어버린 것 같았다.

망설이던 노인은 발밑에 떨어져 있는 서찰을 자신과 세상에 대한 악마의 판결이라도 되는 것 같은 눈으로 쳐다보았다.

그러나 세상에 악마의 유혹을 뿌리칠 자 많지 않았으니 도저히 다른 길을 선택하지 못할 제시를 하는 것, 그래서 악마이리라.

"원하는 대로 해주리라. 그것이 내가 릉 안에 두고 온 내 반쪽의 영혼이 원하는 것이기도 하기에! 나는 당신의 개가 되어, 끝나면 잡아먹힐 것을 알면서도 마지막 사냥을 나설 것입니다."

허망함만이 도포노인과 세상에 가득했다.

"계승자, 당신의 꿈은 이루어질 것입니다. 그리고 그 순간 세상의 꿈은 사라질 것입니다……."

주저하던 마음에 하나의 이름이 떠오르며 끝내 노인은 떨리는 손으로 서찰을 집어 들었다.

동생의 이름이자 좌도대왕의 옛 이름이었으며 자신이 계승자에게 소중히 간직해 달라고 했던 것의 이름이었다.

이미 떠난 동생은 영원히 이 사실을 알지 못하리라.

부평초같이 인생의 가치를 찾아 떠돌던 노인이 순순히 제안을 받아들인 이유를.

'내 동생, 아산아…….'

초점이 사라진 눈으로 천천히 몸을 돌려 못 박힌 것 같았던 걸음을 억지로 떼었다.

이제 떠나는 노인, 형 역시 영원히 그 사실을 알지 못하리라.

그의 동생이 떠나기 전에 하려 했으나 끝내 하지 못하고 남겨두었던 한마디도.

'이번 일만 잘 처리하면 계승자께서 분명 용서를……. 그

럼 우린 다시 예전으로……. 형!'

한날한시에 태어났으며 일평생 죽음과도 같던 고난의 시간을 무덤 속에서 노인이 되도록 함께 보내왔던 형제.

어두운 무덤에서 일평생을 보내야만 했던 자신들은 한 번도 보지 못한 바다와 산을 자식들만은 꼭 보길 원하며 그 마음을 담아 부모가 영해(迎海)와 영산(迎山)으로 이름 지었던 이들의 엇갈림이었다.

휘이이잉—

모두 떠나고 운명이 갈렸던 자리에 바람만이 찾아들고 모여서 서로의 몸을 부비고 있었다.

그리고 올 때와 마찬가지로 그가 가는 길 쓸쓸한 시 한 편만 고즈넉하게 울리고 있었다.

만학천봉외(萬壑千峰外)
고운독조환(孤雲獨鳥還)
차년거시사(此年居是寺)
내세향하산(來歲向何山)
풍식송창정(風息松窓靜)
향소선실한(香銷禪室閑)
차생오이단(此生吾已斷)
서적수운간(棲迹水雲間)

온 골짜기와 봉우리 저 너머
외로운 구름과 새 돌아오네
올해는 이 절에서 지낸다만
내년에는 어느 산을 향할까
바람 자니 소나무 창 고요하고
향불 스러지니 스님의 방 한가롭다
이승을 내가 이미 끊어버렸으니
내 머문 자취 물과 구름에만 남기리라

방문자(訪問者)

초대받지 않았음에도 오랫동안 눌러앉아 있는 객(客)을 못
마땅해하는 주인(主人)이 있었다.

그러나 점잖은 체면에 어찌 대놓고 가라고 싫은 소리를 할
까.

이제나저제나 어쩌나 저저나 하고 끙끙 앓고 있던 참에 아
침부터 비가 내렸다.

이젠 되었다 하고 주인이 지나가는 투로 말했다.

"손님 떠나시는 길 먼지 일지 말고 시원하시라고 안개비가
내리는군요."

객이 방긋 웃으며 화답했다.

“가려던 발걸음 며칠 더 묵어가라고 보슬비가 내리는군
요.”

객과 주인은 어색하게 서로를 외면했다.

마침내 세상에도 이들과 같은 모습의 사람들이 속속 모이
고 있었다.

도오옹—

여염집 처마 밑에 매달린 풍경이 맑은 소리로 울었다.

그러나 자연이 만든 소리의 여운은 사람들이 만든 소리에
묻혀 오래가지 못했다.

“정말 대단하군! 내 평생 이렇게 많은 사람들을 한눈에 담
아본 것은 처음이야. 아니지, 감탄만 하고 있을 때가. 큰일이
야. 내일이면 팔순연인데……. 이를 어쩌나. 어이쿠, 이런. 죄
송합니다.”

“하하하. 괜찮소, 형씨. 사람에 사람이 밟힐 처지인데 그깟
어깨 좀 부딪친 게 무얼 미안한 일이라고. 넋을 잃고 있는 것
을 보니 당신도 검왕 정무단주님의 팔순연을 구경하러 왔나
보구려.”

두리번거리고 있다가 어깨를 부딪친 미안함에 당황한 표
정을 만들고 있던 얼굴이었으나, 상대방의 호방한 말에 의해
기분 좋은 미소가 번졌다.

시선을 돌려 거대한 문을 바라보는 눈에는 이내 흠모의 빛

이 어렸다.

시비거리를 인연거리로 만드는 힘을 가진 장소, 그 이름은 정무단이었다.

그 장소에 살고 있는 한 인물에 대한 존경의 염 때문이라.

정무단 대문 앞에는 내일로 다가온 정무단주의 팔순연을 앞두고 천이백에 가까운 사람들이 삼삼오오 짝을 지어 자리를 차지하고 있었다.

대부분 도검류를 착용하고 씩씩한 걸음걸이로 움직이고 있었으나 그에 크게 뒤지지 않는 숫자를 일반인들이 차지하고 있었던 것이니 조촐한 복장의 사내 역시 무인이 아닌 일반인으로 보였다.

한동안 몽롱한 눈빛으로 정무단을 바라보던 사내가 눈을 떼지 못한 그대로 입을 열었다.

"그렇습니다. 비록 단 안으로 들어가지는 못할 처지지만 먼발치에서 그림자라도 볼 수 있을까 해서 저 멀리 산동에서 날을 새가며 왔지요."

"음. 그 심정 충분히 이해하오."

무거운 한숨이 뒤를 따랐다.

"혹시 뜻대로 된다면 자손 대대로 커다란 흥복이요 자랑일 텐데. 그런데 저와 같은 생각을 가진 자가 이리 많으니……. 마을 사람들에게 이야기 보따리를 잔뜩 싸가겠다고 큰소리쳤는데 이래서야……. 쩝."

정무단의 대문을 앞에 두고 인근 십 리는 원래 평지였으나 지금은 사람들이 빼곡히 들어차고 넘쳐 산이 세워지고 바다를 이루고 있었던 것이다.

무인을 동경하는 대다수의 마음속에 화룡정점의 마침표를 찍는 자가 정무단주이며 검왕이었으니 산동에서 온 사내가 혹시나 하는 기대와 역시나 하는 안타까움을 함께 내비치는 것도 무리는 아니다.

그 모습을 바라보던 사십대 장한이 사람 좋은 너털웃음을 터뜨렸다.

"하하. 그래도 형장은 포기하는 마음이 들고 있는 것 같으니 다행이구려. 아직도 단의 대문 앞에서 진을 치고 있는 자들 태반은 어떻게든 안으로 들어갈 미련을 못 버리고 있는 모양인데. 그러나 멍청한 짓거리들이야. 쯧쯧. 꿩 대신 닭이라. 둘 중 하나가 힘들면 다른 목적이라도 이뤄야 할 것을. 하하하."

산동사내가 어리둥절한 표정으로 물었다.

"둘이요? 이곳에 모인 자들의 목적이 둘이나 된다는 말입니까?"

"강호 나들이가 처음이신가 보군. 그렇소. 자세히 보시오, 모두들 어떤 모습들인지."

산동사내는 미심쩍은 눈으로 주변을 둘러보며 사람들을 살폈다.

초조와 기대, 안타까움과 흥분, 웅성거리는 소리와 감정이 뒤섞여 묘한 열기를 만들고 있었다.

지성이면 감천이라 노력이면 하늘을 움직인다고도 했지만, 하얀 건 종이요 까만 건 글씨라고도 했으니 모르는 것은 아무리 봐도 모를 때가 있는 법이었다.

한참을 부엉이 눈이 되어 불을 켜고 두리번거리던 산동사내는 결국 두 손 두 발을 들었다.

"저처럼 오직 단 안으로 들어가고 싶어하는 목적을 가지고 초조하게 두리번거리는 것은 알겠는데, 저로서는 다른 목적 하나는 알지 못하겠습니다."

멋쩍은 듯 고개를 긁적거리는 산동사내의 모습에 사십대 장한이 이미 그럴 줄 알았다는 듯 고개를 끄덕거리며 입을 열었다.

"모두 두 부류로 나눌 수 있소. 당신의 눈에는 당신처럼 단 안으로 들어갈 기대를 버리지 않고 주위를 둘러보는 자들만이 보이는 것 같구려. 그들도 당신과 마찬가지로 소문을 듣고 찾아온 자들로서 강호 초출이거나 당신 같은 일반인들이겠지."

"그리고요?"

"잘 보면 아예 전망 좋은 자리에 돗자리를 깔고 느긋하게 누워 있는 자들이 있소. 얼씨구, 저놈들은 아예 술판부터 벌렸구나! 지들 생일잔치라도 되는 모양으로! 하하하."

말을 듣고 눈을 돌리니, 과연 방금 전엔 보이지 않던 풍경들이 눈 속으로 쏙쏙 들어왔다.

평소에는 감히 얼씬하기도 힘든 장소였으나 지금은 왁자지껄한 소란과 걸쭉한 음담패설이 거침없이 오가는 시장 한복판과도 같았다.

잔칫집에 사람이 가장 큰 복(福)이리라.

큰 행사를 맞은 정무단에서도 별다른 제지를 하지 않고 있는 것 같았다.

"그러고 보니 저들은 단 안으로 들어갈 생각이 아예 없는 것 같군요. 그런데 왜 이곳에 있는 거지요?"

"예끼, 이사람. 검왕 정무단주님의 팔순연이오! 당신 말대로 그분의 그림자라도 보면 일생의 영광이겠지만 우리 같은 사람들에게는 하늘의 별을 따듯 불가능한 일이지 않소. 그렇다면 십 년의 영광이라도 잡아야지!"

"십 년의 영광?"

연전연승을 하는 노름꾼의 손을 바라보는 것 같은 의심쩍음의 빛이 산동사내의 눈에 맺혔다.

"이 사람 정말 어수룩한 데가 있군, 아직도 알아듣지 못하는 걸 보니. 후훗. 잘 들어보시오. 바로 검왕이며 정무단주님의 팔순연이요. 얼마나 많은 기진이사와 무림명숙들이 찾아오겠소. 그리고 그분들 체면에 뒤쪽 쪽문으로 들어가시겠소?"

짝―!

실력이 있으니 돈을 땄겠지!

그제야 산동사내는 제 이마를 치며 우둔한 자신의 머리를 자책하는 동시에 깨달음의 탄성을 함께 내질렀다.

"옳거니! 포기할 것은 아예 포기하고 볼 수 있는 것을 보려 드니 진정 구경꾼의 모습이구나! 이곳이 정문 앞이니 지키고 있으면 검왕님은 못 뵈어도 그분을 볼 수 있는 지체 높은 분들은 바로 우리가 볼 수 있겠군요!"

"하하하. 바로 그렇소! 그래서 나도 이렇게 준비를 해온 것이오. 어디 주위에 좋은 자리가……. 옳지! 저 자리가 비었군. 어떻게 형장은 아직도 단 안에 들어갈 방도를 찾아보겠소? 아니면 나랑 탁주나 한 사발 기울이며 구경거리가 우리들을 찾아오는 것을 구경하겠소?"

과연 사십대 장한은 작정을 하고 왔는지 옆구리에 돌돌 말린 돗자리를 끼고 있고 손에는 대바구니에 가득 담긴 술병이 보였다.

"오늘 제가 큰 깨달음을 얻었습니다. 못 올라갈 나무 바라보며 목이 아픈 것보다 나무 그늘에서 세월 가는 것을 바라보는 것이 큰 흥복이라는 것을. 저도 같이 가지요. 그렇지 않아도 목이 컬컬하던 차입니다. 하하."

"좋아, 어서 갑시다. 앗! 보시오. 때마침 누군가 오는군. 응?"

장한의 말에 산동사내가 화들짝 놀라 목을 빼니 과연 오 리 밖부터 관도를 가득 메우고 있던 사람들의 물결이 쫙 갈라지는 것이 보였다.

그 사이로 한 무리의 사람들이 여유로운 움직임으로 정무단을 향해 다가오고 있었다.

수백의 시선을 받으며 오고 있는 이들은 모두 말을 타고 있었는데 총 다섯이었다.

순간 주위가 고요해진 것은 독특한 그들의 복장 때문이라.

적막해진 분위기에 압도된 산동사내가 자신도 덩달아 조심스러워져 비밀스럽게 소곤거렸다.

"뭐지요?"

"음……. 저 화려한 색상이며 겹쳐 입은 옷들과 무릎까지 내려오는 소매, 거기다가 모자까지. 아마 야크 가죽으로 만든 것 같군. 저 추바프르 복장은 국경 쪽에서 두어 번 본 적이 있지. 아마 변방의 복장 같은데……. 어찌하여 저들이 이곳에?"

의문 가득한 말을 들으며 산동사내가 깜짝 놀라 외쳤다.

"변방! 이민족이란 말씀입니까!"

주변의 사람들이 자신들을 돌아보며 놀란 얼굴을 짓고 다시 다섯 명의 낯선 방문자를 향해 수군거리는 소리가 웅웅거리며 들려왔다.

실태를 깨달은 산동사내의 얼굴이 붉어졌으나 그사이에 변방의 방문자들은 그들을 지나쳐 정무단의 문 앞에 이미 멈춰 서 있었다.

호기심 가득한 수천의 눈이 수십은 동시에 들어갈 정도로 큰 정무단의 정문 앞에 모아졌다.

고요한 소란은, 잠시 후 단출한 무복 차림의 사십대 사내가 단 안쪽에서 나와 그들을 이끌고 사라진 뒤에야 사라지고 다시 원래의 시끄러운 평화를 되찾을 수 있었다.

"하— 이민족이라니. 생각지도 못한 걸 봤구나. 과연 검왕 정무단주님의 명성은 사해를 진동하고 대륙을 넘어섰나 보구려. 이럴 게 아니라 어서 갑시다. 또 어떤 구경거리가 생길지 모르니 빨리 자리를 잡아야겠소!"

"그, 그러게요. 내 평생 이민족을 다 볼 줄이야."

산동사내는 귀신에 홀린 듯 중얼거리며 사람의 파도를 헤쳐 이리저리 몸을 쑤셔 넣고 있었다.

다섯 명의 변방의 방문자들.

산동사내는 자신이 목격한 인물들이 훗날 세상에 어떤 영향을 미쳤는지 소문으로 듣고야, 이날 목격한 그들의 모습을 늙어 죽을 때까지 동네방네 떠들고 다님으로써 자신이 정무단을 유람 나왔던 본뜻을 이룰 수 있었다.

정무단 내당 총법관(總法官).

정문을 들어선 뒤 구불구불한 소로를 몇 개 돌아 도착한 장소의 이름이었으며 회담 아닌 회담이 갑작스럽게 진행되고 있는 곳의 명칭이었다.

네댓이 둘러앉으면 좁다 느껴질 원탁에 세 명의 사내가 앉아 있었으며 한 사내의 뒤로 네 명의 사내가 다시 도열해 있었다.

원래 열이 들어서면 갑갑하게 느껴질 공간에 이미 일곱이나 있으니 후끈한 열기가 방 안을 가득 메워 올렸고 원탁 위에는 시비가 가져다 놓은 찻잔만이 덩그러니 놓여 인간들의 면담을 구경하고 있었다.

"여러분을 환영합니다. 어서 오시지요. 처음 뵙겠습니다. 저는 정무단의 내당을 책임지고 있는 백무열이라 합니다."

정중한 입과는 달리 자신답지 않은 인사말이었다고 백무열은 속으로 혀를 차고 있었다.

인사치레는 하나면 되는데 셋씩이나 버벅거리며 연거푸 내쏟은 것이 맘에 들지 않았던 것이었다.

그러나 어쩌랴.

대정무단의 내총관 자리에 앉아 있는 그로서도 보기 힘든 이민족에다가 더욱이 포달랍궁에서 나온 자들이었고, 말까지 통하지 않는다고 생각하니 목구멍이 마음대로 말을 만들어내지 못한 것을.

그런 그를 비웃기라도 하듯 옆에서 생글거리고 있는 정일군의 모습이 얄밉게만 보였다.

어색해진 기분이 차갑게 가라앉은 것은 그때였으니 불편

한 방문객들 중 하나가 한 걸음 앞으로 다가서며 절도있게 포권을 취해 보였다.

덤으로 유창한 한어가 백무열의 귓가에 들려왔다.

"천만에요. 오히려 명성이 자자한 백총관님을 뵙게 돼서 제가 영광입니다. 매군염입니다."

"한, 한어를? 한인이신가요?"

놀라운 마음에 성급히 답례를 취하고 나니 말을 더듬었던 자신의 모습에 다시 불편한 기분이 되었다.

이번에도 정일군은 빙그레 미소만 흘리고 있었으니 혼내는 시어미보다 말리는 시누이가 밉다는 말의 뜻을 백무열은 절절히 느끼고 있었다.

졸지에 시누이가 된 정일군이 그제야 며느리가 된 백무열에게 입을 열었다.

"절강성 출신이라시더군요. 어려서 사정이 있어 변방으로 갔다가 연이 닿아 포달랍궁에 들어갔다고 합니다. 한족 출신이라는 것 때문에 이번 사절단(使節團)의 단장이 되셨다고 하더군요. 법명은 티구르라고 하셨죠?"

매군염이 정일군에게 공손히 대답했다.

"네. 연결하는 자라는 뜻이지요. 중원과 변황의 깊어진 골을 넘어서라는 뜻으로 사부께서 내리신 이름입니다. 저를 거두어주신 것도 같은 맥락이겠지요. 말이 씨가 된다고 한 것처럼 우연찮게도 그 뜻대로 되었군요. 옴마니반메홈……."

백무열이 새삼스러운 눈으로 다시 티구르이자 매군염을 살펴보니 과연 복장 외에는 평범한 한인의 모습으로 보이는 것 같았다.

눈을 감고 알아들을 수 없는 소리를 외고 있던 매군염이 문득 어떤 자리인지를 깨달았는지 온화한 표정으로 설명을 덧붙였다.

"아, 옴마니반메홈이란 저희의 진언(眞言)입니다. 굳이 비교하면 중원의 나무아비타불과 비슷하겠군요. 옴은 우주의 시작과 끝이요, 마니는 높으신 분의 깨달음의 경지이며, 반메는 붉은 연꽃을 의미하고, 홈은 일종의 깨달음이라 할 수 있습니다."

백무열은 겉으로 고개를 끄덕이는 한편 속으로 평가를 시작했다.

'한인이나 변방의 철학에 능한 자. 일단은 의심스러운 점은 없다. 하지만…… 그러나, 그럼에도 포달랍궁이라니! 하, 믿어야 하는 것인가.'

나의 생각과는 무관하게 남을 맞춰 행동하는 것을 접대라 하니, 총관이면 접대는 기본.

옆에선 정일군을 살짝 스쳐본 뒤 내심과는 다른 온화한 표정으로 백무열이 다시 입을 열었다.

"그럼 다른 분들은……."

"저와는 다르게 순수 대초원사람들 이십니다. 제 사제들이지요."

매군염이 한발 뒤에 서 있던 사람들에게 뭐라고 얘기하자 그들은 무뚝뚝한 표정을 유지한 채로 눈인사를 건넸다.

초원의 바람을 끌고 다닌 탓일까.

하나같이 검게 그을린 얼굴과 강인한 턱 선, 그리고 동그란 모자를 머리에 이고 있는 이들이었다.

탄탄한 가슴근육이 야생의 가죽옷 안에서 퍼덕거리고 있는 것이 느껴졌으며 날카롭게 흐르는 예기가 따끔거릴 정도였다.

하나같이 끝이 살짝 휘어진 만도를 등 뒤로 비스듬히 걸어매고 있었다.

점잖 빼는 라마승을 상상하고 있었는데 노련한 사냥꾼과 같은 모습들이니 약간은 당황스러운 기분이 들었으나 입 밖에 낼 정도까지는 아니었다.

이쯤이면 여담은 족히 되었으리라.

백무열이 자세를 고치며 본론을 꺼내놓기 시작했다.

"그런데 어찌하여 중원에 나오시게 되었는지요. 아, 혹시 기분 나쁘셨다면 사과 드리지요. 단지 지난 수백 년간 교류가 전무(全無)하다 해도 무방할 정도인데 언뜻 이해가 가지 않아서요."

"아, 그것은……."

"솔직히 말씀드리자면 지금에 와서는 사실 풍문으로만 전

해지는 포달랍궁이 실제로 존재하는지도 의심스러울 지경이
되었지요."

백무열은 반응을 떠보기 위해서 일부로 속 긁는 소리를 살
짝 내비쳤지만 매군염은 잔잔한 얼굴로 흐르듯 말을 이어나
갔다.

"연결된 것을 억지로 끊었으니 이제는 이어갈 때도 됐지
요. 제 스승께서는 늘 과거의 업을 현재가 짊어지고 있는 것
을 안타까워하셨습니다. 마침 기회가 생겼으니 짐을 벗을 수
있으면 좋겠다고 하셨습니다."

"기회라면, 어떤?"

"일찍이 교류를 다시 시작하고 싶었으나 마땅한 상대가 없
었지요. 수백의 문파들을 일일이 찾아가 인정을 받는다는 것
도 무리고요. 그런데 마침 근래에 들어 정무단이란 통합세력
이 자리 잡았다는 소식이 변황에까지 전해졌습니다."

"근래라고요? 흠… 정무단이 결성된 것은 오십 년이 넘었
습니다. 그런데 하필 이런 시기에 찾아오신 것도 솔직히 이해
가 잘되지 않는군요."

어르고 치고 돌리다 찌르고, 모두 외교의 기본이었으니 조
금은 과하다 싶을 정도로 강하게 나가고 있는 백무열이었다.

그러나 상대도 만만치 않았음이니 사절단의 단장 자리를
맡을 만한 이였다.

"중원이 넓은 만큼 변방도 넓지요. 더욱이 말씀하신 대로

풍문만이 오갈 수 있을 정도로 차단되어 있는 양측입니다. 세상사에 초탈하고자 하는 저희들이니 굳이 풍문을 잡으려들지도 않았지요. 정무단이 결성된 것과 지금과 같은 위상을 누리는 것도 조금은 시기상 차이가 있을 것 같군요. 이런 이유들 때문이었겠지요.”

“흠……. 그런가요?”

“그러던 참에 얼마 전에는 정무단주님의 팔순연이 있다는 소식이 전해졌습니다. 이것이 아까 말했던 기회이지요. 저희와 정무단이 좋은 관계를 이어나간다면 중원과 변황의 관계가 개선되지 않겠습니까.”

‘딱히 꼬집어 말할 만한 점은 없어. 그럴듯해. 하지만…….’

이미 식어버린 찻잔을 들고 입술을 살짝 적시며 는 시선은 고정하고 시야로만 주변을 살폈다.

정무단주 검왕의 셋째 제자이자 모두에게 병신이라 불리는 이.

그리고 이 자리를 주선하였음에도 별다른 말이 없는 정일군의 모습이 거북스럽기만 했던 것이다.

탁―!

불편한 마음에 모두 들으라고 찻잔과 원탁을 박치기시킨 백무열이 다시 입을 열려 하는 순간이었다.

“하하. 백 총관, 내가 정무단에 들어오기 전 변황에서 사귀었던 친구들에 대하여 얘기한 적 없었지요? 사부님의 팔순연에 최고의 깜짝 선물이 되지 싶어 지금껏 간지러웠던 입을 참느라 고생했습니다. 하하하핫."

"정무단에 들어오기 전…… 이라 하셨습니까?"

석연치 않은 웃음을 들으며 백무열은 입으로는 의문을 던지고 머리로는 빠르게 뇌리 한구석에 처박아두었던 기억의 상자를 뒤적거려 나갔다.

정일군이 정색을 하고 되물어왔다.

"어렸을 적에는 아버지를 쫓아 이곳저곳 좀 돌아다녔지요. 아니, 정무단의 안살림을 맞으시는 분께서 잊으셨습니까, 제 출신을?"

"흠……."

우연이었을까 필연이었을까.

자신이 꺼내려 했던 궁금증을 한발 앞서 말해 버린 정일군의 모습에 백무열은 더 이상 말을 이어갈 수 없었다.

여전히 약간은 멍해 보이는 웃음을 얼굴에 그리고 있는 정일군이 가볍게 의자를 뒤로 밀며 자리에서 일어났다.

"이쯤 하도록 하지요. 제 친구들도 먼 길을 오느라 꽤 지쳤을 테니까요. 아참, 사부님의 팔순연의 전야제가 오늘 밤에 산해전(山海殿)에서 열린다고 했지요? 나머지 얘기들은 중원의 명숙들과 사부님이 계신 자리에서 이어가도록 하지요."

"잠, 잠시만 기다려 주……."

휙―

정일군의 고개가 바람 소리가 나도록 돌려졌다.

병신이라 불리는 이유 중 하나가 되었던 늘 달고 있던 실실 거리는 웃음은 간데없고 차가운 눈빛이 번쩍였다.

한여름 폭염 속에서 만난 눈보라와 같은 모습이었다.

"오랜만에 만난 친구들 앞에서 내 체면을 상하게 하실 작정이오!"

현명한 자는 여자와 함께 있는 남자가 비록 덩치가 작더라도 함부로 자극하지 않는 법이니 지킬 것이 있는 자는 왕왕 예상을 빗나가는 결과를 만들기도 하는 법이라.

백무열은 평소와는 다른 정일군의 모습에 살짝 꼬리를 말고 뒤로 한 발짝 물러났다.

"흠……. 아닙니다. 손님들 앞에서 제가 큰 실태를 범했군요. 단주님께도 기별을 넣어두도록 하지요. 밖에 누구 있느냐!"

한동안 잠들어 있던 문이 드르륵 소리를 내고 기지개를 펴며 열리자 조그만 체구의 동자 하나가 총총거리며 들어왔다.

"부르셨습니까."

"금룡각에 자리를 내드려라. 귀하신 분들이니 모시는데 소홀함이 없어야 할 것이야."

"네, 알겠습니다. 저를 따라오시지요."

모든 지시를 끝낸 백무열이 다시 정일군을 바라보았을 때
는 이미 그곳에는 병신만이 존재하고 있었다.

예의 실실거리는 미소를 지으며 정일군은 뒷머리를 긁적
거렸다.

"고맙소, 백총관. 내 은혜는 잊지 않으리라. 하하. 백 총관
은 바쁜 일이 많으실 테니 우린 이만 가지요."

"이따 뵙겠습니다."

"백 총관님, 또 뵙겠습니다. 옴마니반메홈."

드르륵—

탁—!

열렸던 문은 다시 닫혀 깊은 잠에 빠져들었고 총법관에는
그 주인인 백무열만이 남았다.

그리고 하나 더, 의혹과 고민도 남아 있었으니 그의 입에서
낮은 탄식이 절로 나왔다.

"휴. 정일군이라……. 웅크리고 잠만 자는 곰새끼는 아닌
줄 알았으나 뒤로 칼을 숨긴 여우새끼 줄을 몰랐군. 슬슬 움
직이려 하는 건가. 하지만 왜 이제 와서?"

풀리지는 않고 오히려 더욱 복잡한 모양으로 매듭지어만
가는 의문과 한참 실랑이를 하던 백무열의 입이 다시 열렸다.

"정일군에 대한 자료를 가져오게."

홀로 있는 방 안에서 누구에게 말했을까.

찻잔 속의 식어버린 차를 댓 번에 걸쳐 홀짝인 뒤에야 그

의문은 풀렸으니 벽 한쪽에 서 있던 책장이 옆으로 이동하며 조그만 굴이 열린 것이었다.

굴 속에서 나온 삼십대 여인이 둘둘 말린 종이 뭉치를 백무열에게 공손히 바쳤다.

백무열은 한참 동안 서류와 끙끙거리며 씨름을 했다.

하지만 그 승과 패가 어느 쪽으로 갈렸는지는 알 수 없었으니 서류를 다시 건네고 여인이 벽 너머로 사라져 원래의 방 모양이 되도록 그의 표정은 변화가 없었기 때문이다.

이제 진정 홀로된 백무열이 깊은 한숨을 몰아 내쉬었다.

"휴… 나도 늙었음인가. 겨우 삼십여 년 전 일이거늘, 내가 왜 잊고 있었을꼬. 앞뒤에서 병신이라 쑤군거리는 자가 정무단의 후계자 중 하나가 될 수 있었던 까닭을."

정일군.

기이한 행동은 논외로 하더라도, 지난바 능력이 검증되지 않았으며 부친의 후광을 등에 업고 검왕의 후계자가 된 자라는 이유 때문에 사람들은 그를 무시했다.

자책의 시간 속에서 잠시 방황하던 백무열의 이지가 다시 제 자리를 찾았다.

그의 입이 서찰에 쓰여 있던 내용을 허공중에 다시 썼다.

"정일군. 이십사 년 전 십오 세 때 정무단 입문. 부(父) 정천수. 과거 대홍로(大鴻墟)를 거쳐 현 간의대부(諫議大夫)라. 과연, 아비가 나라의 모든 외무를 총괄하는 대홍로 때였으니 그를 따라 이국과 변황에 간 적이 있다 한들 이상한 것은 아니지. 더욱이 그때의 정국은 혼돈의 시기였으니 여러 가지 요소를 고려했어야 했으니……. 또한 현재는 황제의 곁에서 조언을 하는 벼슬에 있다니. 정일군, 정일군이라……. 그에 대한 평가를 재고해야 하겠군. 흠……."

탁자 주의를 서성이던 그의 입에서 깊은 한숨이 흘러나왔다.

검왕의 능력이 하늘에 닿았다 한들 반백 년 만에 정파세력을 집결시킬 수는 없는 일.

여러 정세로 무림에 영향이 약해져 있던 관부와 무림에 떠오르던 세력의 이해득실이 만나 이루어진 것이 현재의 정무단이었다.

관부에서는 힘을 쏟을 수는 없으나 대책없이 방치할 수도 없는 노릇이었다.

또한 정무단에서는 암암리에 관부의 힘을 얻어 빠르게 세력을 키울 수 있는 노릇이었으니.

그 일환 중 하나가 관부의 고위층 자제들 중 벼슬에 뜻이 없는 이들이 정무단으로 편입되는 것으로 서로를 향한 유대관계를 이어가는 수단이 되었던 것이다.

그리고 그 관과 무림이 만나는 은밀한 정책이 집행된 후 가장 큰 결실을 맺은 것이 정일군이었으니, 그가 관부에 적을 둔 자로서는 검왕의 셋째 제자란 가장 높은 자리에 앉아 있는 이였던 것이다.

물론 시간이 지난 지금에 와서는 그 속사정을 아는 이는 드물었고, 알아도 입 밖으로 낼 사항은 아니었다.

백무열의 머릿속에 실실거리는 정일군의 얼굴이 떠올랐다 사라지고 있었다.

죽림(竹林).

남궁진산이 머물고 있는 장소를 사람들은 그렇게 불렀다.

유난히 대나무를 좋아하던 남궁진산은 은퇴 후에도 대나무숲 속에서 화선지에 대나무를 치며 살아가기를 원했던 것이었다.

“방문자입니다.”

예상하지 못한 보고에 남궁진산의 얼굴에 불쾌감이 서렸다가 그것을 다시 의아함이 뒤덮었다.

전자의 이유는 강산이 두 번 변할 시간 동안을 칩거(蟄居)해 있던 자신의 청정(淸淨)을 깨뜨린 것에 있었으며 후자의 이유는 그 사실을 모르지 않을 이가 그럼에도 소식을 전해왔다는 것에 있었다.

이십 년간의 관례를 깰 정도이니 중요한 일을 넘어서 심상치 않은 일이 분명하였다.

하긴, 그간 맑은 거울과 머물러 있는 물과 같던 마음은 이미 가문에 들이닥친 난데없는 변고에 깨진 지 오래이니 그깟

관례쯤이야…….

화선지에서 태어나다 만 대나무의 끝이 살포시 휘어 있었다.

아직도 먹을 머금고 있는 붓을 내려놓은 남궁진산이 얼굴을 가볍게 굳히며 질책이 아닌 궁금증으로 입을 열었다.

"누구시던가."

"죄송합니다."

"죄송하다? 흠……."

가문의 영토 내, 그것도 남궁진산이 머물고 있는 장소임에도 불구하고 여전히 삿갓을 눌러쓰고 정자 앞에서 무릎을 꿇고 있는 사내의 대답에 이번엔 남궁진산의 얼굴이 무겁게 굳어졌다.

"죄송하다라……. 모른다는 뜻이로군. 삼십 년간 나의 수족이 되어준 풍영, 내가 있는 곳엔 언제나 자네도 있었으니 그런 자네가 모르는 인물이라면 나도 초면(初面)이 될 가능성이 많다는 뜻이로군. 그래, 가주님은?"

남궁진산의 말에 풍영의 머리가 잠시 혼란해졌다가 이내 회복되었으니 가문의 주인에 대한 내용이 얼른 머리에 전달되지 못했던 까닭이었다.

자신에게 영원한 가주는 남궁가의 부흥을 절정에 올려놓은 남궁진산이었으나 분명 현 가주는 그의 아들 남궁천이었다.

남궁천도 뛰어나다 할 수 있었으나 너무도 뛰어났던 자가 빛을 내며 동시에 만들었던 그늘을 아직 완전하게 벗어나지 못하고 있는 것이리라.

전대 문주이자 현재는 일선에서 물러나 태상장로의 지위에 있는 자, 그 이름 남궁진산이라.

생각을 정리한 풍영이 빠르게 말을 이어나갔다.

"방문자는 현가주님이 아닌 태상장로님을 뵙고자 지목했습니다."

"나를? 아직 내 이름을 기억하는 자가 있었단 말이지. 그래 무엇을 가져왔던가?"

초면이 될 만남.

그것을 주선하고 있는 풍영은 허술한 자가 아니었으니 방문자는 남궁진산과 만날 수 있는 자격을 갖춘 자, 틀림없이 어떤 징표를 가져왔을 것이었다.

그것이 무엇일까.

풍영의 말을 들으며 머리를 굴리고 있던 남궁진산은 아주 오랜만에 호흡이 막히는 것 같은 긴장된 기분을 경험하고 있었다.

"한눈에도 범상치 않은 분위기의 노인이었습니다. 마치 이야기 속에나 나오는 신선과 같았습니다. 그 모습에 정문의 수가위(守家位)들이 쉽게 홀대하지 못하고 저에게 소식을 전해 나가보니 노인은 태상장로님과 만나고 싶다면서 '둘째' 라 전해달라 말하였습니다.”

팅―

찌릿한 기운이 느껴지는가 싶더니 풍영의 눈앞에 벼루가 떨어져 뒹굴었다.

구파일방도 한 수 접어준다는 사대가문 중 하나.

그중에서도 수위를 다투는 남궁가의 번영기를 이끌었던 자가 내뿜은 기세를 어찌 벼루가 감당할까.

자제 못하고 발산된 기에 아끼던 벼루가 날아간 것도 모르고 남궁진산이 이를 갈았다.

“둘째. 정녕 둘째라 했는가!”

잠들어 있던 살기가 솟구치고 있으니 둘째라 말한 것을 듣지 못하지 않았다는 것이며 대답을 원하지도 않는 것이리라.

그 사실을 너무도 잘 알고 있는 풍영은 같은 말을 반복하지 않고 고개를 조금 더 숙였다.

둘째.

그것이 의미하는 것은 간단명료했다.

가문에서는 둘째라 칭해지나 남궁진산의 사랑을 놓고 봤을 때는 첫째라 해도 부족함이 없는 이며 지금은 행방이 묘연해 그의 애간장을 태우고 있는 자를 말하는 것이리라!

“음, 그것은 대수를 일컬음이야. 이제나저제나 했더니 드디어 왔구나. 방문자를 데려와라!”

이번에도 풍영은 입을 열어 대답을 하는 대신 몸으로 대답했다.

자신의 명을 받들어 사라지는 풍영의 뒷모습을 바라보는 남궁진산의 눈에서 불꽃이 일렁이고 있었다.

'대수야!'

쏴아아아—

부러질지언정 꺾이지 않는 대나무.

평온했던 한낮의 날씨는 거짓말이었던지 햇빛이 잦아들고 있는 이때, 난데없이 거세진 바람이 옛말의 진위(眞僞)를 시험하듯이 대나무 숲에 불어오고 있었다.

그리고 그 속에 대나무를 닮은 노인과 난을 닮은 노인이 그림처럼 앉아 있었다.

얼마간 서로를 살피며 침묵으로 오갔던 대화가 지나고 이제 입으로 여는 대화의 시간이 찾아왔다.

선공은 굳건한 대나무를 닮은 노인, 남궁진산이었다.

"선자불래내자불선(善者不來 來者不善)이라. 선한 자는 오지 않고 온 자는 선하지 않다고 하더니 옛말대로 기다리는 자는 오지 않고 원치 않는 자가 왔구나. 초대받지 않은 방문이니 애초에 환영은 기대하지는 않으셨을 것이라고 믿고 본론만 말하겠소. 원하는 것이 무엇이요!"

부드러운 난을 닮은 노인, 방문자가 방어를 했다.

"취환무처득평생(取歡無處得平生)이라. 기쁨은 잠시이며

평생 누릴 방법이 없다 하였으니 인생사 이렇지 않겠습니까. 저 역시 곁에 있는 것의 소중함은 깨닫지 못하고 늘 먼 곳의 있는 것만 바라보았지요. 지금 있는 것들을 지키기 위해 잃어버린 것을 포기할 순 없으십니까.”

점잖은 대꾸를 비아냥거림으로 받아들인 남궁진산의 눈에 광망한 노기가 어렸다.

‘이자가 감히 나를 희롱하려 하는가!’

“아흔아홉 마리 소를 가지고 있어도 잃어버린 한 마리 송아지 때문에 밤잠을 설치는 것이 농부의 마음일진대 하물며 지금, 핏줄을 잃어버린 나에게 어느 손가락을 깨물었을 때 아프지 않는 것이냐고 묻는 것이요!’

남궁가에 대한 호의로써 계승자의 음모를 조금이나마 막아보려 했던 방문자의 눈에 허망한 슬픔이 서렸다.

‘나 역시 핏줄을 살리고자 이러고 있는데 남에게 무슨 말을……. 직언(直言)하지도 못하면서 이러는 것은 온몸에 먹칠을 하고도 흙탕물에 발 젖을까 두려워하는 꼴이구나.’

“미안합니다. 괜한 말을 했군요. 말하신 대로 본론으로 들어가지요. 분명 둘째 손자 분은 저희가 데리고 있습니다.”

“흠…….”

남궁대수의 실종은 가문 내에서도 극비(極秘) 중의 극비라.

방문자가 처음부터 둘째라 말했으니 짐작은 하고 있었으

나 사실을 확인하자 적에 대한 분노보다는 손자에 대한 걱정
의 탄식이 할아비의 머릿속에서 먼저 맴돌았다.

"원하는 것이 무엇이요?"

불같은 성격과 거침없는 손속, 정작 자신은 타협을 모르는
인생을 살아왔지만 이제는 옛말이 되었음인가. 마침내 남궁
진산은 고통에 가득한 음성을 내뱉었다.

삶아온 인생을 부정하는 꼴이 될지라도 들어줄 수 있는 것.

조금은 무리가 되는 일이라 할지라도 들어주리라.

내가 아닌 손자의 인생이 걸린 일이기 때문이었다.

모든 요구 조건을 머릿속에서 정리하고 있었으나 들려온
대답은 정녕 뜻밖의 것이었다.

"비무(比無)를 요청하는 바입니다."

이 무슨 말일까.

남궁진산은 어안이 벙벙해져 한참을 고민한 끝에 다시 입
을 열 수 있었다.

"비무, 지금 비무라 했소? 나, 남궁진산과 말이오?"

"제가 말을 잘못했군요. 실례했습니다."

말을 정정하는 모습에 앞으로 기울어졌던 남궁진산의 상
체가 그럼 그렇지 하는 마음으로 서서히 제자리를 찾으려 했
지만 다시 이어진 방문자의 음성에 벌떡 자리를 박차고 있어
날 수밖에 없었다.

"비무가 아닌 생사투(生死鬪)입니다. 한쪽이 죽을 때까지

승부를 겨루도록 하지요. 제가 지면 분명 남궁가의 둘째 자제분의 행방을 전해 드리겠습니다.”

“생사투!”

휘이이잉—

남궁진산의 낯선 방문의 고요한 눈에서 어떤 음모의 냄새도 찾을 수 없어 한참을 탐색하던 시선을 거두고 자리에 앉아야만 했다.

뻐꾹— 뻐꾹—

대나무 숲 어디선가 흥정은 말리고 싸움은 붙이는 것 같은 뻐꾸기 울음소리가 매정하게 들려왔다.

“종심(從心)이라, 이제 나이 칠십을 넘었건만 공자가 말한 대로 뜻대로 행하여도 도리에 어긋나지 않는 단계에 이르지는 못했소. 그러나!”

한참 만에 입을 열었던 남궁진산이 다시 말을 가다듬으며 이글거리는 눈으로 방문자를 바라보았다.

“광오하게 들릴지 모르겠지만 일곱 안에는 든다 하지 못하나 그것을 뺀 다시 일곱 안에는 들 수 있을 것 같소이다. 내 검은 이제 종심의 단계에 이른 것 같으오. 그런데 나와 생사투를 벌이시겠다, 진정 그 말이오?”

칠천무신의 자리에 끼지는 못하나 그들을 제외한 칠대고수의 자리에는 낄 자신이 있다는 말.

강호를 알고 있는 누가 들어도 고개를 끄덕일 것이니 화자가 바로 환상난무검(幻像亂舞劍)이라 불리던 남궁진산이었던 것이다.

그리고 방문자도 익히 알고 있다는 듯 고개를 끄덕거렸다.

궤변과 계책을 쓸 상대가 아니라고 판단되고 있으니 숨겨 왔던 마음을 내보일 뿐이었다.

"그렇기에 청하는 것입니다. 한평생 문인으로서 키워지고 살아왔으나 원치 않았던 인생. 그러나 거역할 수 없던 시간. 원래 원하던 것은 모든 것에서 자유로운 무인의 삶이었으니 이제 한 번쯤은 내 뜻대로 살고 싶습니다. 그것으로 모든 업 을 벗어버리려 하는 것입니다. 이해하시겠습니까?"

잠시 방문자의 기색을 살피며 참과 거짓을 논하던 남궁진 산은 하마터면 상황을 잊고 이해한다고 큰 소리로 외칠 뻔하 였다.

그만큼 자신 못지않게 나이 먹은 방문자의 몸에서 떠오르 는 처연한 기세와 비장한 각오가 가문의 영광을 위해 한평생 을 바치고 살아왔던 무인 남궁진산의 가슴에 절절히 다가왔 기 때문이다.

어떤 세력에 속해 있고 어떤 사연을 간직했는지는 몰라도 이자는 믿어도 되리라.

또한 무(武)와 무(武)의 격돌이라면 쌍수를 들어 환영을 하 지 못할망정 이쪽에서 사양할 이유가 전혀 없는 것이다.

말속에 숨어 있을 칼을 살피며 잠시 망설이던 남궁진산은 끝내 고개를 끄덕거렸다.

"좋소. 비무, 아니, 생사투의 제의를 받아들이겠소."

"진심으로 감사합니다. 약속은 지킬 것입니다."

방문자가 일어나 깊이 허리를 숙여 보였다.

"시간과 장소는?"

"지금! 여기서!"

뻐꾹— 뻐꾹—

홀로 목청 높이고 있던 뻐꾸기의 바람은 그렇게 쉽게 이루어졌다.

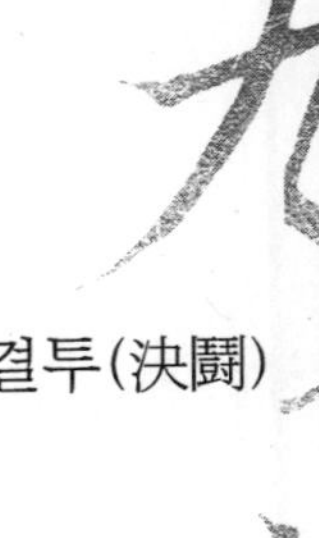

결투(決鬪)

저 하늘에 떠 있는 달은 열흘 전에는 분명 동그랬는데 누가 한입 베어 물고 가서 저렇게 가늘어졌을꼬.

저기 있는 저 사람들 저 달이 다시 부풀어 오른 것을 볼 수 있을까.

하나는 칼을 들고 싸우고 하나는 입을 열어 싸우나 백두간 척 벼랑 끝에 선 모양으로 위태롭기는 매한가지로구나.

어이 할꼬 어찌 할꼬.

아, 달은 밤 끝에 지는 것과 같으니 몸은 칼끝에 지고 마음은 말끝에 지는구나.

어디선가 대나무 숲의 산새 한 마리가 구슬프게 울고 있는 그 시간, 정무단의 산해각에서는 인간들이 왁자지껄 소리 높여 웃고 있었다.

이쪽을 둘러보면 빙그레요, 저쪽을 둘러보니 푸하하라.

정무단 내당 이총관을 맡고 있는 진소부는 산해각에 들어선 뒤 주위를 두리번거리다가 총총거리는 걸음으로 우측으로 방향을 틀었다.

산해각은 본래 정무단의 연례행사를 위해 만들어진 장소였으니 한정된 사람의 눈으로 보았을 때 능히 그 크기가 산과 바다에 비견될 만하다 하여 산해(山海)라 이름 붙여졌다.

그 거대한 마당 중앙을 가로지르는 고풍스러운 대리석 바닥을 기점으로 두 부류로 사람들이 나눠져 자리 잡고 있었는데 소란스러운 분위기의 좌측은 기백을 헤아릴 숫자의 호한들이 왁자지껄거리고 있었다.

이와 대조적으로 그 반대편 점잖은 분위기의 우측은 반백을 헤아릴 숫자의 명숙들이 도란거리며 자리 잡고 있었던 것이다.

누구 하나 정파무림의 중심이고 미래가 아닌 자가 없었으니, 양측의 표현 방식은 분명 달랐지만 하나같이 즐거운 분위기만은 매한가지였다.

정무단주이자 검왕의 팔순연을 하루 앞둔 밤.

정무단 외부에서 초청된 사람들만을 위하여 열린 자리였다.

　오랜만에 모인 정파 기둥들의 회합 속에서 시간은 그렇게 치닫고 간지러이 이어지는 풍악 소리 속에서 분위기는 무르익어 가고 있었다.

"총관님."

"그래, 왔는가."

백무열의 음성을 들은 진소부의 허리가 조금 더 숙여졌다.

"말씀하신 손님들을 모시고 왔습니다. 잠시 산해각 앞에서 기다려 주십사 일러두었습니다."

"셋째 공자도 함께더냐?"

"네. 변방 사람 다섯에 셋째 공자님까지 총 여섯 명입니다."

　겨울이 가까워왔음에도 불구하고 곳곳에서 열기를 내뿜고 있는 청동화로와 그보다 뜨거울 열기를 내뿜고 있는 사람들 덕분에 산해각은 따뜻하다 못해 더울 지경이었다.

　손을 부채 삼아 바람을 만들고 있던 백무열이 뜻 모를 미소를 지으며 물었다.

"기분 나빠하지는 않더냐?"

"예?"

전에 없던 진소부의 반문에 미간을 찌푸린 백무열의 손부채가 잠시 멈추었다가 서서히 다시 움직였다.

"셋째 공자나 변방 놈들이 제시간에 부르지 않고 문밖에 세워두었다고 기분 나빠하지 않느냔 말이다."

"아, 아닙니다. 얼굴 표정들은 매우 밝았습니다. 그리고 이곳까지 오면서 들은 얘기로는……."

눈치를 보며 우물거리는 진소부의 뜻밖의 대답에 백무열의 손부채가 완전히 멈춰 섰다.

산해각 잔치의 준비를 위해 정신없는 시간을 보냈던 그의 이마에 한줄기 땀이 맺혔다.

"표정이 밝다고? 그리고, 그리고 무엇이더냐!"

"오, 오히려 잘됐다 하였습니다. 분위기가 무르익은 뒤 모두의 시선을 한 몸에 받으며 등장하니 주인공이라 하며 저들끼리 웃으며 얘기하는 것을 오다가 들었습니다."

백무열은 맘속에 아차 싶은 진한 경고음이 일었다.

며칠 전부터 정신없이 휘몰아치는 정일군의 알 수 없는 행동에 조금이나마 제동을 걸 생각으로 산해각으로의 부름을 늦추었던 것인데 오히려 제 꾀에 제가 당한 꼴이 되었던 것이다.

체면을 중시하는 일반 무림인들과 같은 선상에 놓고 생각하여 화를 돋운 뒤 반응을 떠보려 했던 것부터가 잘못이었으니 정일군은 체면 따위는 우습게 여기는 기행으로 유명한 사람이었던 것이다.

보름 만에 열린 장터 같았던 분위기가 일순 매일 치러진 장례식같이 조용해진 것은 그때였다.

연일 겹 초상을 맞은 듯 당혹스런 침묵에 빠진 것은 산해각

문지방을 넘으며 육 인이 들어서고 있기 때문이었다.

그에 맞춰 이상한 낌새를 눈치 챈 악사들이 풍악도 멈췄다.

얼큰하게 달아오른 술기운도 잠시 귀향 보낼 정도로 이질적인 풍경들이 나타났기 때문이었으니 경멸의 대상인 이민족들과 무시의 대상인 셋째 공자가 나타난 것이었다.

몇 명은 이미 검집에서 검을 출타시킬 준비를 마치고 있었다.

"아하하하. 분위기가 왜 이래? 이거 내가 못 올 곳이라도 온 것인가? 뭣들 하십니까. 여기 있는 술과 음식 다 드시기 전에는 밤이 새더라도 아무도 자리에서 일어나지 못합니다. 하하하."

정일군은 과장스러운 몸짓과 웃음을 보이는 가운데서도 중앙의 대리석을 거침없이 밟아 마침내 산해각 본청 앞에 멈춰 섰다.

본청 마루에 준비된 상석에 앉아 있는 열네 명의 시선을 받으며 정일군이 무겁게 고개를 숙여 보였다.

정일군을 바라보는 어느 시선 하나 밝고 가벼운 것이 없었다.

그것을 느꼈음인지 소년 같은 장난기는 사라지고 청년의 패기와 중년의 진중함이 어우러져서 정일군의 몸에서 거침없이 뿜어져 나왔다.

"소림의 청명 대사, 무당의 광법 진인, 개방의 칠월신개 어르신, 화산의 안소부 장문인, 아미의 수정 태사, 곤륜의 염천악 장로님, 점창의 이태월 장문인, 청성의 마소운 장문인, 종남의 고정문 장문인, 형산의 백인지 장로님 모두 처음 뵙겠습니다. 저는 정일군이라 합니다."

"오호. 분명 처음 보는 것 같은데 어찌 우리의 이름을 다 알고 있을꼬?"

"황제는 백성을 몰라보나 백성은 황제를 알아보는 것이 당연하지 않습니까. 귀가 없지 않으니 정파무림을 떠받치고 있는 어르신들의 높은 위명을 듣지 못했을 까닭이 없으며, 눈이 없지 않으니 그 모습을 보지 못했을 까닭이 없지요."

"하하. 괜히 늙은이들 듣기 좋으라 하는 소린 줄은 아나, 각기 얼굴과 이름을 정확히 맞춰 말하는 걸 보니 식견이 대단하군요."

끝도 없이 펼쳐진 무림이었으니 아무리 명성이 높다 하나 어찌 생면부지인 상태에서 단박에 알아보기 쉬울까.

나직한 감탄사가 여기저기서 흘러나왔다.

평소의 행실과는 다른 정일군의 단정한 모습을 보며 백무열의 등 뒤로 차갑게 식은 땀 줄기가 또르르 흘러내렸다.

'좋지 않다!'

구겨진 옷과 여기저기 흩어진 머리와 바보스러운 웃음을 흘리던 자는 간데없고 단정하며 엄중한 사내가 낭랑한 음성으로 정중히 포권을 취해 보이고 있던 것이다.

본청 마루를 비롯해 곳곳에서 웅성거리는 작은 소란이 일었다.

공식석상에는 그 모습을 거의 드러내지 않았기에 풍월으로만 전해들은 정무단의 망나니 셋째 공자의 모습과 조합이 되지 않았던 것이었다.

정일군의 목소리가 다시 산해각을 지배했다.

"옆에 계신 분은 광록대부(光祿大夫)이신 문일성 어르신이시군요. 안녕하십니까."

수군거리던 소리가 조금 더 커졌으니 귀빈석에 무림의 최고위층들과 함께 앉아 있던 낯선 이의 정체가 관부의 사람으로 밝혀진 것도 한 이유였으나 그것을 한눈에 꿰뚫은 정일군의 식견이 과연 범상치 않았기 때문이었다.

모든 소란의 진원지인 정일군이 다시 본청 마루의 중앙을 향해 허리를 굽히며 절도있게 포권을 앞으로 뻗고 낭랑히 외쳤다.

"잔칫집의 가족 된 자로서 처음 뵙는 손님들께 예를 표하는 것이 먼저인 것 같아 인사의 순서가 늦었습니다. 사부님의 팔순을 불민한 셋째가 감축 드리옵니다."

셋째 제자의 난데없는 모습에 검왕 용벽관의 눈에 이채가 서렸으나 자리가 자리인지라 담담한 음성으로 화답하였다.

"아니다. 보기 좋은 모습이구나. 일군아, 너도 어서 이리와 앉거라."

그러나 대청 마루에는 더 이상 자리가 없었다.

잔칫집에 빈자리가 있으면 보기 흉한 법이니 애초에 예정된 자리 속에는 참석이 전무하다 싶은 정일군은 계산되어 있지 않았기 때문이었다.

잠시 어색한 분위기가 돌자 한편에 나란히 앉아 있던 검왕의 또 다른 제자들, 첫째 제자 종일청의 시선이 자리에서 일어나며 황급히 말했다.

“일군아, 이리 오거라.”

모든 것의 총책임자 백무열의 등 뒤가 땀으로 흥건히 젖어들었으니 묵묵히 앉아 술잔을 기울이는 둘째 제자 문위명의 시선이 잠시 자신에게 쏘아졌다 거두어진 까닭이라.

결자해지(結者解之)라 했으니 어색해진 분위기를 만든 자가 그것을 풀었다.

“아닙니다. 대사형과 둘째 사형도 그간 안녕하셨는지요. 오랜만에 뵙겠습니다. 그간 넷째와 제가 일 때문에 단을 비우고 있다가 저만 먼저 기별도 없이 갑작스럽게 온 까닭에 백총관의 준비가 소홀하다고 질타를 받을까 오히려 걱정입니다.”

“그, 그랬었지. 어찌 기별도 없이 이리 갑자기 왔느냐.”

대사형 종일청이 약조도 되어 있지 않은 연기에 어색하게 짝을 맞춰 연극을 해주었다.

한 점 흐트러짐도 찾을 수 없는 그림 같은 모습으로 앉아 있던 둘째 사형 문위명은 한술 더 떠 가볍게 장단까지 맞춰주었다.

"쉽지 않은 일이었을 텐데, 그간 고생이 많았다."

속사정은 알 수 없으나 남들이 보기에는 더없이 화목한 가정의 모습으로 비추리라.

"아—!"

"과연, 그랬었군."

여기저기서 깨달음의 탄성이 흘러나왔다.

평소 모습을 드러내지 않던 셋째 정일군은 그렇다손 치고 이런 자리에 빠질 인물이 아니었던 넷째 진사백의 모습이 보이지 않아 모두들 속으로 의아함을 품고 있었던 것이다.

그러나 감히 누구도 정무단 내부의 일을 직접 물을 수 없어 의혹만을 키우고 있던 중에 그것을 깨끗이 비울 수 있었다.

곳곳에서 들려오는 수긍의 목소리에 대사형 종일청의 얼굴이 급격하게 밝아졌으나 둘째 문위명과 셋째 정일군은 무덤덤한 시선을 잠시 교환했을 뿐이었다.

그리고 검왕의 얼굴에 작은 미소가 걸렸고 백무열의 얼굴은 새하얗게 질려 있었다.

정일군이 다시 높아 경망스럽지도, 낮아 음침하지도 않은 듣기 좋은 목소리로 입을 열었다.

"사부님, 저는 그간 강호 경험이 미천하니 한곳에 앉아 있는 것보다 이 기회에 이곳저곳 자리를 기웃거리며 영웅들과 안면이나 트겠으니 허락해 주시지요. 하하하.”

호방한 그의 웃음소리에 묻혀 잘 들리지는 않았지만 여기
저기서 낮은 수군거림이 일고 있었다.

“호탕한 사람이군. 소문이 잘못 된 걸까?”

“아무렴, 정무단의 셋짼데 그걸 질시한 누군가 만든 얘기
같은걸. 검왕 어른께서 망나니를 제자로 두고 있다는 것 자체
가 말이 안 되긴 했어.”

“하긴, 그건 그렇군.”

하늘에서 단비 내려 의복에 묻히고 있던 진흙을 털고 내려
가는 듯 그간 안 좋았던 검왕의 마음을 씻어주는 소리들이었
다.

또한 누가 물으면 어찌 답할까 하고 마음속에 품고 있던 짐
중 하나를 없애준 정일군이었으니 검왕은 기꺼운 마음으로
고개를 끄덕여 허락을 발하였다.

“그래. 좋은 데로 하여라. 그것이 나을 수도 있겠지. 그런
데 옆에 분들은?”

“아, 제자가 소개가 늦었군요. 이분들은 포달랍궁에서 사
부님의 팔순을 축하하기 위하여 오신 분들입니다.”

검왕은 이미 그들의 정체를 백무열의 보고에 의해 알고 있
었으나 산해각에 모인 모두를 위하여 굳이 질문을 한 것이었
고 정일군은 빠르게 그에 맞췄다.

“……!”

이제 흥겹게 타오르려 하던 축제의 모닥불 위에 갑작스러운 심통 맞은 겨울 소나기가 내린 꼴이었다.

무거운 정적이 흘러흘러 마침내 침묵의 바다를 만들었다.

조금씩 수군거리는가 싶더니 갑자기 웅성거리는 소리가 시끄러울 지경이 되고 있었고 놀라움에 가득 찬 소리가 터져 나왔다.

"포, 포, 포달랍궁? 포달랍궁! 저들이 소문으로만 전해지는 변방의 포달랍궁에서 온 자들이란 말인가!"

"이럴 수가… 실제로 존재했다니. 백 년 전에 내분으로 인해 멸망했다는 소문이 가득했거늘!"

"중원에 소림이 있고 변방에는 포달랍궁이 있다라고 하는 소리는 들었으나, 실제로 보게 되다니!"

시끄러운 객석을 향해 손짓하는 무대 위의 배우처럼 정일군이 주변을 향해 연거푸 포권을 해 보이자 장내의 소란은 조금씩 잦아들었다.

객석이 조용해졌으니 진행을 할 차례였다.

"포달랍궁에서 오신 분들이니 변황을 대표하는 사절단의 자격은 충분하리라 믿습니다. 이분들이 온 까닭은 사부님의 팔순연 축하와 함께 그간 서먹했던 중원과의 관계를 개선하고자 하심입니다."

고요해진 사위사이로 누군가의 짧은 일침이 가해졌다.

"흥! 포달랍궁이면 단가. 이민족 주제에 건방지게! 감히 여기가 어디라고 주제넘게 우리와 교류하고 싶다는 것인가.”

작은 소리였지만 누구도 듣지 못한 자는 없었으니 그들의 마음도 이와 크게 다르지 않았기 때문이었다.

그러나 정일군은 흔들리지 않았다.

“삼백 년 전의 혈투를 끝으로 중원과 변황은 완전히 갈렸습니다. 그리고 아직 그 깊은 골짜기는 메워지지 않고 있는 것도 사실입니다. 하지만 그 뒤 어땠습니까. 그들도 우리 땅에 들어오지 못하지만 우리도 그들 땅에 들어가지 못합니다. 그로 인한 피해와 손해를 생각해 보신 적 있으십니까. 우리 무림인들은 그냥 그렇게 산다고 해도 일반 사람들의 삶을 생각해 보신 적 있으십니까.”

술잔을 기울이는 소리조차 들리지 않았다.

정일군은 뒤로 몸을 세차게 돌리며 격정적인 음성을 토해냈다.

“변황을 통한 길이 새롭게 뚫린다면 중원의 좀 더 풍성해지고 강건해질 수 있습니다. 새로운 시대가 열리고 있는 마당에 언제까지 우물 안의 개구리로 살겠습니까.”

“풍성해지고 강건해지기는커녕 그들이 중원을 침략하기 위한 음모일 경우는 어떡하시겠소.”

돌다리도 두들겨 보고 건너는 나이라, 지극한 나이가 모여 있는 우측 어디선가 반박의 목소리가 가해졌지만 정일군은 촌각의 지체도 없이 대답했다.

"단번엔 모든 교역망을 뚫자는 얘기가 아닙니다. 특정한 몇 군데를 자유지역으로 설정하고 그곳을 기점으로 양측이 그간 벌어졌던 거리를 좁히자는 것입니다."

놀자고 모인 자리가 일하자고 모인 자리가 된 격이었으나 누구도 그것에 대해 불평을 터뜨리지 못했으니 사안이 가지는 중요성이 현실감을 갖고 다가왔기 때문이었다.

그때 상석, 본청 마루에서 음성이 들려왔으니 곤륜의 염천악 장로였다.

"생각해 볼 만한 제안이로군."

아미파와 첨성파, 그리고 점창파의 음성도 뒤를 이었다.

"너무도 갑작스럽고 아직은 뜬구름 잡듯 허황되게 들릴 수도 있으나 고려해 볼 만하군요."

"삼백 년 만에 공식적으로 변황과의 재교류라……."

"당장은 실현되기에는 무리가 있으나 사실 언제까지 이렇게 지낼 수도 없긴 하지요."

세외와 가까운 문파들이었으니 상대적으로 움직일 수 있는 반경에 있어서 행동 제약이 많았던 이들이다.

무림문파라 하나 그 기본적인 생계는 주변에 있는 일반인들의 생활과 밀접한 연관이 있는 법, 그들이 풍족해지면 그것은 자신들의 세력이 커질 수 있는 기반이 될 터였다.

무림 원로들 중 긍정을 표하는 말이 나오자 장내는 더할 수 없이 찬성의 갑과 반대의 을로 나뉘어 소란스러워졌다.

잠자코 지켜보던 검왕의 미간이 살짝 찡그러지려 할 때였
다.

검왕의 기색을 읽었음인지 정일군이 재빠르게 목소리를
높였다.

"제 말은 지금 이 자리에서 당장 그것을 정하자는 뜻이 아
닙니다. 저 또한 무조건 적으로 그것에 찬성하는 것도 아닙니
다. 다만 이 일은 무림의 중대사이니 차후 이에 대한 본격적
인 논의에 앞서 여러 영웅들이 있는 자리에서 일단 운을 떼는
정도로 하려 했던 것입니다. 무림을 지키고 키워가는 것은 이
곳에 모인 분들이 핵심이니까요."

쉬운 길을 나두고 어려운 길로 돌아가고 싶어하는 나이이
니, 갑자기 좌측에서 한 사내가 벌떡 일어나 소리쳤다.

"나는 곤륜의 호일산이오!"

"곤륜의 새롭게 떠오르는 신성 호 대협이셨군요."

정일군이 가볍게 포권을 뻗어 예를 취해 보였다.

예를 예로써 답한 후 상기된 얼굴의 호일산은 정일군이 아
닌 주변을 둘러보며 입을 열었다.

"신성이라는 것은 과분한 말이오. 나는 이때까지 무공만을
익히고 살아와 무식하여, 무슨 말인지 모두 알아듣지는 못했
으나 무림의 안위와 발전을 생각하는 정 대협의 드높은 기백
만은 분명히 느꼈소. 소문은 믿을 것이 못 된다고 하더니 정
대협에 대해 들었던 헛된 소문들은 내 머릿속에서 지워졌고

눈으로 본 사실만이 가슴에 채워졌소.”

“과찬이십니다.”

명숙들이 모인 자리에서 약간은 객기에 가까운 얼큰하게 취기가 올라 있는 모습이었지만 정일군은 싫다는 기색도 없이 웃는 낯으로 다시 답례를 취했다.

주변을 휘휘 저어본 정일군이 멋쩍은 웃음을 지으며 입을 열었다.

“감히 주제넘게 나서서 제가 즐겨야 할 자리를 망치지 않았나 하는 걱정이 드는군요. 이런 기회가 별로 없다는 사실에 마음이 조금은 조급해졌나 봅니다. 죄송합니다. 죄를 사하는 기분으로 부족하나마 검무를 추어 떠나간 흥을 되돌려 볼까 하는데…….”

“……!”

뜬금없이 나타나 난데없는 말들을 하더니 이제 이 또 무슨 별스러운 말인가.

자심 당황해 있던 좌중 중에서 골치 아픈 것을 싫어하는 누군가가 가볍게 요란을 떨었다.

“검왕님의 셋째 제자의 검무라?”

“와하하. 그거 좋구나!”

좌측에서 요란한 음성이 터져 나왔다.

밤과 술과 젊은 피들이 만났으니 군중 심리는 가볍게 이리저리 움직이는 것이라.

난데없이 나타나 분위기를 무겁게 만들었고 이제는 갑자기 띄우겠다고 나서고 있었으니 하나같이 알 수 없는 노릇이었지만……

불편한 기색을 대놓고 들어내는 이들도 우측에서 심심찮게 보였으나 자신들은 어디까지나 초대받은 객의 입장이었다.

정일군은 검왕을 쳐다보았고 살짝 끄덕이는 고개를 보았다.

사부로서 제자에게 전할 것은 전했으나 한동안 그 성취는 보지 못했으니 궁금증도 일었고 제 스스로 자신있게 나섰으니 창피를 면할 정도는 되리라.

호흡을 나직이 가다듬으며 정일군이 검을 빼 들고 달을 벗삼아 춤을 추기 시작하였다.

땅 아래에서 완만한 곡선을 그리며 빙글빙글 돌던 검이 하늘의 달을 그리고 있었다.

영롱한 달빛 아래서 부드럽고 둥글게 원을 그리며 휘감고 있는 화려한 검무를 보며 눈치 빠른 악사 하나가 노래를 부르기 시작했다.

이태백이 놀던 일곱 개의 달이라 했던가.
하늘에 뜬 달이 그 하나요
물 위에 비춘 달이 그 하나며

술잔 속에 비춘 달이 그 하나라

애틋하게 마주 보고 있는 연인과 내 눈 속에 네 개의 달이
떠 있으니

나에게도 일곱 개의 달이 떴구나.

저들끼리 눈치를 주고받던 악사들도 한동안 멈춰 있던 풍
월을 울리기 시작했다.

한동안 검무와 음악이 어우러져 현실 속에서 환상을 만들
어내고 있었다.

그러나 꿈꾸는 것 같은 몽롱한 분위기는 일순간 깨졌다.

불현듯 이제껏 가만히 서 있던 포달랍궁의 이방인, 방문자
인 매군염이 검을 빼어 들고 주인인 정일군에게 달려든 것이
었다.

"엇!"

누군가 잠에서 깨어나 화들짝 소리를 질렀으나 다른 이들
은 눈으로 술이 과한 그를 한번 탓하고 다시 중앙으로 시선을
돌릴 뿐이었다.

이곳에 모인 자들 중에 정파의 고수가 아닌 자가 없었으니
이인(二人) 검무를 싸움으로 착각하고 끼어들 자는 없었던 것
이다.

매군염의 검이 반월을 그리며 정일군의 목 위로 움직이고,
정일군은 그것을 피하면서 보름달을 그려 매군염의 몸을 찍

어왔다.

매군염의 다리가 하현달을 그리며 비스듬히 공간을 비쳐 갔고 정일군의 다리가 상현달을 그리며 공간을 메워갔다.

달이 그려지고 지워지고 또다시 달이 뜨고 졌다.

반달과 반달이 만나 보름달을 만들었다가 다시 쪼개져 반달이 되고, 또다시 갈려 상현과 하현으로 나뉘었다.

그리고 마침내 일곱 개의 달은 사라지고 두 개의 달만 자리를 채웠으니, 검무는 끝이 났고 하늘에 떠 있는 하나의 달과 관객들의 가슴속에 새롭게 떠오른 하나의 달이 그것이었다.

외부에서 온 정파의 핵심 인물들에게 정일군이란 인물에 대한 생각 자체가 달라지는 순간이었다.

전해 듣던 명성이 뛰어난 사람이 실제로도 그렇다는 것을 확인하는 것과 형편없다고 알고 있던 사람이 풍문과는 다르게 실제로는 뛰어나다는 것을 확인하는 것은 분명히 다를 터였다.

역시라는 끄덕임과 이럴 수가라는 외침의 차이가 그것이었으니…….

바로 확인(確認)과 각인(刻印)의 차이였으니 극적 반전이 이것을 노리는 것이리라.

어느 것이 사람의 마음을 단번에 휘어잡을지는 자명한 일.

더군다나 정일군은 삼백 년간 끊어져 있던 중원과 변방의 줄을 맞잡고 있는 유일한 자란 기이한 신분을 갖추고 나타나

기도 했으니…….

　짝—

　짝— 짝짝—!

　짝짝짝짝짝짝—

“우와와아—! 최고다. 멋진 검무였소!”

“이쪽으로 오시오, 정 대협. 한잔합시다. 내 한잔 따르리라!”

안목(眼目)이 없지 않으니 수준을 몰라보지 않았다.

사방에서 박수가 작은 바람을 만들더니 이내 탄성이 거대한 회오리를 만들었고, 정일군은 사람들의 틈바구니로 이내 사라져 보이지 않게 되었다.

“젊은이다운 기백에 좋은 솜씨로군요. 정무단의 미래가 밝습니다. 한잔 드시지요.”

“그러게 말입니다. 셋째 제자 분에 대한 헛소문도 있고 하여 내심 우려하던 차였는데 모두 늙은이의 기우에 불과했군요. 허허.”

소림의 청명 대사와 무당의 광법 진인이 앞서거니 뒤서거니 하며 검왕에게 기꺼운 마음을 전했다.

그러나 검왕은 무슨 생각을 하는지 아무런 대꾸도 없이 작은 인사치레 웃음만 입끝에 매달고 묵묵히 술잔을 기울일 뿐이었다.

이번엔 광록대부(光祿大夫) 문일성이 작은 목소리로 말을 꺼냈다.

"변방과의 교역이라. 적정한 방도만 찾는다면 나라에서도 적극 장려하면 했지 크게 말리지는 않을 것입니다."

"아직 그런 말은 이르지 싶소. 돌다리도 두들겨 보고 지날 참인데 난데없이 찾아온 자들의 무엇을 믿고……. 포달랍궁이라 하는 말도 자기들의 말뿐이지 않소. 이곳에 모인 누구도 변방의 상황을 정확히 읽고 있는 자는 없는 것이 사실이오. 조심할 필요가 있소이다."

개방의 칠월신개가 우려의 목소리를 냈지만 화산파의 장문인 안소부가 감시관(監試官)이 되어 방문자들의 정체에 대한 검증(檢證)을 시켜주었다.

"혹시나 했는데 전해들은 포달랍궁의 무공 와선검법(渦線劍法)이 맞는 것 같군요. 중원에는 그 무공을 사용한 자가 수백 년간 없으니 변방에서 왔다는 저들의 말은 믿어도 될 것 같습니다. 정무단주님의 월영검법(月暎劍法)과 어울리니 한 쌍으로 잘 어울리는 것이 참 보기 좋았습니다. 하하."

"음… 검법에 대한 조예가 깊은 화산 장문인이 그러시다면야……."

칠월신개는 걱정 가득한 얼굴로 애꿎은 술만 들이켰다.

그 모습을 잠자코 바라보던 곤륜의 장로 염천악이 조용히 검왕에게 속삭이듯 말했다.

"우리끼리 추후에 진지하게 논의해 볼 만한 일이군요. 물론 정무단주님의 셋째 제자 분도 참석하셔야 하겠군요."

여전히 검왕 용벽관은 말이 없었다.

그저 그의 시선은 한편을 지그시 바라보고 있을 뿐이었으니 그곳에는 사람들에게 둘러싸여 웃고 있는 정일군이 있었다.

한 사람의 결투가 이렇게 끝을 맺고 있었다.

비슷한 시작, 또 한 사람의 결투가 다른 방식으로 시작되고 있었다.

노인과 노인은 오 장여를 격하고 마주 보고 있었다.

"검은 그것으로 되겠소?"

"빌려주신 것만 해도 감사할 따름이지요."

무기를 빌리는 무인이라, 그러나 비웃기에는 그 모습에서 느껴지는 기운이 범상하지 않았다.

슉— 슉—

슈우우웅—!

휙휙 손을 내저으며 낯선 검과 호흡을 맞추고 있는 방문자의 손끝에서 날카로운 검기가 흐르고 있었다.

무인의 꿈을 꿨으나 문인을 강요당했고 자유를 갈망했으나 속박을 받아들여야만 했던 삶이 검끝에 맺혀 있는 것만 같았다.

평온한 눈으로 전방을 주시하던 남궁진산이 시선을 하늘

로 돌렸다.

'괜찮은 기운이고 훌륭한 자세로구나. 저 정도면 절정의 초입에 들어섰으리라. 그러나…….'

싸움에 앞서 생각이 많은 것은 곤란하다.

가볍게 머리를 흔들며 남궁진산이 입을 열었다.

"자리를 옮기는 것이 어떻겠소. 이곳은 나의 안방이나 다음이 없으니, 이 대결은 공평하지 않은 것 같소. 원한다면 아무도 없는 곳에서 둘만의 시간을 가져도 상관없소."

"그것이야말로 상관없는 얘기입니다. 이것은 당연한 일. 지금 주위에 있는 것들은 지금까지 당신이 일구어 세운 업적이니 난 조금도 불공평하다고 생각하지 않습니다. 이 모든 것이 당신의 힘이니……."

귀로 듣던 남궁진산은 결국 입으로 한숨을 내쉴 수밖에 없었다.

정녕 아까운 자였다.

다른 때, 다른 장소에서 만났더라면 좋은 지기가 될 수도 있었을 것을.

그러나 어쩌랴, 마음이 가는 곳과 몸이 가는 것이 다른 강호였거늘.

"내가 만약 이 싸움에서 불리해지거나 혹 패배한다 해도 그 누구도 한 발자국도 움직이지 말아야 할 것이다. 또한 그럴 경우 그가 남궁가를 나가는 발길 앞에 한 점 돌부리도 막아서는 안 될 것이야. 검을!"

풍경의 일부인 듯 미동없이 서 있던 풍영이 다가와 낭창거리는 연검을 남궁진산의 손 안에 놓고 다시 구석에 시립했다.

피리리리—

이미 남궁대수에게 물려준 천하의 명검 광접(光蝶)에 비할 바는 아니었지만 제법 괜찮은 날갯짓을 보이는 검을 흔들어 보며 남궁진산은 흔들리는 마음을 다잡았다.

오랜만에 하나의 목숨을 거두어들일 시간이 찾아왔음을 알고 있기 때문이었고 그자가 오랜만에 마음이 가는 사람이기도 했기 때문이었다.

'왜 죽으려 하는 것일까.'

백 번 싸워 백 번 이길 자신이 있기에 드는 의문이었다.

조금 후에 결정될 것이나 이미 정해져 있는 싸움의 승패, 그것은 자신도 알고 저 방문자도 알고 있기도도 할 것이었다.

잠시 상념에 빠져 있던 남궁진산이 고개를 들어 물끄러미 앞을 바라보았다.

검에 의해 제 몸통이 찢어진다고 비명을 지르던 공기의 파공음이 어느새 사라져 있기 때문이었다.

잠시나마의 휘두름으로 약간이나마 손에 익은 검을 바라보던 방문자가 고개를 끄덕여 이제는 준비되었음을 알려왔다.

그리고는 잠시 망설이는 것 같더니 품속에서 무엇인가를

꺼내 자신 쪽으로 던지는 것이 보였다.

획—

탁!

둥근 포물선을 그리며 날아오다 속절없이 바닥으로 추락한 서찰이 애처로워 보였다.

이제 곧 죽을 노인의 얼굴에 한줄기 의아함이 흐르는 것을 본 남궁진산이 천천히 입을 열었다.

"그대와 내가 싸우게 된 것이 어떤 이유로 시작되었는지 지금의 나는 관심없소. 이 서찰을 받는 것은 쉬우나 나의 손이 지금 검만을 쥐고 싶어하기에 손을 뻗지 않았소. 싸움이 끝난 뒤 살펴보리라."

눈이 마주친 김에 서찰을 가볍게 던졌던 방문자 노인의 눈에 자신에 대한 자책과 상대에 대한 감탄이 동시에 일어났다.

"결례를 범했군요. 싸움에 앞서 나를 구속하는 모든 것을 벗어던지고자 했던 것이니 너무 탓하지는 말아주시기를……. 시작하도록 하지요."

"남기실 말은?"

이미 기세가 돌변한 남궁진산이 무덤덤한 음성을 툭하니 던졌고 그것을 받아 든 방문자는 고뇌하는 표정이 되었다.

망설이던 시간이 끝나고 방문자의 입이 혼잣말하듯 천천히 움직이기 시작했다.

종일망혜신각행(終日芒鞋信脚行)
일산행진일산청(一山行盡一山靑)
심비유상해형역(心非有想奚形役)
도본무명기가아(道本無名豈假成)

종일토록 짚신 신고 마음 가는 대로 걸어
산을 다 넘으면 또 푸르른 산
마음은 물건이 아닌데 어찌 육체의 노예가 되리요
진리는 이름이 없거늘 어찌 위선을 행할 것인가

김시습(金時習), 무제(無題)였다.

마음에서 절로 일었다가 입 밖으로 나온 시를 다시 마음 안으로 되새긴 후 방문자는 하늘을 우러르며 소리쳤다.

"내가 살아온 칠십 년. 나에게는 남들이 가진 것들이 없었다. 그러나 남들이 갖길 원하지 않는 것은 차고 넘쳐흘렀다. 내가 자라며 하늘이 공평하다는 것이 거짓임을 깨달았을 때 난 울며 저주했다, 나와 내가 사랑하는 이를 묶고 있는 숙명의 사슬을. 내가 이제 무인으로 죽고자 하는 것은 그것에 대한 치기 어린 반항에 불과할지도 모른다. 그러나…… 나는 이제 한순간이나마 원하는 삶을 살아가길 소망한다."

누구에게 하는 말일까.

그러나 남궁진산은 묻지 않았다.

대신 생전 처음으로 싸움 전에 고백을 시작했으니 눈앞에 있는 자는 증오할 적이 아니라 동정해야 할 친구라는 생각이 들었기 때문이리라.

장례를 치러주듯 정중한 예를 갖추리라.

남궁진산도 하늘을 우러렀다.

"나는 평생 이 검과 함께 살아왔소. 어린 시절에는 가문을 등에 업었다고 쑥덕거리는 소리도 들었으나 수염이 턱에서 제법 멋들어지게 자리 잡을 무렵에는 아무도 그런 소리를 하는 자는 없었소. 나는 스스로의 힘과 능력으로 이 자리에 올랐다 자부하는 바이요. 피의 바다라 할 곳을 건넜고 뼈의 산이라 할 곳을 넘었으며 그곳에 나의 것도 보태며 달려왔소. 당신이 이제껏 어떤 삶을 살아왔는지는 모르나 나의 삶을 부러워하고 있다는 것만은 이제는 아오. 그것에 경의를 표하며 당신이 원했던 삶으로 당신이 부정했던 삶을 끝내주겠소."

"고맙습니다. 시작하도록 하지요."

남궁진산은 눈앞에 서 있는 자가 전하는 감사가 빈말로 하는 것이 아님을 느끼며 자신으로서는 최고의 대답을 해주었다.

"이미 시작되었소!"

난생처음 느끼는 감정이 가슴속에서 벅차오르는 것을 느끼며 초목이 벌벌 떨도록 힘차게 고함을 질렀다.

"영해요!"

"남궁진산이요!"

한 명이 그토록 갈망했으나 결국 손에 잡을 수 없던 삶.

그리고 그 삶을 살아온 다른 한 명.

걸어온 삶은 달랐으나 서로가 가장 사랑하는 자를 위하여 싸워야만 하는 것은 같은 이들.

이들의 싸움은 그렇게 시작되고 있었다.

나이 오 세.

어느 날 자기 자신보다 더 사랑하는 동생이 무공을 익히기 시작했다며 치기 어린 표정과 미숙한 동작으로 펼쳐 보이던 움직임을 본 순간, 가슴속에 열망의 불꽃이 조금씩 꿈틀거리던 나이였다.

또한 이미 무(武)가 아닌 문(文)으로 운명이 정해져 있던 나이이기도 하였다.

나이 칠십이 세.

생전처음 갈망하던 무인이 된 나이였다.

도둑질이나 마찬가지의 방식으로 몰래 훔쳐 배운 무공이며 실전 경험이 전무(前無)하다 싶었지만, 말뿐이 아니라 진정 싸움은 이미 시작되었음을 영해는 곧 알아차릴 수 있었다.

그래서 기뻤다.

조여오는 살기는 자신을 적으로 인정해 준다는 의미와 다름이 없었기 때문이었다.

속전속결(速戰速決)!

슈우웅—

영해의 몸이 허공을 가르고 둘 사이의 거리를 무(無)로 되돌리고 있었다.

처음부터 기다릴 생각은 없었으니 머리 쓰는 것을 지상 과제로 알고 살던 점잖은 학자는 간데없고 눈앞의 물체를 베어내겠다는 생각만이 가득한 저돌적인 무인만이 있었다.

바람이 되어 날아들었다.

우 상단으로 치켜들었다가 좌 하단으로 휘둘러진 검이 허공을 베어냈고 바로 코앞까지 다가온 남궁진산의 정수리의 터럭을 스치고 있었다.

휘익—!

원했던 것은 이 소리가 아니었다.

영해는 아직 바닥과 만나지 못한 몸을 바로 비틀었다.

등 뒤로 출렁거리며 스쳐 지나가는 남궁진산의 긴 머리가 은빛으로 출렁거렸다.

탁—!

파바바바박—

영해는 땅을 낮게 박차며 빠르게 뒷걸음질쳐 거리를 벌리고 있었다.

분명 공격해 들어간 것은 자신이었는데 언제 당한 것일까.

그가 지나간 땅 위에 긴 점선이 생겨나며 그를 따라 구불구불 움직이고 있었지만 영해는 자신의 피로 만든 작품을 감상

할 여유가 없었다.

도적처럼 기척도 없던 방금 전과는 달리 이번엔 눈을 멀게 하려는지 남궁진산의 검이 현신하는 부처처럼 번쩍이며 뒤따르고 있었기 때문이었다.

'위험하다!'

'위험하다.'

의외로 이것은 쫓기는 자와 쫓는 자의 마음에서 꼭 같이 울린 소리였다.

남궁진산은 사선으로 갈라오는 영해의 검을 우 하단으로 몸을 꺾어 피하는 것과 동시에 그의 옆구리에 일검을 선물하였다.

득과 실은 분명한 상황이었지만 방금 전 일합에서 느낀 것은 위험하다는 것뿐이었다.

초식도 없고 법칙도 없으며 흐름마저도 없었다.

다만 상대를 베고 나도 죽겠다는 휘두름일 뿐이었다.

그런 검법은 정제된 검법보다 의외성이 많다는 것을 남궁진산은 잘 알고 있었고 그 때문에 그는 언제 튀어나올지 모르는 변수를 차단하고 단번에 승리하기 위해 추격을 개시한 것이었다.

후퇴하는 영해의 꼬리를 잡으려 날아든 남궁진산의 검이 여러 갈래로 갈라졌다.

어쩌면 검이 아니라 벚꽃이 바람결에 우수수 휘날리는 것일지도 몰랐고 그 연분홍빛 아름다운 자태를 한 마리 나비가 휘놀고 있는 것일지도 몰랐다.

현실임이 분명하나 환상처럼 보이는 찬란한 검기가 요란한 변화를 보이며 다가서고 있었다.

환상난무검(幻像亂舞劍) 남궁진산.

연검이라는 결코 보기 쉽지 않고 다루기는 더욱 쉽지 않은 무기를 백 년 이내 가장 잘 다룬다는 자의 공격이었으니 어찌 흔한 것일까!

푸쉿―!

허벅지의 살덩어리로 검을 막은 영해는 다시 처음과 같은 방향, 우 상단에서 좌 하단으로 검을 휘둘렀다.

검기가 빛살이 되어 환상 속을 파고들었다.

"합!"

남궁진산은 짧은 기합과 함께 몸을 누여 쏘아져 오는 검기의 결을 흘려보냈다.

그리고 다시 몸을 세우는 기세를 이용해 영해의 허리를 두 동강 낼 작정으로 팔을 휘둘러 보냈다.

시간을 되돌린 듯 좀 전과 꼭 같은 상황!

푸쉿―!

영해의 반대쪽 옆구리에서 또다시 피가 튀어 올랐으니 허리가 절단되는 대신 한줄기 긴 자상으로 틀어막은 그는 지면과 수평으로 공중에 몸을 누이고 있었다.

사선으로 베던 힘에 몸의 중심이 아래로 쏠리는 것을 이용해 그대로 지면에 있던 발을 허공으로 박차 올린 것이었다.

쏴아아—

허리를 노리고 수평으로 날아들던 검이 배 밑으로 스쳐 지나가고 있었다.

영해는 머리가 땅으로 기울고 다리가 하늘로 솟아오르는 체공 시간을 이용하여 뻗어 있던 검을 끌어당겼다.

눈앞에서 상대를 잃어버린 남궁진산이 미처 자세를 수습하지 못하고 있는 것이 느껴졌다.

영해의 검이 땅과 마찰을 일으키며 불꽃을 피워 올렸다.

번쩍—!

위에서 아래로 이번엔 아래에서 위로, 방향은 역으로 뒤집혔으나 또다시 단순한 사선베기일 뿐이었다.

그러나 남궁진산은 이번엔 다르다는 것을 직감으로 알아차리고 있었다.

'함정이다!'

생각과 동시에 남궁진산의 신형이 검이 오는 방향으로 핑그르르 회전하며 검기를 다시 흘려보낼 시도를 했다.

그러나 회전은 미처 가속되지 못했는데 검기는 이미 지척에 이르고 있었으니 이대로라면 얇은 자상이나마 가슴에 새길 참이었다.

남궁진산은 좌에서 우로 수평으로 돌던 몸에 수직의 변화를 더해 뒤로 누였다.

비스듬한 사선이 직각으로 변하며 영해의 검이 남궁진산의 몸이 있던 허공을 지나가다 아직 피하지 못한 아름다운 은발을 같이 가져갔다.

'아직!'

후회는 아무리 빨라도 늦다 하였던가.

단번에 끝내려 마음먹어 이 상황을 자초한 자신을 탓할 겨를도 주지 않고 이어지는 파상공세는 여전히 계속되고 있었다.

탁—!

타다다닥—

이번엔 남궁진산이 뒷걸음질로 빠르게 거리를 벌리고 있었다.

실수에 대한 만회는 숨 한 번 쉴 시간만 얻으며 충분하리라!

그러나 좌우의 옆구리와 한쪽 허벅지까지 내주며 얻은 공세를 영해는 놓치려 하지 않았으니 악귀같이 일그러진 얼굴로 남궁진산을 따라붙고 있었다.

그리고 날아드는 영해의 사선!

연검이 빠르게 뻗어들며 사선의 중간을 강하게 때려 뒤로 쏘아지는 힘을 보탰다.

땅—!

둘의 검이 서로 부딪힌 충격파 때문이었는지 남궁진산의 신형이 허공에서 멈칫거리는 것이 보였다.

또다시 사선!

휘익―!

그러나 그곳에 남궁진산은 없었다.

후퇴하던 남궁진산의 신형이 허공중에 잠시 멈칫거리는가 싶었는데 아무런 예비 동작도 없이 직각으로 몸을 꺾어 피했던 것이었다.

남궁가의 절기 해연(海燕) 신법.

선회하는 제비처럼 허공에서 반 바퀴 몸을 돌린 남궁진산이 가볍게 땅으로 발을 짚었다.

두 명의 노인은 약간의 거리를 두고 대치한 상태로 싸움 전과 마찬가지로 서로를 물끄러미 바라보았다.

그러나 모습은 싸움을 시작하기 전의 처음과 분명히 달랐다.

공격은 영해가 주도했으나 그는 턱끝까지 차 오른 숨을 진정시키기 위해 가슴을 달싹이고 있었고 벌어진 상처들에서는 막힌 둑을 타고 넘는 해일처럼 피가 흘러넘치고 있었다.

방어 일변도였던 남궁진산의 호흡은 고요했지만 영해를 바라보는 눈동자는 흔들리고 있었다.

입을 달싹이려던 남궁진산은 뜨거운 열기에 휩싸인 영해의 눈을 보고는 말이 아닌 한숨을 내쉬었다.

고개를 좌우로 절래 흔든 남궁진산이 괴로운 싸움을 끝내기 위해 움직이기 시작했다.

검을 지팡이 삼아 자세를 다잡은 영해가 왼발을 반보 앞으로 내딛고 검을 상단으로 치켜드는 것으로 마주 오고 있는 적을 환영할 준비를 끝냈다.

'배려인가……. 고맙군.'

더 이상 방금과 같이 고속으로 움직이며 전투를 벌이는 것은 무리라.

다가오는 남궁진산도 알고 멈춰 있는 자신도 알고 있는 사실이었다.

영해가 하늘로 치켜든 검을 내려치면 검끝에서 솟구친 검기의 여파가 머리에 닿을 거리에 이르렀지만 남궁진산은 전진을 멈추지 않았다.

조금의 주춤거림도 없이 고요히 거리를 없애고 있을 뿐이었다.

멈추지 않았고 도망가지 않았으니 이윽고 둘의 거리가 없어졌다.

휘이이잉―!

영해의 검이 하늘을 두 쪽 내려는 기세로 휘둘러지며 남궁진산의 정수리를 찍어나갔다.

그러나 그보다 빠르게 목표물은 품 안으로 뛰어들고 있었으니 남궁진산은 영해의 검을 보고 있지 않았으며 처음부터 그의 눈만을 주시하며 다가오고 있었던 것이었다.

이번엔 남궁진산의 파상공격이었다.

그리고 영해는 자신의 첫 공격이 끝나고 마음이 흔들리기 시작한 순간부터 결국 이렇게 될 것을 이미 알고 있었다.

살을 주고 뼈를 깎는 것은 바라지도 않으니 목숨을 주고 생채기라도 내보이리라!

그 마지막 최후의 한 수를 위한 방어의 시간이 찾아왔다.

챙챙챙챙챙—

쑹—!

어지럽게 얽히며 그물을 치던 남궁진산의 검이 갑작스럽게 튀어나왔다.

황급히 고개를 젖혔지만 뺨을 스치고 지난 것으로 모자라 뒤통수에서 반쯤 꺾여 관자놀이 부근을 찌르려 들었다.

남궁진산의 무기는 살아 있는 검, 자유로운 검.

그 이름 연검이었다.

영해의 고개가 앞으로 숙여졌고, 검은 그의 한쪽 귀를 바닥에 떨어뜨리는 것으로 만족하고 낭창거리며 원래의 자리로 돌아갔다.

"으아악—!"

간헐적으로 기합을 넣으며 또다시 사선으로 검을 휘둘렀다.

이미 몇 번이나 경험한 검의 괘적은 남궁진산의 차가운 눈을 속이지 못했으니 가볍게 흘린 뒤 검을 재출동시켰다.

서걱ㅡ!

툭.

영해는 토끼가 깡충거리듯 뒤로 물러났고 남궁진산은 그를 쫓지 않았다.

남궁진산이 바라보고 있는 바닥에는 잘려진 오른손이 뒹굴고 있었다.

바람이 불어 대나무 잎을 흔들며 자신의 마음도 어수선하게 흔들고 있었으니 남궁진산이 크지 않은 음성을 바람결에 실어 영해에게 보냈다.

"휴. 그만 하도록 하지요. 오른손이 망가졌으니 더 이상은 할 수 없을 것 같으오. 내 평생 무인이라 하는 이들을 많이 보았지만 당신 같은 기백의 무인은 손에 꼽을 정도요. 대수의 행방만 말하고 당신의 자리로 돌아가시오. 아니면 차라리……"

남궁진산은 하던 말을 끝낼 수 없었고 대신 자신의 우둔함을 가슴 깊이 탓할 수밖에 없었다.

영해는 빠르게 다가와 바닥에 떨어진 오른손에서 검을 낚아채 되돌아가고는 왼손을 허공으로 이미 옮기고 있었다.

가쁜 호흡을 숨기지 않고 영해는 가슴으로 숨을 쉬며 억지로 입을 열었다.

"미안하군요. 나는 돌아갈 자리가 없소이다. 내 누울 자리는 이곳이외다."

"아니오. 내가 미안하오. 내 그대를 모욕했군. 최고의 예우로서 그 잘못을 속죄하리라."

죗값 청산을 운운하는 남궁진산의 전신에서 이제까지와는 비교할 수 없는 패기가 넘실거렸다.

덕분에 반쯤은 저승 문턱을 넘고 몽롱한 의식의 물결에 휩쓸려 헤매고 있던 영해는 정신을 바짝 차릴 수 있었다.

'나는 아직 죽지 않았다. 나는 아직 지지 않았다. 오라, 운명이여!'

이번이 마지막이 되리라.

영해는 생명을 불태워 얻은 힘으로 운명에게 반항하며 거칠게 뛰어들었다.

대대로 내려오는 업을 끊으려는 필사의 휘두름.

우 상단에서 좌 하단으로, 역시 이번에도 지금까지와 마찬가지인 사선이었다.

슈우우웅―!

공기 외에는 걸리는 것이 없었으니 영해, 자신의 검은 운명이 아닌 허공을 베었다.

파바박!

번쩍―!

그리고 남궁진산의 검은 자신의 두 눈과 하나뿐인 손의 손가락 몇 개를 베었다.

벗어나려 해도 벗어날 수 없는 운명인가, 영해의 검이 손가락들과 같이 허공으로 튕겨져 올랐다.

'하, 단조로운 무공은 어설프나 기백만큼은 가히 초절정이라 할 만하구나.'

검이 베고 지나간 지금에도 아직도 우뚝 서 있는 영해의 모습을 보며 남궁진산이 탄식인지 탄성인지 모를 소리를 마음에 흘렸다.

일합 때는 위기를 느끼게 할 만큼 방어를 도외시한 거친 공격이었지만 남궁진산 같은 고수에게는 두 번은 통하지 않는다.

하물며 결투 와중에 지금껏 몇 번이나 봤음에야.

남궁진산의 영해의 최후의 공격을 상체를 비트는 것으로 간단히 피하고 일검으로 두 개의 변화를 만들며 그의 얼굴과 검을 든 좌수를 베어나갔다.

슈우웅―!

지렁이도 밟으면 꿈틀된다고 하였거늘, 하물며 사람이야.

영해는 꿈틀거리는 움직임으로 반사적으로 몸을 틀어보려 했지만 얼굴 대신 두 눈을 좌수 전체 대신 손가락과 검을 대가로 내줘야 했다.

영해의 손가락 세 개와 검이 허공으로 튀어 올라 자신의 시야에서 사라졌다.

'잘 가시게.'

남궁진산의 검이 천천히 움직이기 시작했다.

'응?'

찰나의 순간도 되지 않았지만 갑자기 혈류의 흐름이 거세지고 심장이 요동치며 숨이 가빠오기 시작했다.

이것은 또 무엇이란 말인가.

남궁진산의 눈이 빠르게 적의 상태를 다시 확인했다.

양측 옆구리와 허벅지에 중상, 오른팔 절단, 하늘로 뻗어 있는 왼쪽 손가락 세 개 절단과 두 눈 실명, 무기 어느 곳에도 없음.

그럼에도 이 기묘한 기분은 무엇이란 말인가.

잠시 주저하던 순간 번개가 쳐 뇌리에 꽂혔다.

'하늘로 치켜든 왼쪽 팔! 무기 없음!'

"우 상단!"

허공에서 혼자 춤을 추고 있는 검이 언뜻 보이는 것을 느끼며 남궁진산은 이를 악물고 연기가 꺼지듯 신형을 필사적으로 뒤로 내뺐다.

가지 끝 마지막 남은 잎사귀가 이러할까.

영해의 얼굴에 희미한 미소가 금방이라도 떨어질 듯 아슬아슬하게 걸려 있었다.

남궁진산의 검이 얼굴을 휘감아왔다.

'피하지 않으리라. 피하면 다음은 없다! 기꺼운 마음으로

내주리라. 어차피 단 한 번도 빛을 보지 못했던 눈!'

화끈한 감각이 두 눈을 훑고 지나갔다.

목표를 향해 유영하듯 미끄러져 가는 뱀처럼 다시 허공중에서 방향을 전환한 남궁진산의 검이 손을 타고 오르고 있었다.

'이것도 주리라. 나를 위해 써본 적 없는 손!'

필사적으로 엄지와 검지를 보호하며 검을 허공으로 놓아버렸다.

준비를 위해 할 일은 다했으니 이제는 결과를 기다릴 시간이었다.

'하늘이여, 당신은 나에게 무엇도 주지 않고 앗아만 갔지만 나는 당신에게 도움을 청한 적이 없습니다. 그러나, 그러나 하늘이여. 이번 한번. 내 평생 단 한 번만 나를 도와주소서. 나 역시 당신이 버려둔 것이 아닌 한 인간으로 태어났음을 증명하도록 해주시옵소서! 나의 손에 주소서, 나의 운명을 베어낼 검을!'

덜컥─!

하늘이 기도를 들었음인가.

두 개밖에 안 남은 채로 허공을 치켜들었던 손끝에 허공을 두 바퀴 돌고 떨어지던 검이 기적처럼 걸리고 있었다.

영해의 입끝에 가느다란 미소가 맺혔다.

비록 보이지 않아도 알 수 있으니 몇 번이나 휘두르고도 여유롭게 피하는 남궁진산의 움직임을 몸과 가슴에 새기고 있었던 것이다.

비록 손가락이 두 개밖에 남아 있지 않은 손이었지만 지금까지의 그 어떤 선보다 빠르고 아름다운 사선이 영해의 손끝에서 그려졌다.

슈융―!

'아산아― 나는 해냈다!'

핑―!

'늦었다!'

남궁진산은 죽음을 예감했으니 사신의 숨결을 자신의 숨결과 겹치는 것을 분명히 느낄 수 있었다.

상대는 자신의 예상을 완전히 뛰어넘고 있었던 것이다.

바로 무공이 아닌 정신으로.

핑―!

'……?'

죽음을 목전에 두고도 남궁진산은 무인이었으니 난데없이 들려온 파공성의 정체에 대한 궁금증이 저도 모르게 떠오르고 있었다.

핑― 핑―!

정신없이 몸을 움직이는 가운데서도 어쩔 수 없이 의문이 떠오를 정도로 분명 이상했다.

파공성은 계속 들리고 자신은 어느새 결코 빠져나올 수 없을 것이 확실하던 공세의 범위를 완전히 벗어나 있었다.

뒤따르는 어떤 기세도 없는 것을 확인한 남궁진산이 고개를 번쩍 들었다.

순간적이나마 자신의 목숨에 대한 결정권자가 되었음을 부인할 수 없는 자!

남궁진산은 자신 조금 앞에서 하늘로 팔을 치켜든 자세 그대로 굳어 있는 영해의 모습을 눈에 담을 수 있었다.

믿어지지 않는 현실, 믿고 싶지 않은 치욕에 남궁진산의 눈꼬리가 바람 앞에 문풍지마냥 경련을 떨기 시작했다.

세 대의 화살.

두 손가락으로 아직도 검을 쥐고 하늘로 솟아 있는 왼팔 손목에 하나, 심장에 두 개.

휙―!

상황을 파악한 남궁진산은 터질 듯 붉어진 눈으로 화살의 임자인 풍영을 바라보았다.

"이, 이, 이! 네, 이노오옴!"

"죽이소서. 저를 죽이소서. 그 분노가 풀릴 수 있다면 저를 죽이소서!"

남궁진산의 목에서 성대가 사라진 듯 가래 들끓는 소리만 간헐적으로 들려왔으며 얼굴에는 혈관이 터져 나갈 듯 요동치고 있었다.

"지, 지금! 무슨 짓을 한 것이더냐!"

오체투지(五體投地), 풍영은 서두르는 기색도 없이 서서히 두 무릎을 땅에 끓고 이어서 두 팔을 땅에 댄 다음 머리를 땅에 닿도록 깊이 묻었다.

다급함이 없어 오히려 비장함이 더해지고 있었다.

"도리가 아닌 줄은 아옵니다. 하지만 남궁가의 삼백 핏줄을 버리려 하시는 것입니까! 당신이 죽으면 뒤에 올 환란을 그들만으로 어찌 견디리이까! 남궁대수! 당신이 그토록 사랑하던 아이를 그냥 죽도록 하실 것입니까! 부디 저를 쳐 죽이는 것으로 모든 것을 잊으소서!"

세상이 멈추고 시간이 멈춘 듯 했다.

스쳐 가는 바람이 비웃고 어지럽게 지져 기던 산새들은 침묵으로 항의하고 있었다.

한 시진이 지난 뒤에야 남궁진산은 천천히 몸을 움직여 굳어 있는 영해에게 다가갔다.

털썩—!

죽은 자는 꼿꼿이 몸을 세우고 있었고 산 자는 털썩 무릎을 끓었다.

"당신이 이겼소. 나 남궁진산이 졌소. 인정하오리다. 당신의 삶 앞에 나의 삶이 졌소. 용서해 주시오. 그럼에도 조금 더 살겠다고 하는 이 못난 자를. 내 이름을 걸고 약속하리다. 가문의 위기만 넘기고 나면 스스로 자결하겠소."

한참을 중얼거리던 남궁진산이 자리에서 일어났다.

천천히 움직여 땅바닥에서 뒹굴고 있는 서찰을 집어 들고 읽기 시작했다.

"풍영!"

행방불명된 손자의 행방에 대한 단서를 보았으니 새로운 기운이 솟음인가 남궁진산의 목소리에 열기가 어렸고, 풍영은 오체투지가 되었으니 땅과 하나 되어 맞닿아 있던 고개가 번쩍 들리었다.

"하명하소서!"

"즉시 어르신께 연락을 취한다. 나 남궁진산이 평생 한 번뿐인 도움을 청한다고 말씀드려라."

황제가 없는 자리에서도 그의 이름이 나오면 반사적으로 고개가 꺾이는 법인가, 풍영이 다시 땅 깊숙이 머리를 박으며 떨리는 음성을 토해냈다.

"어, 어르신이라면!"

손끝에서 삼매진화가 일며 서찰이 타들어 갔고 이미 마음은 다 타들어 갔었는지 어느새 얼굴이 거무죽죽해진 남궁진산이 차가운 목소리로 명을 내렸다.

"저런 자를 키워낸 집단이다. 남궁가 최대의 위기가 닥쳐 올 터! 그럼에도 공식적으로 대대적으로는 움직일 수 없는 상황. 어르신, 무성(武星) 어르신에게 다녀와라! 약조를 지킬 때라 전하여라!"

내리기 힘든 결정이었으나 이제 번복은 없다.

천년거암처럼 굳게 마음을 먹은 남궁진산은 자신도 돌이 된 것처럼 일 점 미동도 없이 하늘을 바라보고 있었다.

절대자 칠천무신이니 그 사왕(四王) 삼성(三聖) 중 일인인 무성(武星).

그 이름 앞에서 사람들은 이렇게 경배의 염을 바친다.

"무성(武星)의 무상신공(無上神功)이 아니면 누가 이들과 마주 앉으리오!"

이제, 그 무성까지 움직이려 하는 것인가!

쿠구구궁!

풍영은 밀려오는 거대한 전율에 잠시 몸을 맡겼다.

"당장! 명, 명을 받들겠습니다!"

남궁진산은 황망히 사라지는 풍영의 기척이 완전히 없어질 때까지 미동없이 하늘만 바라보았다.

'풍영, 너는 나의 적을 쏜 것이 아니라, 나의 심장에 화살을 쐈구나.'

세상 보기 부끄러워 차마 들지 못하고 고개를 떨어뜨리는 남궁진산의 어깨가 한없이 쓸쓸해 보였다.

음모(陰謀)

밭을 갈고 씨앗을 뿌렸으며 마음도 갈고 정성도 뿌렸고, 모두 힘을 모아 가꿨으니 이제 할 일은 다했으리라.

비록 토지가 아닌 남의 시체를 자양분 삼았고 물이 아닌 남의 피를 수분 삼았으나 어김없이 열매는 맺기 시작했다.

인고의 겨울이 가고 탄생의 봄이 지났으며 땀의 여름이 가고 추수의 가을이 다가오니 이제는 지켜볼 시기리라.

다 함께 두고 보자꾸나.

무엇이 자라나 어떤 과실이 맺힐지를.

하나, 이단계 진행 상황.

천의 장문영 사망.

장왕 고원월 사망.

영만호 사망.

그 외(外) 육 명 풍도지옥 돌파 후 현 흑암지옥으로 이동 중.

현재 목표 달성율 팔 할, 오 푼 진행 중.

…….

둘, 삼단계 준비 작업 진행.

정무단…….

남궁가…….

용검운, 우도대왕은 세 번째 같은 내용을 반복해서 읽고 또 읽고 있었다.

'모든 것이 예정대로인가. 한가롭군.'

이제 팔부능선은 넘었으니 조금만 더 가면 목적지에 도착할 수 있으리라.

우도대왕은 의자의 등받이에 몸의 체중을 조금 더 실으며 엉덩이를 앞으로 뺐고 피로한 눈을 살짝 감았다.

몸은 밀실로 이루어진 집무실에 마음은 수십 통이 넘는 서찰들에 묶여 있었지만 영혼은 중원과 변방 전체를 떠돌며 살펴야만 했으니, 어찌 지치지 않을 수 있을까.

망중한(忙中閑)이라 바쁜 가운데 잠시 틈이나 쉬니 어찌 그 달콤함의 농도를 일 년 내내 쉬는 것과 비교할까.

그러나 휴식은 길지 않았다.

우도대왕은 씁쓸한 고소를 흘리는 가운데서도 이미 자세를 단정히 하고 있었다.

"오셨소."

"에잉! 재미없기는 둘째나 넷째나 매한가지로구나. 이제는 기척 죽이기도 싫지 않으니. 쳇. 지들끼리만 바쁘고 나는 놀고먹으니 세월 참 좋구나."

자신의 처지가 좋다 하나 곧이곧대로 들을 이 없으리니 이미 봉두난발로 흩어져 있건만 단정해서 마음에 들지 않는다는 듯 덕익은 찡그린 표정으로 자신의 머리를 마구 휘저으며 중앙의 원탁에 자리를 잡았다.

턱―!

사람은 두 개로 의자는 네 개의 다리를 땅과 접해 있는 것이 순리리라.

그러나 덕익은 모두 틀렸다는 듯 자신의 두 다리를 원탁 위에 턱하니 올려놓고 몸을 뒤로 빼 의자의 앞다리 두 개는 허공으로 띄우고 뒷다리 두 개만 땅과 닫도록 만들고는 지루하다는 듯 한껏 기지개를 폈다.

흔들흔들 까딱거리며 의자를 움직이는 덕익의 모습에서 심통 난 아이의 기색을 읽었음인지 우도대왕은 빙그레 웃음을 흘리고 맞은편에 자리를 잡았다.

"미안하오, 형님. 내 다음번에는 모른 척 당해주리라. 어디, 깜짝 놀라서 의자에서 떨어져 엉덩방아라도 찍으면 만족하시겠소?"

"엉덩방아? 에잉, 관둬라. 아름다운 아기씨랑 떡방아면 몰라도 사내놈 혼자 찧는 엉덩방아가 뭐가 재미있단 말이냐: 흐흐흐."

시정잡배의 걸쭉한 음담패설이 이토록 잘 어울리는 이도 세상에 짝을 찾기 힘들 것이었다.

한참을 혼자서 낄낄거리던 덕익이 은근한 어조로 물어왔다.

"그건 그렇고. 그래, 대업(大業)은 어찌 되고 있느냐."

"여간 심심치 않으신가 보오. 머리 쓰는 건 골치 아프다고 설래 손사래 먼저 치시는 분이 요즘은 부쩍 관심이 많아지셨소."

천하가 좁다 하고 호령하고 돌아다녀도 열흘도 못 가 답답하다고 고함을 지를 자가 덕익이었으니 아무리 넓은 릉 안이라 할지라도 오죽 갑갑증이 아니 일까.

그 사실을 모를 리 없는 우도대왕이었지만 괜스레 골려주고 싶은 마음에 시치미 떼고 딴청을 부리고 있었다.

"그러니까 말이다! 큰형님이 대기하라 하신 것이 벌써 한 달이 넘어가고 있다. 다들 재미보고 다니는데 나 혼자 이게 뭐란 말이더냐. 에이, 제기랄."

눈치는 어디로 먹었는지 골리는 것을 위로하는 말로 알아

듣고 풀 죽은 덕익의 푸념에 우도대왕은 약간은 미안한 마음이 들어 읽고 있던 서찰을 건네주었다.

"응? 이건 모더냐."

"읽어보시오. 안 소식과 바깥소식이오. 몸과 마음은 여기 있으나 생각은 좀 자유로워질 것이외다. 사람들이 책을 읽는 것도 다 매한가지 아니겠소."

이미 덕익은 열흘 굶고 밥을 먹는 사람처럼 게걸스럽게 서찰을 탐닉(耽溺)해 들어가고 있었다.

서찰에서 눈을 떼지 않고 덕익이 입을 열었다.

"영만호? 영만호가 누구더냐?"

"잊으셨소, 일단계 때 데려왔던 북성의 제자를?"

"일단계? 북성? 아아아… 일단계에서 석실에서 뚫려 있던 네 개의 문 중 하나를 완전히 박살 낸 놈들 중 하나가 그놈이었지. 맞아, 맞아. 그리고 지금이 이단계 진행 중이었지. 이놈이 일단계에서 살아남았던 놈인가? 아니지, 죽이지 않고 살려논 놈이라 하는 것이 맞겠구나. 근데 왜 남겨놨다고 했었지?"

석실 안을 헤매고 있을 누군가들이 들었으면 놀라움에 벌어진 턱을 한동안 다물지 못할 소리를 덕익은 대수롭지 않다는 듯 가볍게 지껄이고 있었다.

분명 그랬었으니……

처음 어둠 속에서 들려왔던 두 사람이 목소리는 이렇게 말했었다.

"이단계 준비가 끝났습니다."

"시작하도록 하게."

그리고 석실에서 뚫려 있던 네 개의 갈림길!

청과 홍, 그리고 빛과 어둠, 어둠은 일단계에서 사용되고 이미 폐쇄됐던 상태였으며 풍도지옥에서 제정신을 차린 대소의 한마디가 이러했었다.

"또 이곳이란 말인가……."

갑갑증이 깊어져 불치병이라 불리는 건망증에라도 걸린 것일까.

우도대왕은 쯧쯧 혀를 차며 덕익을 바라보았다.

그러나 헤벌쭉 마주 웃으며 제 머리를 긁적이는 덕익의 얼굴을 보고는 너털웃음을 흘리며 다시 설명해 줄 수밖에 없었다.

"시작하는 석실의 기관을 해제하고 문을 열기 위함이었지요. 또한 그것으로 인하여 누구도 자기 멋대로 경거망동(輕擧妄動)하지 못하게 함이었지요."

"경거망동?"

알아듣지 못하는 소리를 하는 아랫사람을 보는데 말이 고울 수 없는 법, 덕익이 퉁명스럽게 말을 던졌다.

"그게 뭔 상관이란 말이냐."

“생각해 보시오, 형님. 나름대로 무림에서 잔뼈가 굵은 사람들이오. 그런데 자신이 열지 못하고 있던 난관을 누군가 뚫어냈다고 합시다. 이럴 경우 다른 사람들을 함부로 할 수 있겠소? 자신을 위해서라도 모든 위험이 끝나기 전까지는 다른 이들을 보호해야겠지요. 그들이 어떤 도움이 될지 모르는 상황이니.”

알 듯 모를 듯 고개를 갸웃거리던 덕익이 멋쩍은 웃음을 흘리다가 다시 눈을 서찰로 돌렸다.

그리고는 제 딴에는 혼잣말로 지나가는 투로 말한다는 식으로 슬쩍 질문을 다시 던졌다.

“북성의 제자라……. 제법 뼈대가 굵은 놈으로 봤었는데. 흠. 흠.”

한 길 물속보다 훤히 보이는 열 길 덕익의 마음속을 빤히 바라보며 우도대왕이 잔잔한 음성으로 그의 병, 건망증을 치료해 주었다.

“전에 제가 백일몽은 얼마나 남았다고 했지요?”

“백일몽? 아! 그 천의 장문영인가 하는 놈의 스승인가 하는 영감탱이가 릉 안의 돈을 처발라 겨우 키워낸 꽃 말이더냐?”

한참을 기억을 더듬어 올라가던 덕익이 짧은 탄성을 질렀다.

장문영이 부르짖은 한마디.

“백일몽(白日夢)!!”

장문영에게 의술을 전달한 그의 사부는 천하에서 둘째가라면 서러운 재주를 가지고 있었으니, 그것은 의술이 아닌 원예(園藝)였다!

덕익은 한 번 잡은 기억의 끈을 놓치지 않기 위해 미간에 세 개의 끈을 그려내야만 했다.

“백일몽의 씨가 있다고 하니 득달같이 달려와서는 십 년간 끙끙대더니 결국은 성공했다고 했었지. 모두……그래, 열한 송이? 아니다. 열두 송이가 맞지! 하하. 어떠냐! 이래도 내 머리가 나쁘다고 할 테냐?”

득의해하는 덕익을 바라보며 우도대왕은 빙그래 웃음을 날려서 그의 말이 옳다는 수긍을 확인시켜 보였다.

덕익의 얼굴에 함박꽃이 웃음이 되어 피어올랐다.

“맞습니다. 총 열두 송이 백일몽. 인세에서는 백 년에 한 송이 꽃피우고 힘든 것이니 대단한 숫자라 아니할 수 없지요. 그것이 일단계 때 네 송이가 들어가고 이단계 때 여섯 송이가 들어갔으니 이제 마지막 두 송이 남았군요.”

“그래. 근데 난데없이 백일몽은 왜?”

우도대왕이 우아하게 자리에서 일어나 백삼 자락을 끌며 원탁 주변을 천천히 거닐기 시작했다.

덕익은 배가 고파 죽겠는데 뜸 들이느라 밥솥 뚜껑을 열지 않는 어미를 보는 것 같은 야속한 심정이 되어 우도대왕을 바라보았다.

제가 굶을지언정 양식이 있는데 제 자식을 굶기는 어미는 없는 법.

생각을 정리하던 우도대왕이 마침내 덕익의 굶주림을 해결하기 위해 다시 입을 열었다.

"처음 그 향기를 맡은 자는 자신도 모르는 잠에 빠져들며, 두 번째 그 향기를 맡은 자는 일시적으로 기억이 상실되고, 세 번째 그 향기를 맡은 자는 이지를 상실하게 되며, 네 번째 그 향기를 맡은 자는 영원한 잠에 빠져들게 된다. 이것이 십 년간 연구된 백일몽의 효능입니다."

"취하고 머리에 일시적 이상이 생기며 그것이 깊어져 기능을 상실하고 마침내 죽음이라. 음, 단계가 아편(鴉片)과 같군."

좌우명이 세상의 모든 것을 경험해 보자였으며 가치관은 온갖 향락을 사랑하는 덕익이었으니 백일몽의 효능을 듣고는 대번에 아편과 하나로 묶어 생각하는 것도 무리는 아니리라.

"양귀비가 백일몽의 갈라진 품종 중 하나 같다는 견해도 내놓더군요. 물론 장기간의 복용 및 중독성 등의 차이는 있지만…… 여하튼, 북성의 제자 때문에 삼백 년 안에는 다시 키울 수 없을 백일몽 세 송이가 들어갔습니다."

"일단계에서 그를 통해 북성을 끌어들이는 것에 실패하지 않았나? 그런데 굳이 그 귀한 백일몽을 세 송이나 투입할 필요가 있었는가? 더욱이 별일 하지 못하고 벌써 죽었다 하지 않았나."

밤사이 이슬 머금고 반짝이는 풀잎마냥 우도대왕의 입끝에 존경의 염이 맺혔다.

"주군의 깊은 뜻을 어찌 제가 다 헤아리겠습니까. 그러나 죽은 뒤에도 그자의 역할은 아직 끝나지 않았다는 것만은 분명합니다."

"첫째 형님의 뜻이라면 우리가 더 생각할 필요가 없겠군! 하하. 이미 이루어진 것이나 마찬가지이니 후에 확인만 하면 되는 것을. 크하하핫."

육체적 향락과는 비교할 수 없는 정신적 열락이 밀실을 가득 메웠다.

광기에 가까운 열기가 점차 사그라지고 덕익의 눈이 다시 손 안에 서찰을 낱낱이 훑어가고 있었다.

우도대왕이 좁은 원탁을 다섯 바퀴째 돌고 있을 무렵, 덕익의 질문은 다시 이어졌다.

"그래, 그럼 여기 정무단과 남궁가의 일은 어떻게 되고 있는 것이지?"

"정무단의 일이야 바깥일의 총책임자인 둘째 형님께서 맡고 계시니 저로서도 분명히 대답하기는 어렵군요."

"그래? 그럼, 남궁가는?"

"주군이 예비하신 대로 좌도대왕이 우도대왕을 찾아갔습
니다."

꽝—!

우스스스—

화강암으로 된 밀실 바닥에 거대한 족적이 생겨났고 제 몸
에 새긴 상처가 고통스러웠는지 밀실이 몸을 떨며 제 살점을
떨어뜨려 가루를 쏟아냈다.

덕익의 눈에서 희번덕거리는 광채가 번뜩이고 있었다.

"우도대왕은 너닷! 그따위 배신자는 당장에 쳐 죽여야 마
땅했을 것을! 큰형님의 명만 없었더라면 내 지금이라도 당
장!"

"너무 그러지 마십시오. 전(前) 우도대왕은 저에게는 고마
운 분이니까요."

"뭣이! 배신자가 고마워!"

결코 풀리지 않을 것처럼 마구 얽혀 있던 덕익의 봉두난발
이 한 올 한 올 낱알이 허공을 향해 삐죽거리고 있었다.

주체 못할 광채를 온몸에 흘리는 덕익을 바라보며 우도대
왕은 아차 싶은 마음이 되었으니 우회적으로 말을 돌려 알아
듣는 사람과 그렇지 못한 사람을 착각한 것이었다.

우도대왕이 몸을 뒤로 빼며 황급히 말했다.

"다른 뜻이 아닙니다. 전 우도대왕이 떠나지 않았다면 어
찌 형님들과 주군이 그 자리를 메울 사람을 찾아다니셨고 그

와중에 먼 변방에서 저를 찾아오실 수 있었겠습니까. 이 영광
스러운 자리를 저에게 넘겨줬으니 그 의미에서 고맙다 했을
뿐입니다.”
　우도대왕이 아직 용검운이라는 이름을 갖고 있을 때 덕익
이 누군가에게 말했었다.

　“우리 대업(大業)에 꼭 필요한 사내요! 빈자리를 메꿀 자요!”

　줄기줄기 가닥으로 풀리며 마디마디 새어 나오던 기운이
서서히 덕익의 몸통 안으로 뿌리가 물을 흡수하듯 말려들어
갔다.
　덕익이 어지러운 제 머리를 끌쩍이며 멋쩍음과 볼멤을 함
께 표현했다.
　“…하하핫. 이거 미안하네. 내 그만 나도 모르게 흥분을 했
군. 알다시피 아직도 릉 안에는 큰형님의 대업을 탐탁지 못해
하면서 시황제의 금제 때문에 마지못해 따르는 쥐새끼들이
남아 있는 실정이네. 내 그놈들한테 생각이 미쳐서 잠시 자네
라는 것을 잊었군. 하하핫.”
　우도대왕은 자신의 실태를 수습하며 속으로 깊은 한숨을
내쉬었다.
　한없이 장난스럽고 덜렁거리는 듯싶으나 팔 척에 이르는
육체와 초절정의 경지를 바라보는 사내.

덕익은 누구보다 열렬한 그의 큰형님, 동시에 자신의 주군의 추종자였던 것이다.

누구보다 그것을 가까이에서 지켜본 자신이 잠시나마 잊고 농을 걸려 했으니……. 가벼이 말할 것과 그렇지 않은 것이 분명한 이상 실수가 분명했다.

"그래서?"

원래의 모습으로 돌아온 덕익이 무슨 일이 있었느냐는 식으로 천연덕스럽게 말이 연결했다.

내심 깊은 한숨을 쉬며 우도대왕이 빠르게 말을 이어나갔다.

"그 일도 너무 걱정하실 것 없습니다."

"무슨?"

"아마 지금쯤 전 우도대왕은 남궁가를 움직이는 역할을 다하고 죽었을 것입니다. 또한 도시대왕도 죽었지요. 주군의 계획에서 벗어날 수 있는 것은 티끌하나도 존재하지 않으니 이제껏 그들을 살려놓고 있던 것도 다 그 일부에 속하는 것이지요."

우도대왕에게는 주군이자 자신에겐 큰형님인 자에 대한 경배의 노래가 울려 퍼지자, 그제야 덕익은 시정잡배와 같던 원래의 모습으로 돌아왔다.

"히히히. 음, 그렇군. 반항하는 놈들을 그냥 제거하는 것은 손바닥 뒤집는 것 같은 여반장이지. 그러나 그것도 이용하여 계획 중간 단계로 쓰면서 제거도 같이한다는 것이로군! 역시 큰형님이시군. 하하핫!"

귀중한 서찰이 제 기분에 들떠 흥분한 덕익의 손에서 와락 구겨진 것도 모자라 자신을 불태워 불꽃을 꽃피워 올리는 것을 보면서도 우도대왕은 씁쓸한 고소만을 짓고 있을 수밖에 없었다.

한참을 하하거리던 덕익이 갑자기 제 손을 보며 주위를 둘러보았다.

"엥? 이거 누가 이랬지? 아! 내가 그랬군. 하하. 이거 미안해서 어쩌지? 방금 그 서찰 다 본 것 맞지?"

"괜찮습니다. 이미 머릿속에 있으니까요."

자신의 머리를 손가락으로 톡톡 건드려 보이며 우도대왕은 자신의 서탁으로 다가가 살포시 자리를 잡았다.

머리가 지끈거리기 시작한 우도대왕의 우회적인 축객령(逐客令)이었으나 그것을 알아들을 덕익이 아니었다.

"하여간 자기 손으로 죽일 배신자니 어쩌니 해도 피를 나눈 것만은 분명한 사이. 지 형이 죽었으니 나중에 그 사실을 알면 좌도대왕이 엄청 열받겠군. 그 영감 성질은 괴팍해도 싸움질 하나는 끝내주게 잘하거든. 크크큭. 그 영감 잘하면 칠천무신 중 하나도 때려잡을걸! 둘이 맞짱 뜨면 그거 끝내주게 재미있겠군. 하하하."

"멀지 않았을지도 모릅니다."

"엥? 그 무슨!"

난데없는 소리에 덕익의 눈이 화등짝만 해졌으니 아직 공식적으로 모습을 드러낼 시기는 아니라는 것쯤은 그도 알고 있던 사실이었다.

그러나 그가 알던 시기는 이미 지나고 새로운 시기가 도래하고 있었음은 미처 모르고 있었음이니 우도대왕이 그것을 일깨워 주었다.

"계획대로라면 남궁진산이 움직이는 동시에 잠들어 있던 무성도 깨어날 것입니다."

"그, 그렇다면!"

의미를 깨달은 덕익이 벌떡 자리에서 일어나 와락 우도대왕의 곁으로 달려들었다.

"그렇다면 그 말은 이제 때가 거의 되었단 말이더냐!"

우도대왕이 무겁게 고개를 끄덕이며 천천히 그러나 한 글자씩 또박또박 말을 전달했다.

"도왕은 이미 얻었고 장왕과 귀성도 얻은 것이나 마찬가지입니다. 곧 검왕과 무성이 움직일 것이며 이단계가 끝나는 동시에 각왕도 얻을 수 있을 것이지요. 문제는 북성인데······. 그건 이단계 후 주군께서 따로 명을 내리실 것이니 걱정할 필요는 없겠지요."

"어쨌든 칠천무신 중 이제 여섯은 확보하였구나! 크하하하······."

　씨를 뿌리고 싹을 틔우고 이제 열매를 맺기까지의 인고의 시간을 힘겹게 바라보고 있다가 드디어 맺히기 시작한 시퍼런 열매를 보고 기뻐하는 농부의 마음처럼, 결과가 슬슬 드러나자 그 기쁨에 미친 듯 웃던 덕익이 무엇에 생각이 미쳤음인지 약간은 조심스러운 얼굴이 되어 물어왔다.

　"하하—! 엥? 가만, 가만있자. 음… 아무리 늙은이들이라고 해도 썩어도 준치라고 동시에 움직이면 제어하기가 힘들지 않겠느냐. 아직까지는 나도 하나 상대하기 힘들 것 같은데……."

　이번엔 우도대왕의 얼굴에 좀처럼 보이지 않는 환한 웃음이 맺혔다.

　결코 싫어하지는 않았지만 약간은 귀찮은 짐을 벗어버릴 기회였으니 그럴 만도 했으리라.

　한동안 덕익을 안 볼 생각에 내심 흐뭇한 마음이 되어 우도대왕이 입을 달싹였다.

　"주군께서 어련히 준비하셨을까요. 그리고 그 준비에는 형님 몫도 있습니다. 세상, 중원으로 나가십시오!"

　"세상? 중원? 세상! 옳거니! 드디어 내 차례가 되었구나! 크하하하— 하하하핫—!"

　덕익의 웃음이 밀실 안에 울려 퍼지고 넘쳐 끝내는 두꺼운 벽을 뚫고 저 멀리까지 훨훨 날아가고 있었다.

　"하하하— 하하하하핫—!"

진시황제의 릉.

그리고 구 인을 집어삼켰던 무덤!

이제는 죽음으로 안식을 맞이하는 곳이 아닌 격동의 음모가 꿈틀거리며 태어나는 장소가 되어버린 곳.

그렇게 운명의 시간은 유유히 흐르고 또 흐르고 있었으니, 강은 흘러 바다에서 만나나 운명은 흘러 어디에서 만날 것인가.

분명한 것은 세상이라는 대하(大河)를 흔들어놓을 물줄기를 잡고 있는 자가 있다는 것.

아직까지는, 단지 그것만 알 수 있을 뿐이었다.

호수(湖水).

살랑거리는 바람이 수면 위의 낙엽을 미끄럼 태우고 이리저리 출렁거리는 낙엽을 벗 삼아 달빛도 즐거이 호수 곁을 지키고 있었다.

호반(湖畔).

수면에 비친 달빛이 찰랑거리는 물결을 따라 둥글어지고 길어지기를 반복하는 호수를 둘러싸고 있는 호반을 따라 한 명의 사내와 한 명의 여인이 걷고 있었다.

사내는 수면과 같고 여인은 달빛과 같았다.

그 생김새가 그러했던 것이 아니라 그들의 행동이 그러했

으니 여인은 끊임없이 두 눈과 입을 동그랗게도 길쭉하게도
변화시키고 있었고 사내는 그런 여인을 흐뭇한 얼굴로 보듬
고 다듬고 있었던 것이었다.

사내는 배가 나왔고 여인은 분을 발랐다.

하얗게 바른 분으로 세월을 버려보려 하는 여인이 교태로
운 웃음을 흘리며 말했다.

"당신 오늘 제법 많이 땄지요? 호호."

이번엔 불룩하니 나온 배로 세월을 모아보고 있는 사내가
흐뭇한 웃음을 담으며 말했다.

"흐흐. 아까 투전판에서 집문서 잃었으니 인생마저 잃었다
며 이제 죽어버리겠다고 칼 들고 설치던 꼴 못 봤는가? 말도
안 되는 꼴이지. 크크. 그 집문서가 지금 내 옷자락 속에 곱게
접어 있으니 오늘 수입은 제법 좋다고 할 수 있지."

아양을 떨던 여인이 사내에게 잡혀 있던 어깨를 살짝 돌리
며 낮은 한숨을 내쉬었고 그 모습을 본 사내는 당황한 낯빛이
되었다.

"왜 그러는가? 나와 같이 돌아다닌 지 어언 이 년이 넘었으
니, 집은 예사고 지 마누라랑 새끼들까지 저당 잡히고 덤벼들
던 꼴을 심심찮게 본 참일 턴데 이제 와 그들이 불쌍하기라도
하단 말인가? 말도 안 돼!"

"아니, 내가 왜 그런 쓰레기들을 불쌍해해요? 아, 나는 다
만 내가 불쌍할 뿐이에요."

그제야 여인이 하는 수작질이 무엇을 의미하는지 깨달은 사내가 하하 웃으며 그녀의 어깨를 다시 감아 안고 속삭였다.

"말도 안 돼! 걱정 말게. 매번 자네가 그 월궁항아(月宮姮娥)와 같은 미색으로 상대방을 이리 홀리고 저리 홀리지 않았다면 내 어찌 손재주를 그리 편하게 부릴 수 있었을까. 나도 다 알고 있는 사실이니 내 이번엔 근사한 패물을 사주도록 하지!"

"어머! 역시 우리 낭군님. 호호호. 옆 마을에 도박이면 사족을 못 쓴다는 부자가 있다던데 내일은 우리 그리 한번 가시와요. 호호."

물에 젖은 종이가 바닥에 달라붙듯 그제야 제 몸으로 찰싹찰싹 엉기는 여인의 봉긋한 젖가슴을 느끼며 사내는 흐뭇한 미소를 짓고 고개를 끄덕거렸다.

그 모습을 훔쳐보던 하늘의 구름도 회가 동했음인지 요요로운 빛을 뿜고 있던 달을 얼싸 안아 세상은 어둠에 빠져들었다.

어둑해진 분위기까지 더해지자 마음이 달았는지 사내가 음탕한 눈빛을 건네왔다.

"좋아. 한판 크게 하고 한 일 년쯤 세월아 내월아 유람이나 다니세. 그전에 오늘은…… 알지? 하하하."

"아잉, 몰라요."

"어허, 아하하하."

짚신도 짝이 있다고 했는데 남의 등을 쳐 먹고 다니는 발이라고 짝이 없을까.

요리 보고 저리 봐도 잘 어울리는 한 쌍이었다.

누구나에게 절색인 경치를 걷고 있던 어떤 이에게는 질색인 남녀 사이로 까마귀의 울음소리와도 같은 목소리가 끼어든 것은 그때였다.

"낄낄낄. 아주 좋구나, 좋아. 근래에 보기 힘든 손장난이다 싶어 혹시나 하고 따라와 봤더니 역시 근래에 찾기 힘든 연놈들이구나. 낄낄낄. 아주 좋구나. 나를 실망시키지 않는구나."

없던 사람이 갑자기 눈앞에 나타난 것만으로도 혼비백산할 노릇이며 거기에 더해져 자신들의 정체를 알고 있는 듯하니 사내는 실로 기절초풍할 지경이었지만 애써 흔들리는 다리에 힘을 꽉 주며 물었다.

"말, 말도 안 돼! 난 그런 적 없소. 누, 누구, 당신은 누구요!"

"오호. 과연, 산전수전 다 겪은 놈은 뭐가 달라도 다르구나. 낄낄낄. 아주 좋아. 오늘 밤은 제법 즐거울 것 같구나. 낄낄낄."

사내, 언우삼은 나이 사 세에 투전에 빠진 어머니의 등에 업혀 도박판에 처음 입성했으며 팔 세에 이르렀을 때는 옆 동네 아이들의 코 묻은 돈까지 몽땅 쓸어 모았으며 십육 세에는 인근 백 리 내에 적수가 없다 하여 도귀(賭鬼)라는 자랑스러운 호칭을 얻은 자였다.

그런 인생을 살아왔으며 이제 나이 삼십에 이른 지금에 와서는 천하 원정(遠征)을 다니는 몸이었으니 어찌 이런 일이 댓 번은 없었을까.

순간 당황은 했으나 언우삼은 발발 떠는 여인을 자신의 등 뒤로 돌려세우고 움츠려 들었던 허리를 곧추세웠다.

"말도 안 돼! 이제 보니 내가 돈을 따는 것을 보고 혹시 떡고물 좀 만질까 싶어 뒤따라온 개 잡종 놈이었구나! 내가 딴 돈은 내 실력으로 딴 것이니 정당한 것! 내가 속임수를 썼다는 증거가 있단 말이냐! 증명 못한다면 노름판에선 손목을 자를 일이야!"

"낄낄낄. 좋아, 역시 좋구나! 그 실력 쌓을 때까지 손모가지 멀쩡하니 머리도 제법 잘 돌아갈 뿐 아니라 배짱도 두둑한 놈이구나. 낄낄낄. 개수작 부리지 말고 이거나 받아라."

툭—

한바탕 드잡이질까지 예상하고 잔뜩 경계하고 있던 언우삼의 눈이 화등짝만 해졌다.

어린아이 머리통만 한 황금덩이가 자신의 발치 앞에서 노인네의 이빨보다 누런 빛깔로 어린아이보다 밝은 미소를 지으며 방긋 웃고 있었기 때문이다.

세월을 도박판에서 보낸 언우삼이었으니 황금덩이가 가짜가 아니라는 것과 집 두어 채는 문제도 아니라는 것을 대번에 알아보았다.

자연 나오는 말이 순간적으로 흔들거릴 수밖에 없었다.

"말, 말도 안 돼. 이, 이것이……. 어흠. 그래, 지금 뭐 하자는 거란 말이오?"

처음 자신이 예상한 대로 협박으로 돈푼이나 뜯고자 하는 상대는 아니리라.

아니, 오히려 자신과 같은 종류의 인간 냄새가 어디선가 솔솔 나고 있었으니…….

두 눈에 힘을 불끈 주었으나 달이 구름에 가려 아직 주변이 너무 어둑해 어슴푸레한 인영만을 확인할 수 있을 뿐이었다.

직감적으로 대박 아니면 쪽박이라는 생각이 뇌리를 스쳤으니 이럴 때일수록 마음을 굳게 다잡아야 하는 법!

빠르게 감정을 수습하는 언우삼의 모습에 어둠 속 목소리가 만족스러운 기색을 담아 조금 더 커지고 있었다.

"낄낄. 역시 돈 냄새 하나는 기가 막히게 맡는구나. 사실 난 네놈이 사기를 치든 말든 당한 놈이 지 목을 칼로 긋고 죽든 말든 상관하지 않는다. 오히려 그런 머저리 같은 놈들보다 너 같은 놈들을 좋아하는 편이지. 낄낄낄. 그건 너의 것이다."

"말도 안 돼, 나의 것이라니."

"말이 된다. 낄낄낄. 황금은 너의 것이지. 단!"

꿀꺽—

뒷말을 기다리는 언우삼의 등 뒤에 있던 여인의 울대에서 울린 침 넘어가는 소리가 천둥소리처럼 들리고 있었다.

"나와 내기를 하나 해서 네가 이겼을 때의 일이다. 대신 네놈이 지면 너희 연놈들의 목숨은 내 것이다. 어떠냐, 받아들이겠느냐? 낄낄낄."

연우삼의 눈이 빠르게 좌우로 흔들거렸으니 그의 마음은 이미 위아래로 끄덕거리고 있다는 뜻이었으리라.

천생 도박꾼이라고 스스로 자랑스러워하는 언우삼이었으니, 머리는 위험하다고 신호를 보내고 있었으나 마음은 이미 이 제안을 받아들이고 있었던 것이다.

유령마냥 홀연히 나타난 등장과 자신의 모든 것을 알고 있는 것 같은 말투, 거기다가 이런 황금덩이를 돌덩이마냥 던질 수 있는 신분과 기이한 행동들…….

능력은 충분해 보이니 단지 자신을 죽이려는 마음뿐이라면 이렇게 복잡한 것들을 거치지 않았으리라.

저자는 틀림없이 자신마냥 이런 상황 자체를 즐기는 자이리라!

그렇다면 뺄 이유가 없으니, 아직까지 도박이라면 누구에게도 앞자리를 내줄 마음이 없는 언우삼이었기 때문이다.

도박판에서 목숨 따위 건다고 말하는 것이 뭐 그리 대수라고, 마침내 언우삼이 입을 열었다.

"좋소. 당신의 제안을 받아들이겠소. 종목은? 투전? 골패?

주사위?”

“낄낄낄. 좋아, 우리의 내기는 이 순간부터 성립되었다. 골
패니 하는 것들은 재미없고……. 어디 보자, 지금부터 일다경
내에 네놈이 ‘말도 안 돼’ 라는 말을 세 번 한다면 네놈이 지
고, 그 말을 한다면 내가 이기는 것은 어떻겠냐.”

“말, 말도 안 돼. 그런 내기가 어디 있소? 진정 그 말 정말
이오?”

너무도 좋은 조건에 언우삼이 미심쩍은 눈으로 말을 했지
만 이내 들려오는 웃음소리에 화들짝 놀라 뒤로 넘어갈 뻔해
야만 했다.

“낄낄낄. 한 번 했구나. 이제 두 번 남았다.”

“그 무슨! 말도 안 되는 소리요!”

“낄낄. 두 번?”

언우삼의 안색이 이제 막 맺힌 풋사과마냥 시퍼런 빛으로
물들었다.

시간이 멈춘 것같이 굳어 있던 그가 빠르게 벌렁거리는 심
장을 진정시키며 입을 열었다.

“이건 말도……. 아니, 이건 당치 않은 소리요. 아직 시작
이라는 말을 안 했으니 지금 것은 무효요.”

“낄낄낄. 그러냐? 좋아, 그럼 내기 조건은 받아들이는 것으
로 해도 되겠지? 그보다 조금 실망인데? 네놈은 진정한 도박
사인 줄 알았는데 그딴 풋내기들이나 할 소리를 하다니.

음……. 그럼 이건 어떠냐. 원래는 두 번이나 한 번 한 것으로 치는 것이. 싫으냐?"

분명 정체 모를 자는 내기가 성립되었다 말했으니 원래는 두 번 말했다 끝까지 우겨도 언우삼으로서는 할 말이 없는 것이었다.

도박판에서는 결코 무르는 것이 있을 수 없다는 사실을 누구보다도 잘 알고 있었기에 한 번으로 치자는 말에 황급히 말을 받았다.

비록 '말도 안 돼' 라는 말이 무의식적으로 나오는 자신의 입버릇이지만 일다경 동안 신경 쓰고 있는 다면이야!

"좋소! 나도 도박에 인생을 바친 몸! 공평하게 한 번 한 것으로 칩시다. 그럼 이제 두 번 남았소. 내 더 이상 어떤 말로도 토를 달지 않을 것을 맹세하오!"

"정말이냐? 이제 분명 시작된 것이겠지? 딴소리 안 하겠지? 낄낄낄."

"내 목을 걸고 맹세하겠소."

"흠……. 아니야, 이 조건은 별로 재미없겠어. 다른 내기로 바꾸지. 지금 네놈 뒤에 있는 여인을 내가 손가락 하나 까딱 안 하고 내 팔짱을 스스로 끼도록 만드는 것으로 우리 내기를 바꾸도록 하지. 어떠냐."

언우삼이 몸을 흠칫 떨며 자신의 뒤에 숨어 있는 여인을 돌아보았다.

처음부터 한패일까?

그 의심하는 기색을 눈치 챈 여인이 빠르게 속삭였다.

"당신 지금 무슨 생각을 하는 거예요! 우리가 만난 지 이 년이라고요. 거기다 이곳에 오자고 한 것도 다 당신이었고. 받아들여요. 내가 저 사람 팔짱을 낀다면 당신이 내 목을 먼저 쳐요! 황금은 우리 것이예요!"

묵묵히 생각에 잠겨 있던 언우삼이 마침내 고개를 끄덕거렸다.

"좋소! 이 내기 받아들이겠소."

"이제 와서 좋아? 흠, 자네 진정 도박사가 맞는가? 뭐 이리 애송이들처럼 패를 쪼나. 시간이 너무 지났어. 낄낄낄. 판을 다시 돌리지. 조건이 변경되었네. 저 여자가 내 팔짱을 끼고 있으면 내가 어떤 힘이나 수작도 안 부리고 단지 두어 마디 말로 당장 풀도록 만들지. 어때 받아들이겠는가?"

"조, 좋아요! 이걸로 해요. 당신 괜찮죠? 어서 괜찮다고 대답해요. 내 팔이 부러지도록 꽉 잡고 있을 테니까요."

등 뒤에서 조잘거리는 소리에 선뜻 대답 못하고 있던 언우삼의 머리가 복잡해지고 있었다.

"이것도 시간 초과인가? 판을 또다시 돌려야 하는가? 거참. 내가 내기 상대를 잘못—"

"좋소. 받아들이오. 어서 가게."

여인이 총총거리는 걸음으로 어둠을 향해 다가가다 주저

주저하는 걸음으로 희끄무레한 인영의 앞에 섰다.

호기심에 살짝 살펴보았으나 무서운 마음이 일어 황급히 고개를 숙이고 조심스럽게 팔짱을 꼈다.

자신보다 키가 작은, 허리가 굽은 노인이었다.

노인의 고개가 번쩍 들리며 하늘을 향해 큰 웃음을 쏘아 보냈다.

"낄낄낄낄! 내가 이겼구나. 처음 약조대로 이 여인이 내 팔짱을 꼈으니 이 내기는 내가 이겼다."

"그, 그런 것이 어디 있어요!"

화들짝 놀란 여인이 날카로운 고함을 지르며 잡았던 노인의 팔짱을 풀고 사납게 항의를 했고 언우삼은 고함을 질렀다.

"말도 안 돼! 내기를 바꾸지 않았소!"

"낄낄낄낄낄! 케케케. 이제 두 번 했구나!"

언우삼의 몸이 휘청거렸다.

"낄낄낄. 이제 목을 내놓아라. 세 번의 내기, 처음 두 번 말도 안 돼라는 내기도 내가 이겼다. 두 번째 여인이 팔짱을 끼도록 하는 내기도 내가 이겼다. 세 번째 여인이 팔짱을 풀도록 하는 내기도 내가 이겼다. 이래도 더 할 말이 있느냐? 낄낄낄낄!"

뒷골목에서 겪었던 살기와는 비교도 할 수 없는 기운이 온몸을 축축하게 감아오고 있었다.

진정한 죽음이 목전에 왔다는 것을 느끼며 언우삼이 최악의 발악을 했다.

"그, 그래도! 그, 그것은 아니오! 처음 것은 세 번 말하는 내기였단 말이오! 두 번이라니! 그것만은 정말 말도 안 돼……!"

"낄낄낄낄. 깔깔깔깔!"

부드득.

뚝!

수천마리의 까마귀가 동시에 울부짖는 것과 같은 소리가 언우삼의 귓가를 가득 메우고 그의 영혼을 쪼아 먹고 있었다.

그 쪼임에 온몸의 뼈가 순식간에 사라진 듯 언우삼은 그 자리에 녹아내리듯 흐물거리며 주저앉을 수밖에 없었다.

구름에서 달이 걷히며 세상이 다시 은은한 빛으로 물들어 갔다.

초점 풀려 멍한 언우삼의 눈에 저 멀리서 미친 듯 낄낄거리는 웃음을 연신 터뜨리며 천천히 다가오고 있는 허리 구부정한 노인이 보였다.

질질질—

반쯤 혼이 나간 상태로 기이한 소리를 찾아 시선을 조금 내리니 노인의 왼손에 목이 부러진 채로 잡혀 끌려오고 있는 여인의 모습이 보였다.

마침내 노인이 언우삼의 앞에 서서 말했다.

"낄낄낄. 결국 세 번을 다 채웠구나. 제법 즐거운 밤이었다. 이제 가거라."

부드득.

뚝!

도귀 언우삼의 최후였다.

호수는 여전히 잔잔했지만 풍영은 풍랑을 만난 듯 몸을 떨었다.

"네놈도 내기를 할 테냐. 무엇이 좋을까. 언제부터 숨어서 지켜본 지를 내가 맞추나 못 맞추나를 할 테냐, 아니면 내가 네놈을 눈 세 번 깜빡이기 전에 이 연놈들처럼 죽일 수 있나 없나를 내기할 테냐. 낄낄낄.

"……!"

풍영은 등 뒤에 불이 붙은 것처럼 황급히 몸을 움직여 숨어 있던 장소에서 튀어나왔다.

십 장 앞에는 양손에 각기 목이 부러진 남자와 여자의 시체를 들고 있는 노인이 있었고 그 발밑에는 누런 금덩이가 반짝반짝 빛을 내고 있었다.

노인이 천천히 풍영 쪽으로 몸을 돌렸고 그 시선이 미처 자신에게 다다르기 전에 풍영은 땅에 한쪽 무릎을 꿇고 고개를 숙였다.

"무성 어르신을 뵈옵니다!"

"……."

노인, 무성의 눈이 하늘의 달빛과는 비교도 할 수 없는 광채를 내뿜었다.

무성(武星)!

드디어 모습을 드러낸 또 한 명의 칠천무신!

무성(武星)의 무상신공(無上神功)이 아니면 누가 이들과 마주 앉으리오!

세상에서 가장 강한 칠천무신 중 일인이며, 이 노래의 주인공의 모습이 이러할 줄이야!

숨 막히는 침묵 끝에 무성의 입이 천천히 열렸다.

"내 정체를 알고 있다라……. 어디서 온 놈이냐? 할 말은?"

풍영은 십 년 가뭄을 맞이한 논두렁처럼 바짝 말라 달싹이기도 힘든 입을 필사적으로 놀렸다.

"남궁가에서 왔습니다. 약조를 지키실 때라 전하라며 모시고 오라고 명을 받았습니다."

"감히, 내 정체를 알면서도 나를 오라 가라 한단 말이지? 그것도 직접 오지도 않고?"

"그, 그, 그것이……. 지금 가문 내에 큰 변고가 생긴 까닭에……."

감당하지 못할 기운이 자신을 둘러쌈을 느끼며 풍영은 숙인 고개를 아예 땅속으로 파묻고 싶었다.

태풍전야의 고요가 호숫가를 지배하고 있었다.

“낄낄낄낄! 가야지! 내 평생 수천 번의 내기를 했으나 단 세 번 내기에서 졌으니 그중 하나가 남궁가에 있었지. 낄낄낄. 가야지, 약속대로 한 가지 일을 들어줘야지. 암, 그렇고말고. 낄낄낄. 앞장서거라. 흥분돼서 견딜 수가 없구나. 낄낄. 깔깔깔깔!”

풍영은 자신을 옥죄어오던 살기가 순식간에 걷히는 것을 느낄 수 있었으나 여전히 몸을 움직일 수 없었으니 이번엔 광기가 흐르고 있는 까닭이리라.

“남궁진광이라 했던가. 제법 괜찮은 놈이었지. 내기가 뭔지 아는 놈이었어. 난데없이 나타나서 하는 말이 뭐였었지?”

남궁진광.

현재 태상장로로 있는 남궁진산의 친형이자 젊은 나이에 요절한 천재라 불리고 있었다.

그가 살아 있었으면 결코 남궁가는 남궁진산이 잇지 못했을 거라는 말이 있을 정도로 남궁가에서 걸던 기대가 남달랐던 이름이 그것이었다.

그런 그가 죽은 이유는 가문의 가주들에게만 전해지고 있으니.

무성의 입이 다시 열렸다.

“맞다, 내기를 하자는 것이었지. 너무 오래된 일이라서. 낄낄낄. 그놈 어찌 알았을꼬, 내가 내기라면 환장을 하는 것을! 어찌 알았을꼬, 꼭꼭 숨겨놓았던 내 정체를. 낄낄낄. 네놈은 아느냐? 낄낄."

풍영은 대답하지 않았다.

조금만 입을 잘못 놀려도 무성의 손에 죽은 닭과 같은 모습으로 매달려 있는 이들의 꼴이 될 것을 너무나도 잘 알기에.

얼굴이 샘이라도 된 것처럼 주르륵 흐르는 땀에 고개를 처박고 있던 땅은 이미 촉촉이 젖어 있었다.

"하여간, 일 초식 안에 자기를 죽일 수 있는 자가 이 땅 위에 있는지 없는지를 내기하자고 하더군. 낄낄낄. 어떻게 생각하느냐. 아무리 나라도 무리야. 칠천무신이니 뭐니 하는 따위로 불리는 자라 해도 칠 초식 안은 무리지. 남궁가의 절대기재로 칭송받고 있는 자를 일 초식으로 죽인다니. 나는 삼 초식이면 되겠지만 말이지. 낄낄낄."

여전히 입은 처음과 같은 소리를 만들고 있으나 무성의 웃음이 건조해지기 시작했다.

그는 과거 그 시절로 돌아가 있는 듯했다.

"안 오면 찾아갈 판인데 제 발로 걸어온 내기를 거절할 수는 없었지. 나는 한참을 생각하다가 무리라고 말했지. 그래도 내기에서 지기는 싫었으니 혹시나 싶어 이 세상 어디에 그런 자가 있을지는 몰라도 내가 아는 자 중에는 없다고 단서를 붙였어. 그랬더니 그놈이 하는 소리가, 그럼 다른 내기를 하자는 거야. 낄낄낄. 자신이 반의 반 다경 안에 그런 자를 내 눈앞에 데리고 올 수 있느냐 없느냐라는 내기 말이야!"

또다시 구름이 몰려와 서서히 달을 집어삼키고 있었다.

그 어둠 속에서 무성의 음성이 들려왔다.

"그곳이 어디였는지 아느냐! 초모랑마봉(珠穆郎瑪峰)이었다. 천하에서 가장 높으며 천하에서 가장 외진 곳! 내가 십 년을 거처로 삼으면서 사람이라고는 거의 보지 못한 곳! 내가 처음으로 진 내기 때문에 십 년을 유배되어 있어야만 했던 곳! 그래! 그래서 난 내기를 받아들였다! 불가능해! 세상 어딘가 그런 고수가 있다 해도 그곳은 아니었단 말이야! 그런데! 그, 그 새끼가!"

두드드득!

숨이 끊어졌으니 이렇게밖에 자신의 존재를 표현할 길 없으리니, 손 안에 있던 목 두 개가 괴로운 비명을 질렀다.

"낄낄낄. 대단한 놈! 자신이 내기에서 이기면 향후 남궁가 오백 리 안의 호수 근처에서 살면서 언젠가 나타나는 자의 명을 한 가지 들어주라고? 크크크. 그러더니 내가 이겼소, 하면서 지 목을 칼로 찌르는 거야! 이렇게 말이야! 아무 미련 없이 푹 하고. 낄낄낄낄! 깔깔깔깔깔!"

달은 구름에 완전히 가리워졌고 세상은 무성의 음성에 완전히 가리어지고 있었다.

"자결(自決)이나 분명 일 초식이었고 반의 반다경도 안 걸린 것도 사실이지. 그래! 그렇게 난 내기에서 졌다. 멋진 내기였어. 그놈은 멋진 내기꾼이었지! 그리고 그 후로 난 이 모양이지. 낄낄낄. 그러던 참에 이제야 왔구나! 가자, 가자꾸나!"

풍영은 나락으로 들어선 듯 몸을 떨 수조차 없었다.

자려 누운 밤, 창밖에서 들리는 풀벌레 소리인 듯 무심히 있으면 들리지 않으나 귀를 기울이면 들릴 아주 작고 단조로운 소리로 무성이 마지막 한마디를 내던졌다.

"낄낄낄. 남궁가. 내기에서 졌으니 내 들어주리라. 그러나 그 후에는…… 이번엔 어떤 내기를 할꼬? 낄낄낄."

끝내 풍영은 움직일 수 없었다.

다만 그 머릿속에 위험의 바람만이 불어오고 있을 뿐이었다.

'뭔가, 뭔가가 잘못 돌아가고 있다!'

『구기화』 제3권 끝

입소문을 통해 아는 분은 다 알고 계십니다!
올 한해 공인중개사 최고의 화제작!

1~2권 합본 | 이용훈 지음
3~4권 합본 | 이용훈 지음
5~6권 합본 | 이용훈 지음
용어해설 | 이용훈 지음

수험생 기본 필독서
만화 공인중개사

제목 : 만화공인중개사 쓰신 분에게 감사드립니다.

학원을 두 달 다녔어요. 근데 과연 그 숫자 외우기 그런 게 몇 문제나 나올까 생각을 했어요.
아니라는 생각이 드네요. 학원강의를 뒤로하고 서점을 갔어요. 내 머리에 가장 이해될 수 있는
책이 없나 하구요. 거기서 만화를 발견했어요. 무조건 세 번 봤어요. 3개월 걸렸어요. 문제집을 보라고
했는데 그건 시행을 못했어요. 근데 합격을 했네요.
어떻게 감사의 말을 해야 될지……
도서관에서 만화책 들고 다니니까 사람들이 비웃더라구요. 만화책으로 공인중개사를 공부한다고
미친 사람처럼 보더라구요. 근데 그거 다 감수하고 했던 내가 자랑스럽습니다.
어떻게 감사의 말을 해야 할지… 정말 감사합니다.
부디 행복하세요. 제 나이 41살에 좋은 스승을 만난 것 같습니다.
엎드려 감사드립니다.

—본사 홈페이지에 독자분이 올린 메일 中 에서 발췌—

2008년 봄 그들이 온다!!

권왕무적의 초우, 궁귀검신의 조돈형, 삼류무사의 김석진, 태극검해의
한성수, 프라우슈 폰 진의 김광수, 흑사자의 김운영, 송백의 백준 등

총 20여 명에 이르는 호화군단의 인더북 이북 연재 확정!!
그 외에도 많은 정상급 작가들의 이북 연재 런칭 예정!!

**포도밭 그 사나이, 새빨간 여우 등의 로맨스 정상급 작가
김랑의 작품을 이북 연재로 만나다!!**

오직 인더북에서만 독점 연재!!

아쉬움을 남기고 1부에서 막을 내린 **권왕무적 시리즈의 2부** 등 인기 작가들의 수준 높은
미공개 작품들이 시중에 책으로 출간되지 않고, 오직 인더북에서만 연재됩니다.

COMING SOON! INTHEBOOK.NET

1. 인더북의 이북 유료연재는 2008년 1월 말 ~ 2월 중순경 오픈
2. 인더북에 연재되는 작품들은 시중에 출판되지 않은 작품들로 엄선

**이북 유료연재의 새로운 도전! 그리고 새로운 시작! 인더북!!
곧 새로운 모습의 이북 연재 사이트로 여러분께 다가가겠습니다.**